1984

〔英〕乔治·奥威尔 著

郭宣 郭照熙 译

中国画报出版社 · 北京

图书在版编目（CIP）数据

1984 /（英）乔治·奥威尔著；郭宣，郭照熙译
. -- 北京：中国画报出版社，2016.11（2023.9重印）
ISBN 978-7-5146-1377-3

Ⅰ. ①1… Ⅱ. ①乔… ②郭… ③郭… Ⅲ. ①长篇小说—英国—现代 Ⅳ. ①I561.45

中国版本图书馆CIP数据核字(2016)第254560号

1984
[英]乔治·奥威尔 著　　郭宣 郭照熙 译

出 版 人：于九涛
责任编辑：郭翠青
助理编辑：魏姗姗
责任印制：焦　洋

出版发行：中国画报出版社
地　　址：中国北京市海淀区车公庄西路33号　邮编：100048
发 行 部：010-88417418　010-68414683（传真）
总编室兼传真：010-88417359　版权部：010-88417359

开　　本：32开（880mm×1230mm）
印　　张：9.75
字　　数：233千字
版　　次：2016年11月第1版　2023年9月第18次印刷
印　　刷：三河市金兆印刷装订有限公司
书　　号：ISBN 978-7-5146-1377-3
定　　价：30.00元

目录

· 第一部 /1

· 第二部 /99

· 第三部 /217

· 附　录 /295

【第一部】

[第一部]

一

　　四月里一个晴朗但却寒冷的日子,钟敲响了十三下。为了躲避寒风,温斯顿·史密斯缩紧脖子,低头快速溜进了胜利大厦的玻璃门,但他还是不够快,没能阻止一股卷有尘沙的旋风跟随他刮进大厦。

　　大厅里有一股煮卷心菜和旧床垫混合在一起的味道。大厅尽头的墙上,挂着一张室内展示显得过大的彩色宣传画,画上只有一张一米多宽的超大的脸:那是一张四十五岁左右的男人的脸,浓密的黑须,面部粗犷却英俊。温斯顿直奔楼梯——去试电梯是没意义的:即使是在最好的时候,电梯都是很少开的,何况现在恰是为了迎接仇恨周而实施的节约期,作为节约手段之一,白天是要停电的。温斯顿的住处在七楼,他已经三十九岁了,右脚踝还有一处因静脉曲张而导致的溃伤,所以,他爬得很慢,中途还休息了好几次。每上一层楼,电梯门正对面的墙上,都有来自那幅超大脸庞宣传画的视线在凝视着他。这只是这样一类画中的一个——其设计理念就是不论你走到哪里,画面上的眼光一直在跟着你,画面上的文字说明也恰恰就是:老大哥在看着你。

　　在温斯顿的住处里,一个洪亮的声音正在念一串关于生铁产量的数字。声音来自一块挂在右手墙壁、像毛玻璃一样的椭圆形

3

金属屏。温斯顿扭了一下开关，那个洪亮的声音降低了一些，但说的话仍然清晰可闻。这个装置（人们称之为电幕）可以将音量调低，却无法完全关闭。他走到窗边：一个瘦小、纤弱的身影倒映了出来，他身上那套蓝色工装——党内的制服——更让他显得单薄。他的头发颜色很淡，脸色虽然天生红润，可是因为使用劣质的肥皂、发钝的剃须刀片，再加上刚刚结束的寒冬，脸上的皮肤却显得很粗糙。

外面，即使是隔着关着的窗户，看起来也是寒冷的。下面的街道上，小旋风卷起了灰尘和碎纸，虽然阳光灿烂，天空蓝得刺眼，但除了无处不在的宣传画之外，好像任何东西都没有颜色。那张留着黑胡子的脸从每一个制高点上凝视下来，正对面那幢房子上面就贴了这么一张。当温斯顿的眼光与上面那双目不转睛地看着他的黑色眼睛相遇时，那行说明文字迅速映入眼帘：老大哥在看着你。下面街上，还有另外一张破了一角的宣传画，被风不时地吹打着，"英社"这个词时隐时现。一架看起来像只蓝瓶子的直升机，在远处那片屋顶的上方，不断地徘徊，然后又绕了个弯儿飞走了。这是警察巡逻队在窥探人们的窗户。不过，巡逻队不可怕，可怕的是思想警察。

有关生铁产量与第九个三年计划超额完成的情况，不断地从温斯顿背后的电幕上传来。这种电幕既能接收信息，也能够放送信息。无论温斯顿发出什么声音，只要不是小声的喃喃自语，都能够被电幕接收到；而且，只要待在监控范围内，无论是声音，还是行动，都会处于那块金属屏的监视之下。当然，谁也不知道，你的一言一行到底会在什么时候被监视。在监视一个人的时候，思想警察究竟采用什么样的监视频率，或者是根据什么设定监视路线，你就只能靠猜测了。他们会从头到尾监视所有人，这种情况

第一部

甚至都是可以想象的。总之,只要他们想监视你,他们就能够随心所欲地接上你的线路。你只能在这种假设中活着——这已经成为一种本能,你早就习惯成自然了:你发出的每一个声音,都有人听到;你做出的每一个动作,除非是在黑暗中,都有人在观察。

温斯顿继续背对着电幕。这种做法比较安全,但温斯顿很清楚,有时候背部也能暴露问题。一公里外,他的工作单位真理部所在的办公楼,一片白色,融入了一片阴沉的景色当中。一种厌恶的情绪无法控制地升腾起来,温斯顿带着这种情绪想:这就是伦敦,位居大洋国人口数量第三的省份,也是一号空降场的主要城市。他冥思苦想,希望能回忆起些许儿时的记忆,告诉他伦敦究竟是不是一直如此,是不是一直都是这样的景象:从十九世纪苟延残喘到现在的破房子,墙壁用木头支撑着,窗户用硬纸板挡住了,屋顶上盖着波纹铁皮,花园的围墙东倒西歪;还有那些破砖烂瓦、灰尘满天、杂草丛生的空袭地点;被炸弹炸出来的那块空地,不知怎的突然就挤满了肮脏的木房子,就像是一个个鸡笼一样。可是一切都是徒劳的,温斯顿什么都想不起来;童年发生的事情,他已经记不起来了,只剩下一系列不知道背景的、模糊难辨的、灯光灿烂的画面。

真理部——用新话说,也就是真部——与眼前其他任何东西相比,都有着惊人的差异。这是一幢庞大的建筑物,有着金字塔式的外表,外墙上的白色水泥闪闪发亮,从低到高算起,整幢楼有三百米高。从温斯顿站着的位置向那个方向看过去,正好可以看到用很漂亮的字体在白色墙面上写的党的口号:

战争即和平
自由即奴役

1984

无知即力量

据说,真理部有三千间地上办公室,地下结构与地上结构相同。在伦敦还有三幢这样的建筑物,它们所处方位不同,但外表和大小完全一致。在胜利大厦的屋顶上,能够同时看到这四幢建筑物,其他建筑物跟它们相比,几乎就变成了"小矮子"。政府机构的四大部门分别占用着一幢这样的建筑物:真理部负责新闻、娱乐、教育和艺术;和平部负责战争;友爱部负责维持法律和秩序;富裕部掌管经济事务。用新话来讲,它们分别称为真部、和部、爱部、富部。

友爱部所在的建筑物连一扇窗户也没有,这里才是真正让人感到胆战心惊的地方。温斯顿一次都没去过,甚至从来没有走近离这里半公里之内的地方。这里除了公事,是无法进入的。就算要进去,也要穿过一道道铁丝网、铁门和不知道藏在哪里的机枪阵地。就连友爱部屏障之外的大街上,都有身穿黑色制服、手持连枷警棍的凶神恶煞般的警卫在巡逻。

突然,温斯顿转过身来。面对电幕,他脸上摆出一副恬静乐观的表情。只要不是背对着电幕,最好摆出这种表情。他穿过房间,走进了狭小局促的厨房里。他选择在这个时间离开真理部,就等于牺牲了在食堂的中午饭。除了一块深色的面包,厨房里没有别的吃的,但这块面包,也得省下来当作明天的早饭。温斯顿从架子上取下一个装有透明液体的瓶子,瓶子上贴着一张简单的白色标签,上面写着:胜利杜松子酒。这种酒像中国的黄酒一样,散发出一种令人难受的油味儿。他倒了将近一茶匙,硬着头皮,像吃药似的一口吞了下去。

温斯顿的眼里立刻流出了泪水,脸也变得绯红。这种酒的味

第一部

道像硝酸一样，喝下去时就像后脑勺挨了一橡皮棍似的。不过，腹部火烧般的感觉很快就衰退了，他整个人开始放松了下来。然后，他从一个压瘪了的胜利牌香烟盒中取出了一支烟，但一不注意，这支烟被他竖直着拿在手里，烟丝立刻掉到了地上。他只能再拿出一根，好在这次成功了。温斯顿返回起居室，坐到电幕左边的一张小桌子前。他打开抽屉，拿出一支笔杆、一瓶墨水和一本有着红色的书脊、大理石花纹的封面的四开大的空白厚本子。

不知道为什么，起居室的电幕位置装得与众不同。在通常情况下，它应该被安装在一头的端墙上，能够看到整个房间，但是现在它却被安装在侧墙上，正对着窗户。温斯顿坐在电幕旁边的一个浅浅的壁龛里。在房子修建之初，这里大概是打算放书架的。他坐在壁龛里，尽量远离电幕，超出它的监视范围。当然，这只是就视野而言，他的声音仍然处在监控之下。不过，只要温斯顿待在这个位置，电幕就看不到他。这间屋子与众不同的布局，几乎就是他想要做现在要做的事情的一半理由。

刚才从抽屉里拿出来那个本子时，温斯顿才想到要做这件事。这个本子非常精美，纸张光滑，因年代久远，有些泛黄。这种纸张至少已经停产四十年了。不过，他能想象得到，这个本子的年代还要更久远。那是在伦敦市里的一个破败的居民区，温斯顿在一家发霉的小旧货铺的橱窗中看到了它。到底是哪个居民区，他已经记不清了。当时，温斯顿一眼就看中了它，并想要得到它。按理说，由于党禁止"在自由市场做买卖"，所以党员不被允许在普通店铺里买东西。但是，由于鞋带、刀片等许多东西，用任何其他办法根本弄不到，所以这条规矩执行得并不严格。温斯顿赶紧看了看街道两头，迅速溜进小铺子里，花了二元五角钱把本子买了下来。其实当时他根本没想过用它来干什么。他把本子放在皮包里，惴惴不安地回了家。毕竟，有这样一个本子，很容易引起怀疑，即使里面什么也没有写。

现在，他想要做的事情，就是开始写日记。写日记并不是不合法的。因为法律早已名存实亡，所以实际上并没有什么事情是不合法的。不过，一旦被发现，可以肯定温斯顿会被判处死刑，至少会在劳动营里被强制干二十五年苦役。他给笔杆装上笔尖，用嘴舔了一下，去掉上面的油渍。为了买到这支蘸水笔，温斯顿偷偷地花了好大的力气，因为这种笔已成了老古董，甚至连签名的时候都不用了。买它，是因为在温斯顿看来，只有真正用笔尖书写，才配得上这么精美的乳白色本子，绝对不能用墨水铅笔涂画。实际上，他已经快忘记怎么用手写字了。除了极简短的字条之外，通常情况下，只要口述再由听写器记录就行了。不过，现在他要做的事，用听写器是万万不可以的。用笔尖蘸了墨水后，温斯顿停了一下，但只有一刹那。他感到肠子一阵痉挛。在纸上写下标题是有着决定性意义的行动，温斯顿用笨拙的蝇头小字写道：

一九八四年四月四日

温斯顿把身子靠在椅背上，心里充满了束手无策的感觉。第一，他根本无法确定今年究竟是不是一九八四年。差不多应该是一九八四年，因为他相当有把握地知道，自己今年三十九岁，而且坚信自己出生于一九四四年或一九四五年。不过，要知道任何具体的日期，而且误差不超过一两年，在如今是绝对办不到的。突然，温斯顿想到，自己是为了谁写日记呢？为将来，为后代。那个日期很可疑，让他的思维出现了短暂的犹豫。突然，他想起了新话中的一个词儿"双重思想"，第一次领悟到了自己要做的事情到底是多么的艰巨。如何能够与未来产生联系呢？从性质上来讲，这根本就是做不到的。联系未来只会有两种情况：如果未来和现在一样，那么未来就不会听他的；如果未来和现在不同，那么他的处境也就无意义可言了。

温斯顿坐在那里，呆呆地看着本子。电幕上传来一阵阵刺耳的军乐。令人不理解的是，他似乎不仅丧失了表达能力，甚至忘记了自己原本想要说什么话了。在过去几个星期里，他一直在为这一刻准备着，他从来都没想过，要写作除了勇气以外还需要什么。实际上，写作对他来说并不困难。他只需用笔墨把多年来头脑里那些一直在想的、无休无止的、无穷尽的独白记录下来就行了。但是在这一刻，就连独白也没有了。同时，静脉曲张的患处也开始痒了起来，让人难以忍受。因为一抓就会发炎，所以他不敢使劲儿抓。时间一分一秒地流逝。除了面前那张白纸、脚踝上发痒的皮肤、聒噪的音乐，以及杜松子酒引起的一阵醉意，温斯顿再也感受不到其他了。

突然，他开始慌慌张张地动笔了，只是模模糊糊地意识到他写的是什么。本子上弯弯曲曲地爬满了秀气中带有些孩子气的笔迹，写着写着，他先是省略了大写字母，后来连句号也省略了：

一九八四年四月四日。昨天晚上，我去看了电影。都是战争片。有一部有关难民船在地中海某处遭遇空袭的电影拍得不错。有个大胖子在水里拼命地游，想要摆脱追踪他的直升机——这个镜头让观众们感到很好玩。一开始，他像一头海豚一样在水里浮浮沉沉，后来他出现在直升机的瞄准器里，最后他的全身都是枪眼，汩汩的鲜血染红了四周的海水。突然，好像是枪眼里吸进了海水，他开始下沉。这时候观众们笑着叫好。接着，一艘坐满儿童的救生艇出现在镜头里,上空还有一架直升飞机在盘旋。有个看起来像是犹太人的中年妇女抱着一个小男孩坐在船头。小男孩大约三岁,他被吓到了,哇哇大哭,脑袋使劲儿往中年妇女的怀里钻,就好像要钻进她的胸口里似的。那个妇女也被吓得脸色发青,却用胳膊搂着他,嘴里还不停地安慰着他。她一直尽力用胳膊掩护着小孩子,就好像她觉得自己的胳膊能够挡住子弹让他不受伤一样。接着,直升飞机向船上扔了一颗二十公斤的炸弹,救生艇爆炸了,被炸成碎片,四分五裂,场面非常恐怖。接着,一个精彩的镜头出现了一个孩子双臂举了起来越举越高越举越高高入云霄空中必定有架在机头装着摄影机的直升机跟着他的双臂一直向上,党员座中爆发出了阵阵掌声但无产座中有个妇女突然尖叫起来大喊不能当着孩子们的面放映这部电影当着孩子们的面放映这部电影是不对的最后她被警察轰了出去我觉得她应该不会有什么不愉快的结果无产者说些什么谁都不会在意这是无产者的典型反应他们绝对不可能———①

一半是因为手指痉挛,温斯顿停了下来。这些胡说八道的文字几乎是一挥而就,他也不知道究竟是什么让他写出了这些文字。奇怪的是,在他写的时候,一种截然不同的记忆出现在他的脑海里,而且这种记忆越来越明确。这让温斯顿觉得自己能够把脑海里出现的记忆写下来。这时,他想起来自己之所以突然决定回家开始写日记,是因为发生了另外一件事情。

今天早上,部里发生了一件事情——如果说这样一件不知所

---

① 此段文字原文如此,作者是为了刻画主人公书写日记时的痉挛状态,故未加标点。——编者注

谓的事情都能用"发生"来描述的话。

快十一点的时候,在记录司,也就是温斯顿工作的地方,人们把椅子从小办公室拖出来,放在大厅中央,摆到大电幕的前面,为"两分钟仇恨会"做准备。温斯顿走到中间一排的一张椅子处,刚坐下来,就很意外地看到两个人走了进来。温斯顿虽然熟悉这两张面孔,但从来没有跟他们说过话。其中有一个是他常常在走廊里遇到的姑娘。

温斯顿知道她隶属于小说司,但不知道她叫什么。她大概是做机械工的,负责维修那些小说写作机器,因为平时见到她时,她总是双手油污,拿着扳钳。她大约二十七岁,脸上的表情总是生动活泼的,浓浓的黑发,长满雀斑的脸,动作灵活迅速,就像个运动员一样。她的工作服上围着一条猩红色的窄缎带,这是青年反性同盟的标志。缎带围得不松不紧,正好衬出她苗条的腰部。第一次看到她,温斯顿就不大喜欢。至于为什么,温斯顿很清楚。因为她总是尽力使自己的身上带有一种曲棍球场、冷水浴、集体远足的——总的说来是思想纯洁的——味道。温斯顿几乎没有喜欢的女性,越是青春靓丽,越不喜欢。因为盲目的党的拥护者、成天高喊口号的人、义务的密探、非正统思想的检查员,都是女人,尤其是年轻的女人。但是在他看来,这种女人与其他女人相比更加危险。有一次,他们在走廊里相遇,擦肩而过的瞬间,一个女人飞快地瞟了他一眼,那眼神似乎看透了他的心,刹那间使温斯顿的心坠入恐惧的黑暗中。他头脑中甚至闪过这样一种念头:她没准儿是思想警察的特务。当然,这种可能性微乎其微。但只要附近有她,温斯顿就会有一种掺杂着敌意和恐惧的不安。

另外一个人是名叫奥勃良的男人,他究竟是做什么的,温斯顿并不是很清楚,因为身为核心党员的他担任要职,总是那么高高在上。就在这位身着黑色制服的核心党员走近时，周围的人都不由得肃静了下来。奥勃良体格魁梧，脖子短粗，粗犷的脸上总是带着残忍的笑容。虽然他的外表不怒自威，但他的态度却有一定的魅力。奥勃良喜欢做一个小动作，那就是把鼻梁上的眼镜扶正，正是这个小动作奇怪地让人有亲近感；虽然不知道是怎么回事，但这个动作奇怪地使人感觉他很斯文。人们之所以会有这种感觉，可能是因为这个姿势让人想到十八世纪端出鼻烟壶待客的绅士。十多年来，温斯顿看到过奥勃良十多次。他对奥勃良特别感兴趣，并非完全因为他彬彬有礼的态度和拳击师的体格形成的截然对比。更多的是因为他暗自认为——甚至不是认为，只是单纯地希望——奥勃良没有纯粹的政治信仰。奥勃良脸上有一种让人情不自禁地得出这种结论的表情。他脸上的那种表情，甚至不能说是不纯粹，只能说是智慧。但不管怎么说，单从外表来看，如果能避开电幕单独和他在一起的话，他还是个能谈得来的人。当然，这只是一种猜测，温斯顿从来没有尝试过去证实这一点，哪怕是最小的努力。坦白说，这根本就不可能。这时，奥勃良瞥了一眼手表，看到马上就要十一点了。很明显，他会留在记录司，等"两分钟仇恨会"结束。奥勃良走到温斯顿那一排，在与他相隔两把椅子的地方坐了下来。坐在两人中间的是一个淡茶色头发的年轻女性，她的小办公室就在温斯顿隔壁。那个黑发姑娘就坐在他们背后的那一排。

　　接着，一阵听起来像是大机器没了油一样刺耳的摩擦声，突然从屋子那头的大电幕上传来。这种噪声让人不自觉地咬紧牙关、毛发直竖。仇恨会开始了。

　　人民公敌爱麦虞埃尔·果尔德施坦因那张脸，像平时一样出现在屏幕上。观众中四处响起了嘘声。一阵恐惧混杂着厌恶的

第一部

尖叫声,从那个淡茶色头发的女人嘴巴里发出。很久很久以前——久到什么时候,没有人能记清——果尔德施坦因曾是党的领导人物之一,地位几乎与老大哥本人平起平坐,后来因为从事反革命活动,他被判处死刑,却神秘逃脱,从此不知所终。因此,他是个叛徒,是个变节分子。"两分钟仇恨会"的节目天天都不同,但每天的重要人物都是头号叛徒、最早污损党的纯洁性的果尔德施坦因。在他之后发生的所有反党罪行、叛国行为、破坏颠覆、异端邪说、离经叛道,都是他教唆的。无论如何,他都藏在某个地方,策划着阴谋诡计;可能是在海外某个地方,在外国后台老板的庇护下;甚至有传言说他可能藏匿在大洋国的某个地方。

温斯顿的眼角突然一阵抽搐。每当看到果尔德施坦因那张脸,他都有一种说不出的滋味,五味杂陈,痛苦不堪。这是一张消瘦的犹太人的脸,顶着一头蓬松的白发,留着一小撮山羊胡子——一张聪明人的脸庞,但天生带着卑劣,长长的尖鼻子上架着一副眼镜,让他看起来有一种因为年老体衰而带来的痴呆样。这是一张绵羊似的脸,实际上声音也有一丝绵羊的味道。果尔德施坦因一直对党进行夸大事实、毫无道理的恶毒攻击,这种攻击就连孩子都能一眼看穿,但听起来却有些道理。因此,人们要提高警惕,如果头脑不清醒,就很可能会上当受骗。他污蔑老大哥,攻击党的专政,要求立即同欧亚国讲和,主张言论自由、新闻自由、集会自由、思想自由,疯狂地叫嚷说革命被出卖了——他讲这些话的方式,模仿了党的演说家一贯的讲话风格,语速极快,其中甚至还有些新话词汇;说真的,绝对超出了任何党员在日常生活中习惯使用的新话词汇。就在他说话的同时,生怕有人会对果尔德施坦因那些似是而非、哗众取宠的话所涉及的现实有所怀疑,电幕中无数欧亚国士兵从他身后列队经过——一排又一排身强力壮的士兵从电幕上鱼贯而过,他们亚细亚式的脸上面无表情,跟上来的是一模一样的士兵。这些士兵的军靴有节奏的踩踏声,成了果尔德施坦因嘶叫声的背景音。

刚刚开始半分钟,屋子里半数观众就无法控制自己,发出一阵阵怒吼声。电幕上那张自鸣得意的羊脸,羊脸背后欧亚国的虎虎军威,都让人忍无可忍;事实上,单单是果尔德施坦因那张脸,或者只是想到他这个人,人们就会不由自主地恐惧和愤怒。与欧亚国或东亚国相比,这个人更常成为仇恨对象。毕竟,通常情况下,如果大洋国和其中一个国家开战,会和另外一个国家保持和平。但奇怪的是,果尔德施坦因的影响力从来都没有减弱过,尽管大家都仇恨和蔑视他,尽管在讲台上、电幕上、报纸上、书本上,他的理论一年三百六十五天,甚至每天上千次遭到驳斥、抨击和嘲笑,以便让大家认识到这些可笑的理论是多么的胡说八道,但总会有笨蛋上当受骗。思想警察每天都揭露出间谍和破坏分子奉他之令展开活动的事情。以果尔德施坦因为首的一帮阴谋家组成了地下活动网络,一心要推翻国家政权,而他就是这支庞大的地下军队的最高指挥官。据说这支地下军队叫"兄弟团"。果尔德施坦因还撰写了一本充斥着异端邪说的可怕的书,到处秘密散发。这本书没有书名。提到它时,大家都只用那本书代称。但这都是谣传,通常普通党员都会尽可能地避免提及兄弟团或那本书。

仇恨开始两分钟后,气氛变得狂热起来。人们都跳起来大声高喊,试图压倒从电幕上传出来的那种让人难以忍受的羊叫一般的声音。那个淡茶色头发的女人激动得涨红了脸,嘴巴像离了水的鱼一样一张一合。就连奥勃良也满脸通红,虽然在椅子上笔直地坐着,但宽阔的胸膛不停地起伏,好像受到了电击一样不断地战栗。"猪猡！猪猡！猪猡！"温斯顿背后传来黑头发姑娘歇斯底里的叫声。突然，姑娘拿起一本厚厚的新话字典，向电幕中的果尔德施坦因砸去。这本字典在击中了他的鼻子后，又被弹开，但果尔德施坦因说话的声音不为所动，仍在继续着。曾经有那么一瞬间，温斯顿的头脑清醒了，发现自己不但在用脚后跟使劲儿地踢着椅子腿，而且和大家一起大喊大叫。参加"两分钟仇恨会"不是必须的，但想躲避不参加却是不可能的，这正是它的可怕之处。用不了三十秒钟，大家就把矜持抛到了九霄云外，头脑中充斥着恐惧和复仇的快感，一种想要置人于死地、残酷虐待、用铁锤痛打别人脸的欲望，止不住地在人群中蔓延。在这种氛围下，你甚至会忘记自己，变成一个凶神恶煞一般的疯子。然而，这种疯狂的情绪非常抽象，毫无目的，就像是喷灯的火焰一样，可以随便从一个对象转移到另一个对象。因此，有一段时间，温斯顿仇恨的目标，从果尔德施坦因变成了老大哥、党、思想警察；这种时候，谎话世界中真理和理智的唯一卫护者，也就是电幕上那个孤家寡人、备受嘲弄的异端分子，让他真心地同情。可是不一会儿，他又感觉反对果尔德施坦因的所有言论是对的，于是又与周围的人站到了同一阵线。这种时候，他对老大哥的憎恨变成了崇拜，老大哥的形象变得越来越高大威严——他就像是一个所向披靡、无所畏惧的保护神，在从亚洲蜂拥而来的乌合之众面前像巍峨的巨石一样纹丝不动。虽然果尔德施坦因是个孤家寡人，虽然是不是有这么个人也无法确定，但他似乎是个阴险狡诈的妖物，单单凭他说话的声音就能够把文明的结构破坏殆尽。

有时候，你甚至可以自觉地转变仇恨的对象。坐在温斯顿背后的那个黑头发女郎，突然替代了电幕上的脸孔，成了他仇恨的对象，对象转变之快，就好像从噩梦中惊醒后突然坐起来一样。

他心中闪过了一些如梦似幻的情景：在幻象中，他用橡皮棍把黑头发女郎打死，然后把她扒光绑在木桩上，就像被乱箭射杀的圣塞巴斯蒂安一样。高潮时，温斯顿不但玷污了她，还割断了她的喉管。现在，他更加明白自己为什么那么恨她了。他恨她是因为虽然她年轻漂亮，却不性感，是因为他想要她，却只能幻想；是因为她的纤纤细腰好像在向你招手，让人伸出胳膊将她搂住，但围着的那条猩红色绸带却让人望而止步，那象征着贞节。

仇恨会达到了最高潮。这时候，果尔德施坦因的声音真的变成了羊叫，连脸都变成了羊脸。接着，羊脸幻化成了一个欧亚国士兵。他那高大威猛的身躯似乎在大踏步前进，他的冲锋枪也在突突轰鸣，似乎要冲出电幕，吓得第一排有些人赶忙在椅背上蜷缩起来。但就在此时，电幕上那残暴的身影又幻化成了老大哥的脸，黑发黑须，充满了力量和沉着，肥胖的脸庞几乎填满了整个电幕。他的出现让大家都长长地舒了一口气。虽然没有人听老大哥在说些什么，但不外乎是几句鼓励的话，也就是在喧嚣的战斗中出现的口号，虽然听不真切，却能令人恢复信心。然后，老大哥的脸又淡去了，电幕上只有用粗体大写字母写的三句党的口号：

战争即和平
自由即奴役
无知即力量

不过，好像是因为老大哥的脸在大家的视网膜上留下的印象太深刻了，所以有几秒钟的时间，那张脸一直停留在电幕上，没有马上消失。那个淡茶色头发的女人猛地往前扑去，伏倒在前面一排椅子的背上，双臂伸向电幕，嘴巴里在用颤微微的声音说着好

第一部

像是"我的救星"之类的话。接着,她双手捧着面孔,祷告了起来。

这时,全场的人都开始用缓慢而低沉的声音有节奏地高喊,"B——B……B——B……B——B"。因为声音缓慢,第一个"B"字和第二个"B"字之间停顿很久。令人奇怪的是,这种低沉的声音让人有一种野蛮的美感,仿佛是一种赤脚踩踏和铜鼓敲打的声音。就这样,他们嘶吼了大约半分钟的时间。当感情冲动压倒一切的时候,人们往往会发出这种节奏感很强的叫喊。这一部分是对老大哥的英明神武的赞美,但更多的是故意用这种节奏麻痹自己的意识,这是一种自我催眠。温斯顿体内感到一阵寒冷。在时长两分钟"仇恨"期间,他被迫和大家一起胡言乱语。但"B——B……B——B"这种狂野的叫喊,总是让他感到恐惧。自然,他也会跟大家一起嘶吼:不那么做根本不可能。掩饰你的真实情感,控制你的面部表情,大家做什么你就跟着做什么,这是一种本能反应。但有那么一两秒的时间,温斯顿的眼神有可能暴露了自己。恰好在这一瞬间,那件有意义的事情发生了——如果说那件事情真的发生了的话。

就在那瞬间温斯顿和奥勃良的眼神相遇了。当时,奥勃良恰好站了起来,并摘下眼镜,正要照往常一样把眼镜重新放回鼻梁。就在这一刹那,他们的眼神相遇了,当时温斯顿意识到——是的,他就是知道这一点——奥勃良的想法和自己一样。两人用眼神交换了一个确认无疑的信息,好像两个人的思想顺着目光流淌到了对方心里,他们向彼此敞开了心扉。奥勃良似乎在对他说:"我跟你想的一样……我很清楚你在想什么,我知道你的蔑视、仇恨、厌恶,别害怕,我站在你这一边。"但是,心领神会的眼神一闪即逝,奥勃良的脸又变得像别人一样高深莫测了。

事情就是这样,是不是真的发生过这种事情?温斯顿已经开始怀疑了。这种事情是不会有后来的,但他的心中已经植下了一种信念,或者说是希望:除了自己之外,还有别的人也是党的敌人。也许,传闻中的地下阴谋是真的呢,也许兄弟团真的存在!兄弟团的存在是不是谣言,没有人能够给出准确的答案,尽管有不断的逮捕、招供和处决。温斯顿有时候相信,有时候又不信。除了一些可能有意义,也可能没意义的事情外——例如偶然听来的三言两语,厕所墙上隐隐约约的涂鸦,甚至两个陌生人相遇瞬间偶然的小动作,都会使人觉得他们在打暗号——没有任何证据证明这一点。这些都是胡思乱想:很可能这些事情都是温斯顿的瞎想。他没有再看奥勃良一眼,就转身回到了自己的小办公室。刚才两个人的短暂接触,并没有引起温斯顿继续追究的想法。就算知道应该怎么办,他也清楚这样做有着想象不到的危险。他们只是在一两秒钟的时间里交换了明白的目光,仅此而已。不过,即便只是这样,在这种自我隔绝、孤独寂寞的生活环境里,这件事情的意义也非同小可了。

温斯顿挺直腰板,坐了起来。杜松子酒的劲头儿突然窜了上来,让他打了一个酒嗝。

温斯顿的目光再次回到本子上,他发现,就在刚刚百无聊赖地坐着胡思乱想的时候,自己的手也一直在写东西,这好像是一种本能的行为。而且字迹也跟之前歪歪扭扭的字迹不同了。在光滑的纸面上,他的笔尖挥洒不停,用整齐的大写字母写着——

打倒老大哥
打倒老大哥
打倒老大哥
打倒老大哥

第一部

打倒老大哥

一遍又一遍地写满了半页纸。

这令温斯顿不由自主地恐惧。其实根本没必要,因为和写这些字比起来,开始写日记这个行为才更加危险。有一阵子,他甚至想把这些满是涂鸦的纸页撕下来,从此作罢。

但他没有这样做,因为他知道这样做根本没用。不论他刚才写没写打倒老大哥,并没有什么不同。不论他是不是继续写日记,也没有什么不同。他总会被思想警察抓到的。他已经犯了——就算他没写在纸上,也还是犯了——超越其他一切罪行的大罪。这就是"思想罪"。你没有办法长期隐匿思想罪,就算你躲得了一时,甚至是几年,也躲不了一世,他们迟早都会抓到你的。

通常是在夜里——逮捕通常都是在夜里进行的。突然在睡梦中惊醒,一只粗糙的手捏着你的肩膀,强烈的灯光直接射进你的眼睛,一群凶神恶煞一般的人围在床边。在绝大多数情况下,没有审讯,没有通报,人就这么销声匿迹了,而且事情总是发生在夜里。登记册上已经没有了你的名字,你的生平经历也消除了,就好像你的整个存在都被否定了,接着就被遗忘了。你被删除、消灭了:通常这种事情叫人间蒸发。

忽然,温斯特就像突发精神病一样,匆忙在纸上胡乱写起来:

他们会枪毙我但我不在乎他们会在我后脑勺打一枪但我不在乎打倒老大哥他们总爱在背后朝你的脑袋开黑枪但我不在乎打倒老大哥——

温斯顿放下了笔,把身子向后靠去,突然觉得有点儿难为情。

接着,他又胡写乱画起来。这时,外面传来一下敲门声。

　　他们来了!温斯顿正襟危坐,像只老鼠一样一动不动。无论敲门的是谁,他都希望对方能够在敲了一下后离开。但是没有,敲门声又响了一下。一直不开门是极其糟糕的事。他的心猛烈地跳动着,几乎要跳出来,但可能是出于长期的习惯,他的脸上还是毫无表情。然后,温斯顿站了起来,迈着沉重的步伐向门口走去。

二

摸到门把手的刹那,温斯顿惊觉本子还在桌子上摊开着,上面写着的尽是"打倒老大哥"。字体之大,在房间另一头都能看清楚。真是蠢极了。但他很快意识到,即使慌张之下,他也不愿因墨迹未干就合上笔记本而弄脏纸张。

他屏住呼吸,打开门。看到门外站着一个头发稀疏、面容憔悴、满脸皱纹的女人,顿时一股如释重负的暖流涌遍他的全身。

这个女人用一种慵懒的声音说:"哦,同志,我听到了你进门的声音。我家厨房里的水池子好像堵了,不知道你能不能帮忙看下——"

她是同楼层一个邻居的妻子,派逊斯太太(党内通常不会允许使用"太太"这个词的,"同志"才是最标准的称呼。但是对一些女人,你会不由自主地叫她们"太太")。她大约三十岁,但外表看起来老很多。她脸上的皱纹里似乎布满了尘埃。温斯顿跟着她走向过道的另一头。胜利大厦建于一九三〇年前后,是一座看起来已经有些岌岌可危的老房子。天花板及墙上的泥灰不断地往下掉,每年霜冻的时候,水管都会冻裂,遇到下雪的日子,屋顶还会漏水,暖气总是烧得半死不活的,有时候甚至为了节约而完全关闭。在这里,即便是要修一扇玻璃窗,也要得到某个高高在上的委员会的同意,而这种委员会很可能拖上一两年也不理你。在这种情况下,人们宁愿自己动手修理。

"因为汤姆不在家,所以不得不麻烦你了。"派逊斯太太含糊地说。

派逊斯家的面积要比温斯顿家大一些,却有一种阴暗的气氛。这里好像刚刚被一头乱蹦乱跳的巨兽肆虐过一样,因为所有的东西都被折腾得乱七八糟。体育用品被扔得满地都是——曲棍球棍、拳击手套、破足球、一条汗渍斑斑的短裤向外翻着,桌子上堆满了脏碗脏碟和卷了边儿的练习本。墙上挂着青年团和少年侦察队的红旗,以及一幅巨大的老大哥画像。房间里同整个房子一样有一股惯常的熬白菜味儿,中间还夹杂着一股更加刺鼻的汗臭味儿,虽然不知道为什么,但你一闻就知道这是某个不在家的人的汗臭味儿。在另一间屋里,有人用一把梳子和一张草纸当作喇叭,跟着电幕上发出的军乐调子吹着。

派逊斯太太有些局促地向那扇房门看了一眼说:"那是孩子们,他们今天没有出去。当然啦——"

她有个习惯,说话总是只说半句。厨房水池里泛绿的污水几乎要溢出来了,那股味道比烂白菜味儿还难闻。温斯顿弯下身检查水管拐弯的接头处。他不愿意动手,也不愿意弯下腰去,因为这总会让他咳个不停。派逊斯太太帮不上忙,只好在一旁干看着。

"当然了,如果汤姆在家的话,他一下子就能修好的,"她说。"他喜欢干这种事。他的手很灵巧,真的很灵巧。"

派逊斯是温斯顿在真理部的同事。他是个虽然头脑简单却很活跃的胖子,浑身上下充满了一种低能的热情——是那种百分百听话、完全不问原因的走卒。在维持稳定方面,党对这种人的

第一部

依赖甚至超越了思想警察。派逊斯三十五岁,不久前才恋恋不舍地脱离了青年团,在升到青年团之前,他赖在少年侦察队里多待了一年。他在部里担任一个不需什么智力的低级职务。另一方面,他却在体育运动委员会及组织集体远足、自发示威、节约运动等一般志愿活动的委员会担任领导。他经常会一边抽着烟斗,一边扬扬自得地告诉你,过去四年来,每晚他都会出席邻里活动中心站的活动。无论他出现在哪儿,哪儿都有一股汗臭味。就算他人都走了,汗臭味儿仍挥之不去。这种味道是他紧张生活节奏的一种无言的证明。

"你们家有钳子吗?"温斯顿摸着接头处的螺帽问。

"钳子,"派逊斯太太不确定地说:"我不知道,也许孩子们——"。

伴随着一阵脚步声和用蜂窝吹出的喇叭声,孩子们冲进起居室。派逊斯太太送来把钳子。温斯顿放掉脏水,忍着恶心拿掉一团堵住水管的头发。他打开自来水龙头,用力把手洗干净,然后回到另一间房里。

"举起手来!"一个威风凛凛的声音叫道。

一个看起来英俊但却目露凶光的九岁男孩从桌子后面跳了出来,拿着一支玩具自动手枪对着他比画着,旁边那个大约比他小两岁的妹妹拿着一根木棍做着同样的动作。两个孩子都穿着少年侦察队的制服——蓝短裤、灰衬衫,还带着红领巾。温斯顿忐忑不安地把手举过脑袋。这看起来不完全像是一场游戏,因为男孩的表情太凶狠了。

"你这个叛徒!"那男孩叫嚷道。"你这个思想犯!你这个欧亚国的特务!我要枪毙你,我要干掉你,我要送你去开盐矿!"

两个孩子突然围着他跳着、叫着:"叛徒!思想犯!"那个小女孩模仿着哥哥的每一个动作。令人害怕的是,他们好像是两只很快就能长成吃人猛兽的小老虎。男孩目光凶狠,显然有些跃跃欲试,想把温斯顿打倒在地,而且他意识到自己的身体已经长得够强壮,可以这么做了。温斯顿心里想,幸亏他手里拿的只是把玩具枪。

派逊斯太太的目光不安地在温斯顿和孩子们之间来回转动。起居室里的光线不错,温斯顿真的看到了她脸上的皱纹里的灰尘,这让他感到有些得意。

"这些孩子真能折腾,"她说:"不能去看绞刑让他们很失望,所以才会这样。我太忙了,没时间带他们去看,等汤姆下班的话,又来不及。"

"我们为什么不能去看绞刑?"男孩咆哮着。

"我们要看绞刑!我们要看绞刑!"小女孩蹦蹦跳跳地叫着。

温斯顿想起来了,这天晚上有几个欧亚国俘虏要在公园里被处以绞刑,因为他们犯了战争罪。这种事情,每个月都会发生一次,大家都喜欢去看。孩子们总是吵闹着要大人们带着去看。在向派逊斯太太告辞后,温斯顿朝门口走去,但他在外面过道还没走出六步,脖子后面就被人用什么东西狠狠地打了一下,那感觉就像是有条烧红的铁丝刺进了肉里。他跳起来转过身去,刚好看到派逊斯太太正拖着她儿子进屋,那个男孩正在把弹弓装进口袋里。

关门的那一瞬间,温斯顿还听到那个男孩在吼着"果尔德施坦因"!但最令他惊奇的,是那个面色发灰的女人脸上惊恐无助的神情。

回到自己的屋子后,温斯顿快速走过电幕,重新坐回桌前,继续用手揉着脖子。这时,电幕上的音乐停止了。一个干脆利落的

第一部

军人的声音在朗读一篇有关水上堡垒的报道,这种新型武器装备刚刚部署在冰岛和法罗群岛之间。

他在心里想,有这样的孩子,那个可怜的女人的日子肯定过得非常糟糕。再过一两年,他们就会没日没夜地监视着她,看她有没有思想不纯的端倪。如今这世道,几乎所有的孩子都很可怕。最糟糕的是,孩子们正在被像少年侦察队这样的组织,有计划地变成无法驾驭的"小野人",但这种改变却不会让他们产生任何反党倾向。相反,党及党的一切都会让孩子们疯狂膜拜。对他们而言,唱歌、游行、旗帜、远足、木枪操练、高呼口号、崇拜老大哥——所有这一切都非常好玩。面对国家公敌、外国人、叛徒、破坏分子和思想犯,他们的凶残本性都被彻底激发出来了。三十岁以上的人几乎都害怕自己的孩子。这情有可原,因为《泰晤士报》每个星期都会有条报道,讲述"小密探"(一般都称为"小英雄")偷听父母讲话,并把一些见不得人的话向思想警察揭发的事情。

弹弓带来的疼痛感已经消退了。温斯顿心不在焉地拿起了笔,不知道还能再写些什么。突然,他又想起了奥勃良。

几年前——多少年了?大概有七年——温斯顿曾经做过一个梦。梦中,他走过一间漆黑的屋子,一个坐在一旁的人说:"我们将在没有黑暗的地方相见。"那个人的语气很平静,几乎是在自言自语——他是在陈述,不是在命令。梦中的温斯顿没有停下脚步,继续向前走。奇怪的是,在梦中,这句话并没有给他留下什么印象,只是到后来才逐渐有了意义。现在,温斯顿已经记不清第一次见到奥勃良是在做梦之前,还是在做梦之后;也记不清自己是在什么时候突然认出这说话的声音是奥勃良的声音。无论如何,他辨认出来了,在黑暗中和他说话的是奥勃良。

奥勃良究竟是敌是友,温斯顿一直无法确定,即便今天上午两人曾经有过目光交会,他依然无法确定这一点。其实这也无关紧要了,他们对彼此的了解已经超越了友情和党派之情。因为他说过,"我们将在没有黑暗的地方相见。"温斯顿并不明白这句话是什么意思,但是他坚信,这一定会实现。

电幕上的声音停了,不流通的空气中传来一声清脆悦耳的小号声,然后那个刺耳的说话声又响起来了:

注意!请注意!我们现在插播马拉巴前线的急电。在南印度,我军取得了辉煌的胜利。我被授权宣布,由于这次战果,战争结束指日可待。急电如下——

温斯顿想,坏消息要来了。果然,在播出了一段有关消灭欧亚国一支军队及击毙、击伤、俘虏敌军数字的报道后,公告来了:巧克力的配额自下星期起将从三十克减少到二十克。

温斯顿又打了一个嗝,杜松子酒带来的酒劲儿已经过去了,只留下一种泄气的感觉。也许是为了要庆祝胜利,也许是为了要冲淡减少巧克力供应的记忆,电幕上开始播放《大洋国啊,这是为了你》。按理说,此时温斯顿是要立正的,但现在他所处的位置,别人是看不到他的。

《大洋国啊,这是为了你》播放完后,电幕开始播放一些轻柔的音乐。温斯顿走到了窗前,背对着电幕。天气依然晴朗寒冷。一枚火箭弹在远方某个地方爆炸了,传来了一阵沉闷震耳的爆炸声。目前,伦敦每个星期都会挨上二三十枚火箭弹。

在下面的街道上,撕破角的招贴画被寒风吹得翻来覆去,"英社"两字时隐时现。英社,英社的神圣原则。新话,双重思想,变化无常的过去。他感到自己好像在海底森林中不断地流浪,迷失

第一部

在怪物的世界中,自己就是其中一个怪物。他孤零零的一个人。过去已经死去,未来无法想象。如何才能确定一个活人是不是跟自己同一战线?有什么办法知道党的统治会不会千秋万代?这时,就像是在回答他的问题,真理部大楼白色墙面上那三句标语再次进入了温斯顿的眼帘:

战争即和平
自由即奴役
无知即力量

他从口袋里摸出一枚二角五分的硬币。硬币一面用小而清晰的字铸着这三句标语,另一面是老大哥的头像。即便是在硬币上,老大哥的双眼也在盯着你。这种眼光——不论在钱币上、邮票上、书籍的封面上、旗帜上、招贴画上、烟卷匣上——到处都有。那双眼睛总是盯着你,那种声音总是不断地在你耳边响着。无论是睡着还是醒着,在工作还是吃饭,也无论是室内还是户外,在澡盆里还是在床上——无处不在,无处可躲。没有什么东西是属于你自己的,除了你脑袋里那几立方厘米之外。

太阳已经西下,真理部的无数窗口没了阳光的照射,显得阴森恐怖,看上去就像是一个个堡垒的射击孔一样。眼前这个庞大的金字塔般的建筑物,让温斯顿心生畏惧。它简直固若金汤,无法被攻破。即便有一千枚火箭弹,也摧毁不了它。他又开始思考,自己的日记究竟是为谁而写的。为了未来,为了过去——为一个可能是想象幻觉的时代。等待着他的,不是死亡,是毁灭。日记会化为灰烬,他自己也会被"蒸发"掉。他记录下的东西,只有思想警察会看,但最终这些内容也会被销毁,接着从他的记忆中抹去。当你的一切痕迹,哪怕是在纸张上那些不具名的涂鸦都不能保留下来,你对未来的呼吁又怎么能留存下来呢?

电幕上时钟敲响了十四下。温斯顿必须在十四点三十分赶回去上班,因此他需要在十分钟之内出门。

奇怪的是,报时的钟声似乎令温斯顿重拾心情。他是一个孤独的灵魂,讲述着没有人会听到的真话。但是,只要一开始讲述,就一发不可收。不是因为有人听到了你的话,而是因为你保持了清醒的理智,继承了人类的传统。温斯顿坐回桌前,蘸了一下笔,接着写道:

从这个千人一面的时代,从这个孤独寂寞的时代,从这个老大哥的时代,从这个双重思想的时代,向未来、向过去致敬!向一个思想自由、人们各个不同的时代致敬!向事实存在不变、发生过就不能被抹去的时代致敬!

他觉得自己已经死了。对他来说,好像只有在这一刻,在开始能够把自己的思想理出头绪时,才迈出了决定性的一步。每个行动的结果都包括行动本身,他写道:

思想罪不会带来死亡,思想罪本身就是死亡。

现在温斯顿认识到,既然自己已经死了,让自己尽量长久地活着就变得重要了。他右手的两根手指上沾染了一些墨水渍。没错,这种细节就有可能暴露自己的行为。部里某个爱管闲事的狂热分子(很可能是个女人。比如像那个淡茶色头发的小女人,或者小说司里那个黑头发姑娘那种人)可能会开始怀疑,他为什

第一部

么在午饭时写东西,为什么用老式钢笔,他在写些什么——然后向有关部门暗示一下。他走进浴室,用一块粗糙的深褐色肥皂小心地洗去了墨迹,这种肥皂能够像砂纸一样打磨皮肤,用来做这个倒是非常合适。

他把日记放进抽屉里。想要把它藏起来是不可能的,但是他至少要能知道,是不是有人动过这个日记本。夹根头发就太明显了,于是他用手指尖沾起一粒难以察觉的白色灰尘,放在日记本的封面上。如果有人挪动这个本子,这粒尘土一定会被抖落的。

三

温斯顿在睡梦中梦到了自己的母亲。

他想,母亲失踪那年,自己已经有十一二岁了。印象中的母亲身材高大健美,有一头漂亮的金发,她的性子温吞吞的,总是不言不语。至于父亲,温斯顿几乎已经记不起来什么了,只记得他好像是一个又黑又瘦的男人,身上总是穿着整洁优雅的深色衣服(有一点,温斯顿倒是印象深刻,那就是父亲穿的鞋子鞋底特别薄),还总是戴着一副眼镜。他们两个人一定是在五十年代的第一次大清洗中消逝的。

在梦中,母亲抱着妹妹坐在温斯顿下面一个很深的地方。妹妹究竟长什么模样,他一点儿也想不起来了,只是依稀记得她是一个孱弱的小婴儿,有一双乌溜溜的大眼睛,总是不声不响。她们抬起头来盯着温斯顿。她们在地下的一个地方——既像是井底,又像是很深很深的坟墓——总之是在下面很深很深的地方,而且还在不断地往下沉,离温斯顿越来越远。她们又好像是坐在一艘正在沉没的大船的大厅里,透过越来越暗的海水凝望着他。大厅里还有些许空气,她们还能看得见他,他也仍然能看见她们,但母亲和妹妹一直在往下沉,下沉到绿色的海水中,再过一会儿就看不到一丝一毫了。温斯顿这里有光亮,有空气,但她们的生

第一部

命却被黑暗吞没了。她们在下面,是因为温斯顿在上面。他很清楚这一点,她们也很清楚这一点,温斯顿从她们的表情知道她们清楚这一点。不过,母亲和妹妹的脸上或心里没有责备他,她们只有一个念头,为了让温斯顿活下去,她们必须死,这就是事情不可避免的规律的一部分。

温斯顿不记得到底发生了什么事情,但他在梦中知道,从一定意义上说,母亲和妹妹为他牺牲了自己。这个梦有着梦境的特点,但也是一个人精神生活的延续,在梦中碰到的一些事实和产生的一些念头,在醒来后还觉得新鲜、有价值。这时候,温斯顿突然想起,快三十年前母亲死得太悲哀、太惨烈,像那样的悲剧如今已经没有可能了。在他看来,那个悲剧属于遥远的过去,那时候人们还拥有隐私,拥有爱情和友谊,家人们会毫无理由地相互扶持。温斯顿对母亲的记忆令他痛彻心扉,因为母亲因爱他而死去,但当年温斯顿却年幼无知而又自私,不知道回报。母亲为了一种坚定不移的信念牺牲了自己,他不知道究竟怎么回事儿,他对此一点儿印象都没有。温斯顿明白,在当今时代,这种事情绝无发生的可能。现在到处都充斥着恐惧、仇恨与痛苦,却没有高贵的情感,也没有痛苦的折磨或复杂的悲伤。从母亲和妹妹的大眼睛中,温斯顿似乎看到了这一切。她们在绿色的深水下仰头凝视着他,已经有数百英寻远了,却还在继续下沉。

突然,温斯顿出现在一片松软低矮的草地上,那是一个夏日的黄昏,夕阳的余晖把草地染成一片金黄色。这种景色经常在他的梦中出现,因此他一直怀疑自己是不是曾经在实际世界中看到过这样的风景。醒来后,温斯顿给这个地方起名叫"黄金乡"。这是一片曾被野兔啃过的久已荒芜的草地,遍地都是田鼠洞,中间有一条踩踏出来的小径。草地那边是参差不齐的灌木,榆树的枝条在微风中摇曳,茂密的榆叶如女人的秀发般随风颤动。虽然看不见,但梦中的温斯顿知道,在触手可及的地方,有一条清澈的溪流在缓缓流淌,有雅罗鱼在垂柳下的水潭中游弋。

草地那头走来一位黑发姑娘,在一眨眼的时间,她好像就褪下了衣裙,随意地把它们丢在一边。她的身体白皙光滑,但温斯顿全无兴趣,他甚至不愿意多看她一眼。在那一刻,温斯顿心里全都是对她扯掉衣裙的姿态的钦佩。这种优雅而肆意的姿态,似乎把整个文化、整个思想体系都压倒了,老大哥、党和思想警察好像都在她一挥之间灰飞烟灭。这种姿态也是属于过去的。温斯顿一边喃喃地说着"莎士比亚",一边醒了过来。

原来,电幕发出了一阵几乎能刺穿耳膜的鸣笛声,单调地持续了大约三十秒钟。七点十五分,办公室的工作人员要起床了。温斯顿不情愿地从床上爬了起来——全身赤裸,因为外围党员一年只能有三千张布票,一套睡衣要六百张布票——从椅子上抓过一件散发着汗臭味的背心和一条短裤套在身上。起床后三分钟内就要做早操。但每天早上起来后,温斯顿都会剧烈地咳嗽,甚至会咳得无法站直身体,直到肺腔感觉舒服了,再在床上躺一会儿,深深地喘几口气以后,才能顺畅地呼吸。这一次也不例外,他咳得青筋毕露,得了静脉曲张性溃疡的地方又痒了起来。

"三十岁到四十岁的一组!"一个尖锐的女声叫了起来,"三十岁到四十岁的一组!请各就各位。三十岁到四十岁的!"

温斯顿立刻跳起来跑到电幕前站好。这时,一位骨感却肌肉发达的年轻女性穿着运动套装和球鞋出现在电幕上。

"胳膊屈伸!"她叫道,"跟着我一起做。一、二、三、四!一、二、三、四!同志们,都精神点儿!一、二、三、四!一、二、三、四!……"

第一部

虽然咳嗽令肺部剧痛不止，但并没有让温斯顿忘记刚刚的梦境。在节奏感十足的体操运动中，梦境反而越发清晰。温斯顿脸上挂着做体操时必须带着的笑容，一边机械地摆弄着四肢，一边努力挖掘已经模糊的儿时记忆。这并不容易。发生在五十年代初期之前的事情，都已经消散在时光中了。没有能够触发记忆的参考，甚至连自己的生平都无法忆起。印象中发生过的重大事件，可能从来都没发生过，就算你能记得一些事件的细节，也无法再次感受当时的气氛，还有一些很长的空白时期，你根本记不起发生过什么。当时的情况跟现在也有很大不同，甚至连国名、国家地图都有变化。例如，当年的一号空降场叫英格兰或不列颠，不过伦敦一直叫伦敦，这一点毋庸置疑。

这个国家究竟有没有不打仗的时候，温斯顿记不清楚了。不过，很明显的是，在他童年时有过相当一段时间的和平时期，因为他记得小时候有一次发生空袭，大家都吃了一惊。也许他记忆中的空袭就是科尔彻斯特遭到原子弹袭击的那一次。虽然他记不清那次空袭事件，但却很清楚地记得当时父亲仓皇不安地抓着他的手，顺着螺旋扶梯急急忙忙地往下走，一直走到温斯顿双腿发软，开始哭闹，才停下来休息。动作迟缓的母亲就像梦游一般，远远地走在后面，怀里抱着他的小妹妹——没准只是几条毯子，因为温斯顿已经不记得当时妹妹究竟有没有出生。最后，一家人来到一个地铁车站，这里拥挤不堪、人声吵闹。

到处都坐满了人，铺着石板的地面上坐满了人，双层铁铺上也坐满了人，大家坐得一个高过一个。温斯顿一家终于在地上找到了一块空地，旁边一张铁铺上并肩坐着一个老头儿和一个老太太。老头儿身上穿着一套质地不错的深色衣服，长满白发的头上戴着一顶黑布帽；他的脸涨得通红，那双蓝色的眼睛里充满泪水。

他浑身上下都散发着酒味,这种味道就好像是从汗腺中挥发出来一样,就连眼睛里涌出的泪水也让人感到是纯酒。虽然已经醉醺醺的了,但他的悲痛感却一点儿都掩饰不住。幼小的温斯顿看着老头儿,心想他身上肯定发生了什么可怕的事情,而且发生的事情不可原谅,也无法挽回。温斯顿觉得自己好像知道这是件什么事情。老头儿心爱的人——也许是他的小孙女——在爆炸中死去了。每隔几分钟,老头儿的嘴巴里就唠叨着说:

孩子他妈,我说过不应该相信他们的。我这么说过的,对不对?相信他们就是这种结果。那帮窝囊废,我们不应该相信他们,我一直都这么说。

可是,温斯顿不记得老头儿说的那些窝囊废到底是谁了。

从那以后,战争几乎就没有断过,但严格来讲,并不是同一场战争。温斯顿童年时曾经有段时间,伦敦一连几个月都巷战不断,有些片段他还记得很清楚。但要回忆起在那段时期发生过的所有事情,讲清楚某一次的交战双方究竟是谁,却是不可能的,因为对于除了现在这个同盟以外的其他同盟组织,既没有书面记载,也没有明白的言辞提到过。例如,现在,也就是一九八四年(如果是一九八四年的话),大洋国与东亚国结盟,与欧亚国打仗。但人们无论是在公开场合,还是在私底下的交流中,都没有说过这三个大国有过不同的结盟关系。事实上,就在四年之前,大洋国曾与东亚国开战,与欧亚国结盟,这一点温斯顿也很清楚。但是,他之所以能保留下这一鳞半爪的信息,也只是因为对他的记忆控制出现了疏漏而已。官方消息显示,同盟关系从来都没有发生过改变。既然现在大洋国和欧亚国正在打仗,那这两个国家之间的战火就一直没有熄灭过。眼前的敌人总是绝对邪恶势力的代表,不论是在过去,还是在将来,都不会与它有什么一致的可能。

温斯顿一边把肩膀使劲儿地往后靠(把手扶在臀部上,腰部以上做回旋动作。据说这种体操动作对背部肌肉有好处),一边像往常一样思考:如果党能够干预过去,说这件事或那件事从来没有发生过,那这肯定比只是严刑拷打或者夺走生命更加令人恐惧——温斯顿的头脑中曾经成千上万次思考过这一点。这简直是太可怕了。

党说大洋国从来没有同欧亚国结过盟。他,温斯顿·史密斯知道,四年前太洋国曾经是欧亚国的盟友。但是这样的信息存在于什么地方呢?只存在于他的意识中,而他的意识很快就要被消除了。如果其他人相信党的谎言——如果所有记载都这样说——那么谎言就会载入史册,进而成为真理。党有一句口号:"谁控制过去,谁就控制未来;谁控制现在,谁就控制过去。"虽然就性质而言,过去是可以改变的,但却从来没有改变过。凡是眼前正确的事情,从来都没有错过。这很简单。只需要不断重复克服你的记忆就可以了。他们称这为"现实控制",用新话来讲就是"双重思想"。

"稍息!"女教练喊道,口气稍微温和了一些。

温斯顿放下胳膊,慢慢地吸了一口气。他的思维已经陷入了双重思想的迷宫。知道还是不知道,知道真相却要编造缜密的谎言,脑子里同时存在两种截然相反的观点,明明知道它们互相矛盾但却深信不疑,以逻辑来反逻辑,一边宣称拥护道德一边又要否定道德,一边相信无法实现民主一边又相信党在捍卫民主,要忘掉必须忘掉的一切又要在必要时想起一切,然后又马上忘掉,特别是这个过程本身也要照此处理——这简直是绝妙透顶:有意识地进入无意识,而后又彻底忘记刚刚完成的催眠。你必须用双重思想才能够理解"双重思想"的含义。

女教练又叫他们立正了。"现在看谁能碰到自己的脚趾!"她热情地说,"弯腰,向下,同志们,开始。一——二!一——二!……"

这个动作会让温斯顿从脚后跟到屁股都感到一阵剧痛,最后又会引起咳嗽发作,因此他最不喜欢这一节体操。刚才在思考中感到的那点儿乐趣也化为乌有。在他看来,过去不但被改变了,而且被现实毁掉了。毕竟,如果除了你自己的记忆,一点儿记录都找不到,就算事实再明显,你又如何确定真伪呢?他想回忆一下到底从哪一年开始第一次听到老大哥的。这大概是在六十年代,但他实在无法确定。当然了,在党史里,老大哥从建党开始就一直是革命的领导人与捍卫者。他的思维慢慢回溯,一直回溯到三四十年代那个传奇般的年代,在那个年代,资本家都喜欢戴着奇怪的高礼帽,坐在擦得一尘不染的大汽车里,或是坐在两侧装着玻璃窗的马车里驶过伦敦的街道。不知道这种传说有几分是真,有几分是假。温斯顿甚至连党的诞生日都记不清。好像在一九六〇年之前没听说过"英社"这个词。不过也有可能,这个词在老话中——也就是"英国社会主义"——可能在此之前已经流行了。一切都消失在迷雾中了。坦白地说,有时候你能很明显地指出来哪些是谎言。例如,党史中有记载说,飞机是党发明的,但这显然不是真的,温斯顿小时候就记得飞机。但是,他找不到证据证明这一点。没有任何证据。从生下来那一天起,只有一次温斯顿掌握了确凿的证据,能够证实有一个历史事件是捏造的。而那一次——

第一部

"史密斯!"电幕上传来一道尖锐的声音,"六〇七九号温·史密斯!没错,就是你!腰部再弯得低一些!你可以做到。你没有尽你的力量。低一些!这下好多了,同志!现在,全队稍息,看我的。"

温斯顿全身冷汗直流,脸上维持着深不可测的表情。绝对不能面露不快!绝对不能面露不满!眼光一闪就会暴露自己。他站在那里,看着女教练把手臂举起来——姿态虽说谈不上优美,但也算干净利落——然后弯下身来,指尖碰到了脚趾。

"就这样,同志们,让我看到你们都这样做。看,我再演示一遍。我已经三十九岁了,而且还是四个孩子的妈。可是你们看我!"她又弯下身去。"看我的膝盖,一点儿也没有弯曲。只要下定决心,你们都能做到,"她一边说着一边直起腰来,"只要在四十五岁以下,都能碰到脚趾。我们并不是所有人都能上战场,但至少要做到保持身体健康。不要忘记那些在马拉巴前线的兄弟们和在水上堡垒上的水兵们!你们想,他们得经受多么艰苦的考验。现在,我们再来一次。"温斯顿猛的一弯腰,终于在膝盖挺直没有弯曲的同时用手碰到了脚趾,这是多年来他第一次做到这个动作。女教练鼓励说:"好多了,同志,好多了"。

四

温斯顿下意识地叹了一口气,即便电幕近在眼前,却也阻止不了他每天开始工作时的这一声叹息。他伸手拉过听写器,吹了吹话筒上的灰尘,戴上眼镜,然后打开办公桌右侧气动输送管中传过来的四个小纸卷,把它们夹在一起。

温斯顿的办公室不大,墙上有三个洞口。听写器右边的小洞口是一个气动输送管,用来传递书面指示;听写器左边稍大一些的洞是传报纸用的;侧墙上在温斯特伸手可及的地方有一个椭圆形的洞口,上面罩着金属网,这个洞口是用来处理废纸的。像这样的洞口,整幢大楼里有成千上万个,不仅每间屋子里都有,而且每条过道上相隔不远就有一个。因为某些原因,人们给这种洞口起了个"忘却洞"的外号。当人们想起有文件需要销毁,或看到地上有废纸时,就会自然而然地掀开身旁忘却洞的盖子,把文件或废纸扔进去。然后一股暖和的气流会把它们吹到位于大楼某处的大锅炉中焚毁。

温斯顿打开那四张纸条看了看。每张纸条上都写着一两行字,使用的都是内部通用的缩写——虽然并不完全是新话,但大都包含新话的词汇。这四张纸条上分别写着:

第一部

泰晤士报 17.3.84 老大讲话误报非洲更正

泰晤士报 19.12.83 预报三年计划一九八三年第四季度错印更正最新一期

泰晤士报 14.2.84 富部误报巧克力定量更正

泰晤士报 3.12.83 报道老大命令两加不好提到非人全部重写存档上交

看到第四项指示,温斯顿有那么一丝得意的感觉,把它放到了一边。这是一个复杂而且责任重大的工作,最好最后再处理。另外三项都是例行公事,不过第二项可能需要查阅一系列数字,有些枯燥无聊。

在电幕上,温斯顿拨出了"往期报纸"的号码,要了相关各天的《泰晤士报》。只过了几分钟,气动输送管就把报纸送来了。按照指示,出于某种原因,一些文章或新闻必须进行修改——或者按照官方的话来说——必须进行"更正"。举例来说,三月十七日的《泰晤士报》报道,老大哥前一天发表讲话,预言欧亚国很快就会在北非发起进攻,南印度前线会相安无事。结果却是,欧亚国最高统帅下令在南印度发起进攻,没有理会北非。所以温斯顿需要修改老大哥的讲话,使他的预言与事实一致。又比如说,十二月十九日的《泰晤士报》公布了官方对一九八三年第四季度——也就是第九个三年计划的第六个季度——各类消费品的估算数字。而今天报纸公布的实际数字与原来的估计有很大的差别。温斯顿需要更正原来的估算数字,使它们与实际数字相符。第三项指示指的是一个很简单的错误,几分钟就能改正。在刚刚过去的二月,富裕部承诺(官方原话是"明确保证")一九八四年不会降低巧克力供应量。但事实上,就温斯顿所知,从本周末开始,巧克力的定量供应将从三十克减少到二十克。温斯顿要做的就是删掉原来的承诺，改写成一种提醒，告诉大家四月某个时间可能要降低定量供应。

每处理完一项指示后，温斯顿就会将听写器写好的更正内容夹在那天的《泰晤士报》上，送进气动输送管，然后把原来的指示和自己写的笔记揉成一团，扔进忘却洞里焚烧。这一连串动作，他已驾轻就熟。

这些气动输送管就像一个看不见的迷宫一样，里面究竟是什么情况，最后通向哪里，他都无从得知，但事情的处理流程他是大体知道的。如果某一天《泰晤士报》需要进行更改，等更正材料收齐核对无误后，那一天的报纸会重新印刷进行存档，先前的报纸会被销毁。要不断修改的工作不仅适用于报纸，还适用于书籍、期刊、手册、招贴画、传单、电影、录音带、漫画、照片——凡是可能包含政治或思想内容的一切文献材料。已经过去的每一天，甚至每一分钟都要根据最新情况进行更改，这样党的每一个预言都有档案证明，都是正确的。凡是与时下需要有冲突的新闻或意见，都不许留下记录。所有历史都像一张按照需要彻底抹净、彻底重写的羊皮纸。这项工作完成后，任何人都无法证明曾经伪造历史的蛛丝马迹。在记录司最大的一个处（比温斯顿工作的那个处大得多），工作人员的工作就是跟踪和收集所有未经过更改、需要销毁的书籍、报纸和其他文件。由于政治形势变化或者老大哥做出了错误的预言，某些日期的《泰晤士报》可能已经改写过十几次，但还以原来的日期存档，销毁原来的报纸和其他版本，以免与档案发生冲突。书籍也会一再地回收改写，重新发行时也不会承认做了哪些改动。甚至连温斯顿收到的、完成后立即销毁的书面指示中，也不会明言或暗示要他进行伪造，只是说为准确起见，需要对一些疏忽、错误、排版问题和引用错误进行修改。

不过，温斯顿在修改富裕部的数字时觉得，其实这根本就不是伪造，只不过是用一个谎言来代替另一个谎言罢了。他处理过的大部分材料与真实世界里的任何事物都不相关，甚至连赤裸裸的谎言中提到的那种关系都没有。原来的估算数字或许太过离谱，但修改后照样离谱，很多时候都是需要你杜撰出来的。例如，根据富裕部的预测，本季度鞋子的产量是一亿四千五百万双，而给出来的实际产量是六千二百万双。但是温斯顿在改写预测数字时将数字降低到了五千七百万双，这样就能够按照惯例说超额完成了目标。反正六千二百万也好，五千七百万也好，一亿四千五百万也好，都不是实际情况。实际很可能一双鞋都没有生产出来。但更可能的情况是，没有人知道究竟生产了多少双鞋，根本没有人关心这件事。虽然每个季度纸面上生产的鞋子犹如天文数字一般，但人们知道的却是大洋国里有近一半的人光着脚。实际上无论事情大小，每种事实的记录都是如此。一切都隐匿在一个如影子般的世界中，最后连今年是哪一年都无法确定了。

温斯顿望了一眼大厅的那一边。那一边是一个与温斯顿办公室相对的小办公室，里面的工作人员名叫铁洛逊。他个子不高，看起来很精明，下巴上还隐约有一些胡碴儿。他在那里不停地忙着，腿上放着一叠报纸，嘴巴离听写器的话筒很近。那架势仿佛是除了电幕以外，不想让任何人听到他的话。他抬起头来看向温斯顿这边，眼镜的反射光似乎充满了敌意。

温斯顿一点儿也不了解铁洛逊，也不知道他做的是什么工作。记录司里的人不大愿意谈论自己的工作。这个大厅很长，两边没有窗户，都是一间间小办公室，纸张的窸窣声和对着听写器说话的声音嗡嗡地不绝于耳。有十几个人，温斯顿虽然每天都能看到他们忙碌地在走廊里来来回回,或在"两分钟仇恨会"期间挥手跺脚,但并不知道他们的名字。他知道的是,在他隔壁的小办公室里,那个淡茶色头发的小女人每天的工作都忙忙碌碌,内容就是查找已经被"蒸发",因此被认定不存在的人的姓名,将这些人的姓名删除干净。她的丈夫几年前就被"蒸发"了,所以这样的工作非常适合她。在相隔几个小办公室的屋里,有一个名叫安普尔福思的人,态度温和、窝窝囊囊、神情恍惚,耳朵上长着很多毛,在诗词韵律方面却有令人意想不到的天赋,他的工作是删改一些思想上有害,但出于某种原因仍需保留的诗歌——他们将之称为定稿本。这个大厅里有五十来名工作人员,但这不过是一个科而已,可以说是庞大复杂的记录司的一个细胞。大楼里上下左右的楼层中还有很多工作人员在从事着各种为数众多、想也想不到的工作。在很大的印刷车间里,有编辑、校对、排版和印刷人员和伪造照片的暗房,暗房设备都很高档。在电视节目处,里面有工程师、制片人和各色演员,他们最擅长的就是模仿别人的声音。这里还有很多资料员,负责列出应回收书籍和期刊的清单。庞大的存档室用来存放更改后的文件,隐蔽的锅炉用来销毁原件。还有神秘的智囊人员,领导着全部工作,决定方针政策——决定哪件事需要保留,哪件事需要更改,哪件事需要抹去痕迹。

不过说起来,记录司不过是真理部的一个下属部门,真理部的主要任务并不是改写历史,而是为大洋国的公民提供报纸、电影、教科书、电视节目、戏剧、小说——涉及所有信息、指示或娱乐内容,从一个雕像到一句口号,从一首抒情诗到一篇生物学论文,从一本儿童拼字书到一本新话辞典。真理部不仅要满足党的诸多需求,还需要另搞一套较低级的内容供低层阶级使用,因此它设立了一系列不同的部门,负责面向底层阶级的文学、戏剧、音乐

第一部

和一般的娱乐,出版除体育运动、犯罪凶杀、天文星象以外的没有实质内容的无聊报纸、廉价的刺激小说、色情电影、低俗歌曲,像这种低俗歌曲,完全是由一种称为谱曲机的特殊机器用机械的方法谱出来的。其中还有一个科——新话称为"色科"——专门负责编写最低俗的色情文学,完成后进行密封再发出,除相关工作人员,任何党员都不得偷看。

就在温斯顿正在忙着的时候,又有三条指示通过气动输送管的口子送了出来,不过这都是一些简单的事情,他在停下工作进行"两分钟仇恨会"之前,就把它们处理掉了。"两分钟仇恨会"结束后,他又返回自己的小办公室,从书架上拿下了新话字典。他把听写器推开,擦拭了一下眼镜,开始着手进行上午的主要工作。

温斯顿生活中最大的乐趣就是工作。虽然他的大部分工作都是例行公事,单调且枯燥,但总有那么一些十分困难复杂的工作,会让人一钻进去就会忘掉自己,就像钻研一个复杂的数学问题一样——这就是进行一些微妙而细腻的伪造工作,除了凭借自己对英社原则的了解和对党想要你说什么话进行猜测以外,没有任何指导。温斯顿很擅长这种工作,有一次他甚至受命用新话改写了《泰晤士报》的一篇社论。现在他打开了之前放在一边的那份指示。上面写着:

泰晤士 3.12.83 报道老大命令两加不好提到非人全部重写存档前上交

用老话或标准英文来说,这个指示的意思是:

一九八三年十二月三日《泰晤士报》对老大哥命令的报道非常不当,报道中提到了不存在的人。对报道进行全文重写,草稿在存档前送上级审查。

温斯顿浏览了一遍这篇存在问题的报道,里面的内容讲的是老大哥下令表彰一个名为FFCC组织的工作,这是一个负责为水上堡垒的水兵提供烟卷等物品的组织。其中的高级核心党员维瑟斯同志受到了特别表扬,还获得了二等卓越功勋勋章。

三个月后,FFCC突然被解散,原因没有说明。不难想象,维瑟斯和他的同事们现在已经失宠了,不过报纸或电幕上并没有任何关于此事的报道。这在意料之中,因为政治犯一般并不会进行公开审判,也不会遭到公开谴责。对成千上万的人进行清洗,公开审判叛国分子和思想犯,让他们充满悔意地认罪然后再进行处决,像这样专门做出来给大家看的情况,一般过一两年才会发生一次。常见的情况是,让党不满的人会立即消失,不知下落。没人知道他们到底怎样了。有些人可能根本没有死。温斯顿认识的人中,大约有三十个人先后失踪,这其中还不包括他们的父母。

温斯顿用一个纸夹子轻轻刮着自己的鼻子。对面小办公室内,铁洛逊同志依然在轻声对着听写器说话,一副神秘的样子。他抬了一下头,眼镜上又折射出充满敌意的光。温斯顿心里想,他的工作会不会和自己的一样。这完全有可能,这么难的工作从来不会交给一个人来负责。另一方面,把这项工作交给一个委员会来做,显然等于公开承认要进行伪造。也许现在有十几个人在分别修改老大哥的话,之后由核心党内的一个高级智囊决定选用一个版本来进行重新编辑,再让人反复进行必要的审核,经过这层层的复杂工序之后,最后成形的那个谎言就会永久存档,成为真理。

第一部

温斯顿并不知道维瑟斯失宠的原因。或许是因为贪污,或许是因为失职。或许是因为太得民心,老大哥认为必须将其除掉。或许是他自己或他亲近的人有异端倾向嫌疑。或许——所有这些可能中最有可能的——是因为清洗和蒸发已经成为政府运转的常态,所以才有了这件事的发生。温斯顿找到的唯一线索就是指示中写着的"提到非人"这几个字,这表明他已经死了。并不是所有被捕的人,都可以做这样的假定。他们有的会被放出来,享受一两年自由,然后再被处决。也有少数情况,人们认为他已经死了,但某一天他又突然像鬼魂一样出现在公开审判会上,他的供词牵连好几百人,之后彻底销声匿迹,这次是永远消失了。但维瑟斯已经是一个非人。他并不存在,而且从来没有存在过。因此温斯顿觉得,只改变老大哥发言的倾向并不够,最好将原来的发言改为与原来话题完全无关的事。

他想把发言内容改成一般常见的对叛国分子和思想犯的谴责,但这未免过于明显,可捏造前线战事的胜利消息,或者第九个三年计划取得超额完成的胜利,又会带来非常复杂的记录修改工作。最好是来一个纯粹虚构的人物。仿佛是现成的一样,他的脑海中突然闪现出一个在最近战斗中英勇牺牲、名叫奥吉尔维的同志的形象。有时候老大哥下令表彰某个身份低微的党员,是希望树立一个榜样,这个人的生和死值得大家效仿。今天他就可以表扬奥吉尔维同志。不错,虽然事实上奥吉尔维同志并不存在,但只要印上几行字,再伪造几张照片,那么他马上就存在了。

温斯顿构思了一会儿,拉过听写器,开始用大家都听惯了的老大哥腔调说起来,这种腔调既有军人特质,又充满学究味道,而且使用的还是先提问马上再回答的方式(例如:"同志们,我们从这件事中能得到什么教训呢?这个教训——也是英社的一个基本原则——是",等等),所以这种腔调并不难模仿。

三岁时,奥吉尔维同志的玩具除了一面鼓、一挺轻机枪、一个直升飞机模型以外,其他的玩具他都不稀罕。六岁时,他加入了少年侦察队,虽然比规定的早一年,但他得到了特许可以加入。九岁时,他担任了侦察队队长。十一岁时,他偷听到叔叔的讲话,觉得说这些话是有罪的,就向思想警察告发。十七岁时,他担任了少年反性同盟的区队长。十九岁时,他自己设计出了一种手榴弹,被和平部采用,首次试验时扔出一枚就炸死了三十一名欧亚国战俘。二十三岁时,他战死沙场。当时他正在印度洋上空飞行,遭到敌方喷气式飞机追击,由于机上有重要文件,所以他带着文件和机枪,跳出了飞机,带着它们一同沉入了海底——这种结局,老大哥说,不能不令人钦佩。老大哥还发表了一些讲话,赞扬奥吉尔维同志一生的纯洁和忠诚。他烟酒不沾,除每天在健身房运动一小时以外,没有任何其他的消遣。他立誓单身,认为婚姻和照顾家庭与一天二十四小时投入工作是矛盾的。除了英社原则以外,他没有其他的话题,除了击败欧亚国敌人和搜捕间谍、破坏分子、思想犯、叛国分子以外,他的生活目的再没有别的。

要不要授予奥吉尔维同志卓越勋章,温斯顿考虑良久,最后还是决定不授予,因为这会导致不必要的反复核查。

他又抬头看了一眼对面小办公室中的铁洛逊。一些迹象表明,他一定也在做与自己相同的工作。虽然不知道最后谁的版本会被采用,但温斯顿坚信肯定是自己的版本。一小时前还不存在的奥吉尔维同志,现在已经成为事实。让他觉得奇怪的是,你只能创造死人,不能创造活人。现实中从未存在过的奥吉尔维同志,如今已经在过去存在过。一旦伪造工作被人遗忘之后,奥吉尔维同志就会像查理曼大帝或者恺撒大帝那样真实存在过,而且同样有据可查。

五

在地下深处,有个天花板低矮的食堂,人们都在排队打午餐,队伍在慢腾腾地向前挪动。食堂里已经非常拥挤,并且人声嘈杂。厨房内炖菜的蒸气透过柜台上的铁栏倾泻而出,然而这带着铁腥酸味的蒸气却没有掩盖住胜利牌杜松子酒的酒气。在屋子另一头有一个小酒吧,其实不过就是在墙上挖出的一个洞,在那里,你花一毛钱,就能买到一大杯杜松子酒。

"我正要找你。"有人在温斯顿背后这样说。

他转过身去,看到了他在研究司工作的朋友赛麦。也许确切地说,"朋友"这个词用得并不合适。当今社会,只有同志,没有朋友。只不过,与某些同志的相处,比与另一些同志更愉快一些。赛麦是个语言学家,新话方面的专家。实际上,他是目前正在从事编辑第十一版新话词典的许多专家中的一个。他身材矮小,比温斯顿还要矮,一头黑发,突出的眼睛里,带着悲伤与嘲讽。当他和你说话的时候,那双眼睛似乎在仔细地探索你的脸。

"我想问问你,你弄到剃须刀片了吗?"他说。

"一片也没有!"温斯顿有些心虚似的急忙说,"我到处都找过了,都已经没有了。"

每个人都向周围的人要剃须刀片。其实温斯顿还攒了两个新刀片。刀片在过去的几个月里一直缺货。不管什么时候,党营商店里总是无法供应一些必需品。有时是扣子,有时是线,有时是鞋带;现在是剃须刀片。你只能偷偷摸摸地去"自由"市场才能搞来一些。

"我的刀片已经用了六个星期了。"他很心虚地补了一句。

午餐的队伍向前挪动了一点儿。再停下来的时候,温斯顿再次转过身来面对赛麦。他俩都从柜台一端的铁盘中取了一只油腻的盘子。

"昨天你去看绞死战俘了吗?"赛麦问道。

"我那个时候在工作。"温斯顿冷淡地说,"我想,从电影中也能看到。"

"那个差太远了。"赛麦说道。

他带有嘲弄色彩的眼神在温斯顿的脸上转来转去。"我了解你,"他的眼睛仿佛在说,"我早就看透你了。我非常清楚你为什么不去看绞死战俘。"从知识分子的角度来说,赛麦的思想正统到了让人觉得恶毒的地步。他常常会用幸灾乐祸的腔调讲述直升机对敌方村落的袭击,思想犯的审讯与招供,友爱部地下室的处决,令人非常厌恶。跟他说话需要设法把他从这类话题岔开,尽可能地与他谈论关于新话的技术细节,因为他对这方面很感兴趣,也是权威。温斯顿把头转向一旁,避开他那双黑黑的大眼睛的审视。

赛麦回忆说:"昨天的绞刑干脆利落,但我觉得,美中不足的是把他们的脚绑起来了。我喜欢看他们双脚胡乱踢动,挣扎。尤其是最后,他们伸出舌头,脸色变青——青得发亮。我喜欢看这些细节。"

"下一个!"一位身穿白围裙的无产者手举着长柄勺叫道。

温斯顿和赛麦把盘子放到铁栏下,无产者熟练地把一份午餐盛到了他们的盘子里——一盒暗红色的炖菜、一块面包、一小块奶酪、一杯无奶的胜利牌咖啡、一片糖精。

"那边的电幕下面有个空桌子,正好我们顺便带杯酒过去。"赛麦说。

酒盛在没有把的瓷杯子里。两个人穿过拥挤的人群,走到了空桌的位置。桌子的一角上有一摊不知是谁洒掉的炖菜,黏黏的像是人的呕吐物,他们把盘子放在了这里。温斯顿端起了那杯酒,犹豫了一下,硬着头皮一口吞下了散发着油味的酒。他眨眨眼睛,眼泪流了出来。这时候,他感到肚子饿了,就开始一匙一匙地吃起炖菜来。炖菜有些黏糊糊的,里面有些粉红色软塌塌的东西,大概是肉制品。两个人再也没有说什么,吃完了小菜盒里的炖菜。在温斯顿左后方不远处,有个人在嘟嘟囔囔地不停说话,他的声音粗哑,就像是鸭子叫,在屋里嘈杂的人声中特别刺耳。

"词典编得怎么样了?"温斯顿大声说,想要盖过屋内的嘈杂声。

"进度很慢。"赛麦说。"我正在做形容词这个部分,很有意思。"

一提到新话,赛麦立刻变得眉飞色舞起来。他把炖菜盒子推开,一只手拿着面包,另一只手拿着干奶酪,伏在桌子上,为了不用跟温斯顿喊着说话。

"第十一版是最终定稿,"他说。"我们正在决定语言的最终形式——以后大家交谈时只使用这种形式。等到我们的工作完成了,像你这样的人就得从头开始学习。我敢说,你肯定以为我们的主要工作就是在创造新的词汇。你完全错了!我们是在消灭旧的词汇——几十个、几百个地消灭,每天都在消灭。我们要把语言剔得只剩骨架。我敢说第十一版词典中收录的词汇,没有一个会在二〇五〇年前过时。"

赛麦狼吞虎咽地吞了几大口面包,又带着一种学究式的热情继续说了起来。那张瘦削黝黑的脸开始表情丰富起来,眼中嘲弄的神情也消失不见,多了几分神驰天外的样子。

"消灭词汇是件相当美妙的事情。当然,最大的浪费是在动词和形容词上,但是也有几百个名词是可以删去的。不仅仅是同义词,还有反义词。说实在的,如果一个词仅仅是另一个词的反面,那么它有什么存在的理由呢?以'好'为例。如果有了'好'这个词,为什么还要'坏'这个词呢?'不好'这个词就行了——这个更好,因为'不好'恰恰是'好'的反面,另外一个词却不是。又例如,你想表达比'好'的程度更深的词,有什么理由用'精彩''壮观'之类含糊不清、没有用处的词呢?'加好'一个词就能完全涵盖这个意了,如果要强调更深的程度,就用'双加好'。是的,这些形式我们目前已经在使用了,不过等到新话最终版本确定的时候,这就成为唯一的形式了。到最后,所有关于好与坏的概念就只用六个词来表达——实际上,只有一个词。温斯顿,你不觉得这样做太妙了吗?当然,这是老大哥首先提出来的。"他又补充道。

一听到老大哥,温斯顿的脸上出现了一丝敬仰的神情,但赛麦还是觉察到温斯顿的表情不够热切。

"温斯顿,你还没有真正领略到新话的妙处。"赛麦几近悲哀地说,"就算你写作用的是新话,但思考的时候还在用旧话。我有时候读到一些你发表在《泰晤士报》上的文章,写得不错,但我觉得那只能叫作翻译,你心里还是喜欢使用语意模糊、词义细微的旧话。你还没有领会到消灭词汇的好处。你难道不知道新话是世界上唯一的词汇逐年减少的语言吗?"

温斯顿当然不知道这一点。他不敢承认,只能摆出表示赞同的微笑。赛麦又啃了一口手中的深色面包,嚼了几下,继续说道:"新话的全部目的是要缩小思想范围,难道你不明白这一点?到最后我们将使思想犯罪变成不可能,因为没有词汇来表达这一罪行。凡是有必要使用的概念,都只能由一个词表达出来,这个词的意义将有严格限定,其他任何附加的含义都会被消除、遗忘。在第十一版中,我们几乎可以完成这个目标。但是这个过程在你我死后还需要长期进行下去。词汇每年都越来越少,人们的思想意识范围也就越来越小。当然,即使是现在,也没有任何理由或者借口犯思想罪。这仅仅是个自律和现实控制问题。当然,最后我们肯定不需要这个过程。新的语言完善了,革命也就成功了。新话就是英社,英社也就是新话。"他带着神秘的满意神情补充说。"温斯顿,你有没有想过,最迟到二〇五〇年,那时候活着的人没有一个人能听懂咱们两个今天的交谈。"

"除了——"温斯顿迟疑地说,却又打住了。

"除了无产者"这句话,他差点脱口而言,但最终还是克制住了,因为他不完全确定这句话是不是有些不正统。然而,他想要说什么,赛麦似乎已经猜到了。

"无产者不是人。"赛麦脱口而出,"到二〇五〇年——或许能早一些——所有老话的实际知识已经全部消失。过去的所有文学也会被毁灭。乔叟、莎士比亚、弥尔顿、拜伦——他们将只存在于新话的版本中,不仅仅被改成了与原来不同的东西,而且被改成了同原来相反的东西。党的书籍甚至也要改变。一些口号也要改变。如果自由的概念被取消了,你如何还能叫响'自由即是奴役'的口号?到那个时候,整个社会的思想氛围将会与现在截然不同。实际上,到那时,根本不会有我们现在所说的这种思想。正统就是不想——不需要思想。正统即无意识。"

突然,温斯顿深深地意识到,总有一天赛麦会被蒸发。他太聪明了。他理解得太透彻了,并且直言不讳。党不喜欢这样的人。总有一天他会消失。这个结果写在了他的脸上。

温斯顿吃完了他的面包和奶酪。他稍微转了转身,去喝他的那杯咖啡。在他左边桌子旁的那个声音粗哑的人,依旧在喋喋不休地说着话。一个年轻女人大概是他的秘书,背对着温斯顿,不管他说什么,都表现出认同。"您说得太对了,我很赞同",温斯顿不时地听到一两句类似的话。这是个年轻且有些愚蠢的女人的声音。但是,那个粗哑的声音从未停止过,即使在那姑娘说话的时候也没停下过。温斯顿认出了他,但只知道他是小说司一个还算有些地位的人物。这个人三十岁左右,喉结突出,一张大嘴巧舌如簧。他的头向后微微仰起,因为他坐着的角度关系,眼镜有些反光,使温斯顿看不到他的眼睛,只能看到两片玻璃。让人有些无法忍受的是,虽然他一直在喋喋不休地讲述着什么,但是几乎没有一个字能让人听得清楚。温斯顿只一次听到了一句——"完全和彻底地消灭果尔德施坦因主义"——这几个字说得非常迅速,像一行铸造的铅字一样完整。其余的都是呱呱呱的噪声了。虽然那个人说的话你听不清楚,但是毫无疑问,你能了解他所说的大概内容。他很有可能是在指责果尔德施坦因,要求对思想犯和破坏分子采取更加严酷的制裁。他可能在指责欧亚国军队的暴行,也有可能是在歌颂老大哥或者马拉巴前线的英雄——这都没什么不一样。无论他说的是什么话,你都能肯定,他说的每一个词都是绝对正统的,绝对"英社的"。看着他那张没有眼睛的脸上,只有一张嘴在迅速地上下翻腾,温斯顿有一种奇怪的感觉,这是一个假人,没有思想的假人。说话的不是他的脑子,而是他的喉头。说出来的东西虽然是由词语组成的,但却不是真正的成句子的话,更像是无意识状态下发出的噪声,像是一只鸭子呱呱叫一样。

赛麦沉默了一会儿,拿着汤匙在桌子上那摊炖菜中划来划去。另一张桌子边的那个人依旧在迅速地说着,尽管室内喧哗,他的声音依然清晰可辨。

"新话中有一个词语,"赛麦说,"我不知道你清楚与否,叫作鸭话,就是指说话像鸭子呱呱叫。这个词十分有趣,包含两个相反的含义。用在你反对的人身上,就是骂人的话。用在你同意的人身上,就变成了称赞人的话。"

毫无疑问赛麦早晚会被蒸发,这个念头又一次浮现在温斯顿的脑海中。想到这些,温斯顿心中不免感到一些哀伤,虽然他很清楚赛麦看不起他,也不喜欢他,而且完全有可能揭发他是一个思想犯,只要他觉得有理由这样做。赛麦这个人有点儿不对劲,究竟哪里不对劲,温斯顿也说不上来。赛麦身上缺少一些东西:谨慎、超脱,以及一种藏拙。你不能说他是不正统的。他对英社的原则深信不疑,他尊崇老大哥,他渴望胜利,仇视异端,这不仅仅是他的真情实意,更是一股无法按捺的热情,他了解时事,这是一般党员不具备的。但同时,他也给人一种靠不住的感觉。他时常会说一些不合时宜的话,他读书太多,又时常光顾画家和音乐家聚会的栗树咖啡馆。没有任何一条法律,也没有任何不成文的法律禁止去栗树咖啡馆,但那个地方确实是个不祥之地。一些受到谴责的党的前领导人在遭到最终清洗之前都会经常光顾那里。据说,几年或者几十年前,果尔德施坦因本人也曾经光顾那里。当然赛麦的命运并不难预测。但是可以肯定的是,如果赛麦发觉温斯顿心中隐藏的想法,哪怕只有三秒钟,他也会立刻向思想警察揭发。当然换作别人,也会告发温斯顿,但是赛麦无疑更加极端。只有热情是不够的。正统就是没有思想。

赛麦抬起头。"派逊斯来了。"他说。

他的话里好像是在说:"那个讨厌的笨蛋。"派逊斯是温斯顿在胜利大厦的邻居,他真的穿过屋子走过来了——他身材臃肿,个头中等,头发淡黄,有一张像青蛙的脸。他才三十五岁,脖子和腰间已经长出了一圈圈肥肉,但是他的动作仍敏捷、孩子气。他看起来更像是一个大块头的孩子,即使是他身穿制服,你也会不自觉地认为他穿得像少年侦察队的灰衬衣、蓝短裤、戴着红领巾一样。你甚至会想象出他露出胖胖的膝盖和袖管里胖胖的胳膊。事实也正是这样,只要有机会,像集体远足或者其他体育活动,他总会穿上蓝短裤。派逊斯一边高兴地对他俩说"哈罗,哈罗",一边在桌旁坐了下来,随即,一股浓烈的汗臭味散发开来。他通红的脸上挂满了汗珠。他特别爱出汗。在社区活动中心看到乒乓球拍是湿的,你就能立刻知道刚刚是他打过球。赛麦掏出一张纸,上面有一行长长的字,他用手指夹着一支墨水铅笔琢磨了起来。

"你看看他,吃饭的时候都在工作。"派逊斯用胳膊推了推温斯顿,"工作积极,啊?伙计,你看的是什么呀?对我这样一个粗人来说有点儿太高深了吧。史密斯,伙计,我告诉你我为什么一直在找你。你忘记给我捐款了。"

"捐什么款?"温斯顿说着,手已经自动地从口袋里掏钱了。每个人都需要拿出自己工资的四分之一来参加各种名目的捐款,名目多到让人记不清楚。

"仇恨周的捐款。你知道——按住户捐的。我是咱们这个片区的财务主管。我们要全力以赴——要做出成绩来。我告诉你,到时候要是胜利大厦不是整条街上悬挂旗帜最多的,那可怨不得我。你答应给我两块钱。"

温斯顿挑出了两张褶皱、油污的钞票递给了派逊斯。派逊斯用谁都看不懂的整齐字迹认认真真地记在一个小记事本上。

"对了,伙计,"他说,"听说昨天臭小子用弹弓打你了。我狠狠地教训他了,我告诉他,要是他还那样做,我就没收了他的弹弓。"

"我想或许是他没能看到绞刑,有点儿不高兴吧。"温斯顿说。

"对啊,是这样的——我的意思是说,这说明他俩的思想立场是正确的,对不对?虽然这两个小崽子非常淘气,但是提到态度积极,那就没挑了!他们天天思考的都是少年侦察队和战争的事。你知道上周六我的小女儿做了什么吗?在跟随队伍去伯克姆斯坦德远足的途中,她说服另外两个女队员跟她一起去跟踪了一个可疑的人整整一个下午。她们离开队伍,一直跟着他两个小时,穿过树林,在到达阿默夏姆的时候,向巡逻队揭发了这个家伙。"

"她们为什么要跟踪他?"温斯顿有些惊讶地问道。

派逊斯继续扬扬得意地说:"我的孩子确定这个家伙是特务——比如说,有可能是跳伞空降来的。但是这就是关键,伙计。你知道是什么东西让她一开始就注意到他吗?她发现他穿的鞋子很奇怪——她说她以前从来没见过别的人穿那种鞋子。由此判断他很可能是个外国人。一个七岁的孩子,这样很聪明,是不是?"

"那个人后来怎么样了?"温斯顿问。

"啊,当然,我没法说。但是如果——我一点儿也不会感到奇怪。"他一边说着一边做出一个步枪瞄准的架势,嘴里还发出啪的一声。

"好极了!"赛麦心不在焉地说,他盯着手里的字条,头也没抬。

"当然我们不能麻痹大意。"温斯顿也顺从地随声附和。

"我就是这个意思。现在正在打仗。"派逊斯说。

他们头顶上方的电幕似乎是为了证实这一点,发出了一阵喇叭声。只不过,喇叭宣布的不是军事胜利的消息,而是富裕部的一个公告。

"同志们!"一个年轻的兴奋的声音喊道,"同志们请注意!我现在要向大家宣布一个好消息。我们又一次赢得了生产战线上的胜利!迄今为止的各类消费品产量数字显示,在过去的一年中,我们的生活水平有百分之二十以上的提高。今天上午大洋国全国都自发组织了游行,工人走出工厂、办公室,在街道上游行,举着旗帜、喊着口号,感谢老大哥的英明领导带给我们的新幸福生活。接下来,我向大家播报统计完成的一些数字。食品类——"

"我们的新幸福生活"这个词反复出现。这是富裕部最近爱用的词。派逊斯此时的注意力完全被喇叭声吸引过去,他一本正经地坐在桌旁听着,带着一种受到启发的乏味神情。他搞不懂那些数字,但他明白这些数字有着某种令人满足的原因。他掏出一个肮脏的大烟斗,里面装着半烟斗已经烧焦了的烟丝。现在烟草的配额一星期只有一百克,想把烟斗塞满几乎是不可能的。温斯顿吸的是胜利牌香烟,他小心翼翼地横着拿在手上。明天才能开始供应下一次的配额,可是他只剩下四支香烟了。现在他全神贯注地倾听着电幕上发出的声音,不去听其他的噪声。看来,甚至

第一部

还有人因为感谢老大哥将巧克力的配给额提高到二十克而上街游行。不过就在昨天,他心里想着,才宣布将配额减少至一星期二十克。才过了二十四小时,难道他们就忘记了吗?是的,他们忘记了。派逊斯蠢得像动物一样,他很容易把这事儿忘记了。旁边那张桌子旁的那个没有眼睛的男人也狂热地、热切地忘记了,他还急切地盼望把表示上周配额是三十克的人都找出来,让他们被蒸发。赛麦也忘记了,但他比较复杂,利用的是双重思想。那么,只有他一个人还拥有记忆吗?

一连串不可思议的数据源源不断地从电幕上蹦出来。和去年相比,食物、服装、房屋、家具、饭锅、燃料、轮船、直升机、图书、婴儿都增加了——除了疾病、犯罪和精神病外,所有的一切都增加了。年复一年,日复一日,每个人、每件事都在迅速地发展。温斯顿拿起汤匙,像赛麦刚才做的那样,蘸着桌子上那摊菜汤画了一条长线,勾勒出一幅图案。他不快地思忖着自己的物质生活。难道会一直这样下去吗?食物一成不变的是这个味道吗?他环视食堂一周,天花板很低的屋子里挤满了人,墙壁因为人们来回拥挤都被蹭得污黑;带着锈迹的铁桌椅一个挨一个紧密地摆放着,只要坐下一抬肘就会碰到旁边的人;弯曲的汤匙、凹陷的盘子、粗糙的白色杯子,所有的东西上面都油腻腻的,每一条缝隙里都积满了污渍;整个屋子都充斥着劣质杜松子酒、劣质的咖啡、涮锅水味的炖菜和脏衣服混合的味道。你的肚子和你的皮肤总是在做着无声的抗议,你有一种自己有权拥有的东西被骗走的感觉。的确,他的记忆里没有什么和现在大不相同。在任何时候,凡是他能够清楚地记得的时候,没有充足的食物,袜子和内衣上总是有破洞,家具总是破旧的,房间内总是供热不足,地铁总是拥挤的,房子总是岌岌可危的,面包总是深色的,茶叶总是供不应求，咖啡总有股脏水的味道，香烟总是匮乏的——除了人造杜松子酒之外，没有哪样东西是充足和廉价的。虽然这样的情况会随着人的变老而越来越糟糕，但是如果你的内心因为生活艰苦、环境脏乱、资源匮乏感到不快，如果你因为这无止尽的冬季、破烂的袜子、停开的电梯、冰冷的自来水、粗糙的肥皂、自己掉烟丝的香烟以及有股奇怪的难以下咽味道的食物感到不快，这岂不是说明，这样的情况不是事情的本来面目？除非你有一种古老的回忆，记得以前事情不是这样的，要不你为什么会感觉这不能忍受呢？

他再一次环顾了食堂四周。几乎每个人都面目丑陋，即使是那些没有穿蓝色制服的人也好看不到哪里去。在房间的另一边，一个身材矮小、长得奇怪得像小甲壳虫的男人独自坐在桌旁喝咖啡，他的小眼睛充满怀疑地向四周扫来扫去。温斯顿想，如果你没有四处观察，很有可能相信党树立的完美形态——身材高大魁梧的小伙子、凹凸有致的姑娘，满头金发，肤色健康，活力四射，无忧无虑——是存在的，甚至占多数。实际上，在他看来，一号空降场大部分的人是矮小丑陋的。让人很难理解的是，为什么各部都是些像甲壳虫那样类型的人：又小又矮，没到年纪就长胖了，四肢短小，动作干净利落，终日忙忙碌碌，胖胖的脸上一双眼睛又细又小。在党的统治下，这种人繁殖得最快。

富裕部的公告结束了，喇叭声再次响了起来，之后便是柔和的轻音乐。派逊斯莫名其妙地被那一连串数字刺激得有些兴奋，他从嘴里拿开烟斗。

"富裕部今年干得不错，"他满意地晃着头说。"顺便问一下，史密斯伙计，你有没有剃须刀片让我用一下？"

"一片也没有，"温斯顿说，"我用这一个刀片六周了。"

第一部

"噢,没关系——我只是想问一下,伙计。"

"对不起。"温斯顿说。

富裕部做公告时,邻桌呱呱叫的声音才暂时停止了,现在又恢复了,还像刚才那么大声。不知道是什么原因温斯顿突然想起了派逊斯太太,想起了她稀疏的头发,脸上皱纹里的尘土。两年之内,这些孩子就会向思想警察告发她。派逊斯太太会被蒸发。赛麦也会被蒸发,温斯顿也会被蒸发,奥勃良同样会被蒸发。另一方面,派逊斯却永远不会被蒸发。那个没有眼睛的呱呱叫的家伙不会被蒸发。那些在各部迷宫似的走廊里忙忙碌碌的小甲壳虫似的人也永远不会被蒸发。那个黑发的姑娘,那个小说司的姑娘——她也永远不会被蒸发。看起来他能本能地知道,谁会生存,谁会死亡:但究竟是什么让他们能存活下去,这很难说。

就在此时,他猛地一哆嗦从幻想中醒来。邻桌的那个姑娘正在侧着身注视着他。就是那个黑发的姑娘。她斜着眼看他,眼神好奇而专注。当他们四目相对时,她的目光迅速离开了。

温斯顿的后背开始出汗。一种恐惧的痛苦笼罩了他。但是没过多久,这种感觉就过去了,只剩下不安。她为什么要看着他?她为什么要跟着他?遗憾的是,他记不起来她是在他来食堂之前就坐在那张桌子旁边,还是后来才来的。但是至少在昨天,两分钟仇恨大会上,她就坐在他的后面,显然她这么做没有必要。也许她的真正目的是窃听,听听他喊得够不够响亮。

他之前的想法又回来了:可能她并非思想警察中的一员,但恰恰业余特务才是最危险的。他不知道她盯上自己多久了,但也许差不多五分钟,很有可能他没有控制好自己的面部表情。在任何公共场所或是电幕视野范围内,放纵自己的思想是很危险的。任何一个不经意的小细节都有可能暴露自己。紧张的抽搐,无意识的焦虑,习惯性的喃喃自语——凡是显得不正常、显得想掩饰什么,都会暴露你。在任何一种场合,只要你脸上有不恰当的表情(例如,听胜利公告时将信将疑),本身就是应给以惩罚的犯罪。关于这个,在新话里有一个新词叫作表情罪。

那个姑娘又转过头看着他,也许她不是真的在监视他,也许连续两天她坐在他旁边都是巧合。他的香烟已经熄灭了,他小心翼翼地把它放到桌边。如果能够让烟丝不掉出来,他可以在下班之后继续抽。很可能邻桌的人是思想警察的特务,也许在三天之内温斯顿会被送到友爱部的地下室里去,但是香烟屁股不能浪费。赛麦已经把纸条叠好放到口袋里。派逊斯又开始说了起来。

"我还没有给你讲过,伙计,"他一边说一边叼着他的烟斗,"那一次我家那俩小崽子在市场上把一个老太婆的裙子烧着了,因为他们看见她用印着老大哥图案的海报包香肠,就偷偷地跟在她的背后,用一盒火柴去烧她的裙子。可把她烧得够呛,我想。那两个小崽子,唉!可真够积极的!他们现在在少年侦察队里接受了一流的训练——甚至比我那个时候好多了。你知道他们给孩子们的最新装备是什么吗?插在钥匙孔里偷听的耳机!前几天我的女儿带回来一个——在我们的起居室门上试了试,估计听到的声音比把耳朵贴在钥匙孔上听到的声音大两倍。当然,这只是一个玩具,不过,却能让人们树立正确的思想,你说对吗?"

此时,电幕发出尖锐的哨声。这是回去工作的信号。这三个男人站起身争先恐后地挤进电梯,温斯顿香烟里剩下的烟丝全部掉了。

六

温斯顿在他的日记中写道：

那是在三年前。一个夜色深沉的晚上，在一个大火车站附近一条狭窄的小巷里，她在昏黄的路灯下靠着墙倚门而立。她的脸很年轻，打了一层厚厚的粉底。其实吸引我的是她抹的粉，那么白，像个面具一样，嘴唇也抹得鲜红。党内女人是从不涂脂抹粉的。街上没有其他人，也没有电幕。她说两元钱。我就——

此刻，他实在是无从下笔了，于是就闭上了双眼，用手指按着眼皮，想要抹掉那些反复折磨他的记忆。他不禁想放开嗓门破口大骂。有时候他会想用脑袋撞墙，或是把桌子踢翻，或是抓住桌子上的墨水瓶扔到窗外——总而言之，只要能够使他忘却那不断折磨他的记忆，不管是大吵大闹也好，还是伤害自己也好，他都愿意做。

你最大的敌人，他心里想，是你自己的神经系统。无论何时何地，你内心的紧张都可能因为一个明显的特点被暴露出来。他想起几周前在大街上碰到过的一个男人，那是一个党员，看起来很平常，年纪约三四十岁，身材颀长，拎着公文包。两个人相距几米的时候,那个人的左脸忽然抽搐了一下。两人擦肩而过的时候,他的脸上又出现了刚才的小动作,只是抽搐了一下,颤抖了一下,速度之快就像相机快门的咔嚓声一样,但很明显是习惯性动作,他记得自己当时在想:这个可怜的家伙完了。可怕的是,这个动作很可能是无意识的。说梦话是其中最致命的危险。在温斯顿看来,那是防不胜防的。

他深吸一口气,继续写下去:

我跟随她一起进了门,穿过后院,到了一个地下室的厨房里。这里靠墙有一张床,桌子上有一盏灯,灯光昏暗。她——

温斯顿咬紧牙关。他真想吐痰。在地下室的厨房里和那个女人在一起的时候,他又想起了自己的妻子凯瑟琳。温斯顿是已婚人士——反正,是结过婚的;也许他现在还算是已婚人士,因为据他所知,凯瑟琳还活着。他似乎又闻到了地下室厨房里那股闷热的气味,一种臭虫、脏衣服、恶浊的廉价香水混合在一起的气味,尽管如此仍然诱人,因为党内的女人们都不喷香水,甚至不能想象她们会那样做。只有无产者才使用香水。在他的心中,香水味道总是和私通紧密连在一起的。

玩弄这个女人是近两年来温斯顿的第一次行为失检。当然,玩妓女是被禁止的,但有时候你可以鼓起勇气违反这些规定。这种事情危险,但它不是生死攸关的问题。玩妓女被抓住可能要被判处五年强制劳动;但如果你没有其他的犯罪行为,仅此而已。其实这也足够简单,只要你避免被当场抓住。贫民区里到处都是准备出卖自己肉体的女人。有的甚至只是为了换一瓶杜松子酒,因为无产者是不被允许买这种酒喝的。私底下,党甚至倾向于鼓励卖淫,以便宣泄那种不能被完全压制的本能。偶尔寻欢作乐没什么关系,只要是偷偷摸摸搞的,而且搞的都是受蔑视的下层阶级的女人,没有什么乐趣可言。党员之间的乱搞才是不可饶恕的罪行。但很难想象真的会发生这种事情——尽管历次大清洗中的被告,都承认犯了这样的罪行。

党的目的不只是为了防止男女之间形成一种脱离掌控的忠贞关系。虽然没有宣布,但党的真正目的实际上是要性行为失去任何乐趣。无论是在婚姻里,还是婚姻外,与其说爱情是敌人,不如说情欲才是敌人。党专门为此成立了委员会,党员之间的婚姻都必须通过委员会的批准——尽管原则从来没有清楚地宣布——但如果双方给人们留下的印象是被对方的身体所吸引,那么申请总是被拒绝的。唯一得到认可的婚姻目的是繁衍后代,为党服务。性交被看成一个令人厌恶的小手术,就像灌肠一样。不过这个也没有明确地说过,但是却以一种间接的方式从小就渗透在每一位党员的心中。甚至有一些像少年反性同盟这样的组织提倡两性过完全无性的生活。所有孩子的出生都要用人工授精(新话叫人授)的方法,由政府抚养成人。对此,温斯顿知道,这么说并不完全是严谨的,但是无论如何这符合党的意识形态。党试图扼杀性本能,如果不能扼杀它,就要扭曲它,让它的名声受到玷污。他不知道为什么要这么做,但是又觉得这样是很自然的事,它应该是这样的。就女性而言,党在这方面做的努力还是很成功的。

他又想起了凯瑟琳。自从他们分开后,也许是九年,十年——还是快十一年了。他很少想起凯瑟琳,这让温斯顿感到很奇怪。有时候,他甚至能一连好几天忘记他曾经结过婚。他们在一起的时间大概只有十五个月。党不允许离婚,但是在没有孩子的情况下鼓励分居。

凯瑟琳是个头发淡黄、身材高挑、动作麻利的女人。她长长的脸棱角分明,如果你没有察觉到这张脸背后几乎是空洞的,你甚至会认为那是一张高贵的脸。温斯顿在他们结婚很早就发现——尽管这或许是因为他对她的认识比其他他认识的人更深入——在他所认识的人中,凯瑟琳是头脑最愚蠢、最粗俗、最空虚的人。她的头脑里除了口号没有任何想法,只要是党灌输给她的口号,她没有、绝对没有不盲目相信的。他在心里暗地给她起了个绰号叫"人体录音带"。但是,如果不是为了那唯一一件事情,他仍然可以忍受和她生活在一起——那就是性生活。

只要他一碰她,她就会躲避,紧张得全身僵硬。抱着她,就好像抱着一个木头人一样。奇怪的是,即便是她主动拥抱他,他也会感觉到她同时也在竭尽全力地要推开他。她的肌肉的紧绷感,给他留下了这个印象。她闭上双眼躺在那里,既不反抗也不配合,就是顺从。这是一件非常尴尬的事,令人感到厌恶。即使这样他仍然可以忍受和她在一起继续生活,只要她同意保持分居。让人纳闷的是,凯瑟琳拒绝这么做。她说,只要有可能,他们就应该生个孩子,因此他们的性生活非常规律,相当频繁地一周一次,只要不是不可能。她甚至会在那一天早晨提醒他,好像晚上有些事必须做,好像这是不能忘记的任务。她对这件事情有两种叫法。一个是"要孩子",另一个是"我们对党的义务"(真的,她真的这么说)。不久后,只要指定的日期一来临,他就有一种无比恐惧的感觉。幸运的是没有孩子降临,最后她同意放弃尝试,不久之后他们就分开了。

温斯顿默默地叹了口气,提起笔继续写道:

第一部

她一头躺倒在床上,没有任何准备动作,用最粗俗可怕的方式撩开裙子,你都无法想象当时的场景。我——

昏暗的街灯下,他看到自己站在那里,鼻子里闻到臭虫和廉价香水的味道,一种失败和怨恨的感觉从他心里油然而生,甚至在这一刻,这些感觉还和对凯瑟琳那具被党的催眠力量永远冰冻了的白皙身体混杂在一起。为什么事情总是这样呢?为什么他不能拥有一个属于自己的女人,而不是每隔几年就要做一次肮脏下流的事?但是真爱几乎是不可能想象的事情,所有的党内女人都差不多,贞洁和对党的忠诚一样在她们的心中根深蒂固。通过精心的早期培养,通过比赛和洗冷水澡,她们的天性被学校、少年侦察队、青年团不断灌输的垃圾,被演讲、游行、歌曲、口号、军乐,扼杀得干干净净。他的理性告诉自己,一定有例外存在,但是他的内心却不相信。就像党预期要她们那样,她们都坚不可摧。与其说他想要的是被爱,不如说他想要的是摧毁那道贞节之墙,哪怕这一生只成功一次就好。满意的性生活就是反抗,情欲就是思想罪。即使他能够唤醒凯瑟琳的欲望,那也相当于诱奸,尽管她是他的妻子。

但是剩下的故事还要接着写下去。他写道:

我点上了灯,在灯光下我看清了她——

在黑暗里待久了,煤油灯微弱的光也似乎非常明亮。温斯顿第一次清楚地看到这个女人。他朝她走了一步,却又突然止步,心里充满了欲望和恐惧。他痛苦地意识到来这种地方所冒的风险。完全有可能,他刚刚走出去,就会被巡逻队逮住;事实上这时他们很有可能正在门口等着他。但如果什么都没做就离开的话——

这必须写下来,这必须坦白。在灯光下,温斯顿突然清楚地看到对方是个老女人,脸上涂着厚厚一层脂粉,就像戴了一张快要折断的纸板面具。她的头发里有几绺白发,但真正可怕的是,她的嘴巴微张,里面宛如黑洞,什么都没有。她根本没有牙齿。

他慌张地写着,字迹潦草:

在灯光下我看清了她,是个相当老的女人,至少有五十多岁,但是我还是走了上去干了那事。

他用手指按住眼皮。他终于把它写下来了,但是这也没什么区别。这个方法并不管用。想扯开嗓子大声骂脏话的冲动比以前更强烈了。

七

  温斯顿写道：如果说还有希望，那么希望在无产者身上。

  如果说还有希望，那么希望肯定存在于无产者身上，因为只有在那里，在那群占据大洋国人口百分之八十五但却一直被蔑视的群体中，才有可能爆发出摧毁党的力量。要从内部推翻党是不可能的。党的敌人——如果说有敌人的话——是没有办法聚到一起并相互确认的。即便传说中的兄弟团真的存在——只是有可能而已——其成员也只能以三三两两的方式聚在一起。造反不过是一个眼神儿、一个声调的变化，最多也只是偶尔的低语。而无产者则不然，只要有办法让他们意识到自己的力量，就无须再从事地下活动了。他们只需要起来稍微挣扎一下，就像一匹马抖一抖身子就能把苍蝇赶跑一样，只要他们愿意，第二天早上就可以把党打得粉碎。可以肯定，迟早他们会这么做的。但是——

  他记得有一次，他走在一条拥挤的街上，突然几百个人的巨大的叫喊声，女人的声音——从前面那条横街上传过来。这是一种非常可怕的充满愤怒和绝望的叫喊，声音高而深沉，"噢——噢——噢——噢——噢"，就像钟声一样经久不息。他的心开始扑通扑通地跳。开始了！他想着。暴动来了！无产者终于要冲破羁绊了！在赶到出事地点时，他看到的是一群妇女围在街边市场货摊周围,她们有两三百人,每个人都一脸悲痛,就好像是正在沉没的船上难逃一死的乘客一样。开始,大家一脸绝望,但这时又分裂出许多个个别的争吵。原来这是个卖铁锅的货摊。摊位上摆放着一些质量极差的劣等货,但现在不论什么样的炊具都很难买到。现在铁锅突然卖断货了。成功买到锅的女人在推推搡搡的人群中拿着铁锅使劲儿往外面挤,其他许多没有买到铁锅的妇女开始围着货摊叫嚷,指责摊贩看人卖锅,还留着铁锅不卖。接着又是一阵叫喊声传来。两个面红耳赤的妇女正在争抢同一只铁锅,其中一个披头散发,两个人同时用力,都想从对方的手中抢下来。她们使劲儿拉了一会儿,然后锅把就掉了下来。温斯顿厌恶地看着她们。但就在刚才一瞬间,仅仅是从几百人发出的吼叫声音里,却蕴藏着令人害怕的力量!为什么她们在真正重要的问题上从来不能像这样喊叫呢?

他写道:

他们没有觉悟,就不会有反抗;没有反抗,他们就不会觉悟。

温斯顿想,这话简直就像从党的教科书里抄下来的一样。当然,党宣称已经让无产者从羁绊中解放出来了。革命前,他们被资本家残酷压迫,他们挨饿、挨打,妇女被迫到煤矿做工(事实上,现在妇女仍在煤矿做工),孩子们六岁就被卖到工厂里。但同时,党又教导说,无产者天生低人一等,必须用一些简单的规定,让他们像牲口一样处于从属地位。这真是典型的双重思想原则。事实上,对于无产者的情况,大家知之甚少。也没有必要知道太多。只要他们继续工作,继续繁衍,他们的其他活动就是无关紧要的。让他们放任自流,就像阿根廷草原上放出去的牛群。他们过着对他们来说是一种返璞归真、类似远古一样的生活。他们在贫民区出生、长大，十二岁开始工作，度过一段美丽的、渴望性欲的短暂的时期后，二十岁结婚，三十岁开始衰老，大多数人活不过六十岁。重体力活、照顾家庭子女、跟邻里争吵、电影、足球、啤酒，特别是赌博，填满了他们的内心。控制他们并不难。总会有几个思想警察的特务活跃在他们中间。这些特务从来没有尝试过向他们传播党的思想，只会散布谣言，找出并消灭有可能变得有危险性的少数人。这些无产者并不需要有强烈的政治见解。对他们的全部要求是拥有最单纯的爱国心，需要他们同意延长工作时间，或者减少配额的时候，这种单纯的爱国心就会发挥作用了。就算偶尔有不满——有时候他们的确也会有不满——也不会产生什么后果，由于缺乏大局观，他们只在乎细枝末节。大的罪恶总是得不到他们的注意。绝大部分无产者家中甚至没有电幕，连民警都不怎么管他们。伦敦犯罪活动很猖獗，是个充斥着小偷、匪徒、娼妓、毒贩，各种各样骗子的小天地。但因为这些犯罪活动都发生在无产者圈子里，因此无关紧要。在一切道德问题上，他们也被允许遵循祖辈的规矩。在两性方面，党的禁欲主义对他们没有约束力。乱交不受惩罚，允许离婚。甚至是宗教信仰的需求或愿望，也能够得到允许。没必要怀疑他们。正如党的口号所说："无产者和牲口是自由的。"

　　静脉曲张导致的溃疡又开始发痒了，温斯顿伸出手，小心地挠了挠那里。不管怎么样，你都不可能知道在革命前人们究竟过着什么样的生活。他从抽屉里面拿出一本儿童历史教科书，这是他从派逊斯太太那里借来的，他开始在日记本里摘抄其中一节：

　　过去，在伟大的革命以前，伦敦并不是一座像现在这样美丽的城市,它只是一个黑暗、肮脏的可怜之地,很少有人能填饱肚子,成千上万的人都穷得穿不起鞋,住不起房子。比你们还小的孩子们,一天就得为凶残的老板干十二个小时的活儿,如果手脚稍微慢一点儿,就会遭到鞭打,只能用陈面包屑和白水充饥。但是,就在那种可怕的贫穷环境中,却有几幢富丽堂皇的宅邸,那里面住的是有钱人,伺候他们的用人就有三十个。这些有钱人叫作资本家,他们满身肥油,面容丑陋,满脸凶相,就像下页插图中的那个人一样。你看,他身上穿的是长长的黑色上衣,这种衣服叫作双排扣礼服;头上戴着像烟囱一样的、亮晶晶的怪帽子,这种怪帽子叫作高礼帽。这是资本家的制服,别人是不许穿的。资本家占有世上的一切,别人都是他们的奴隶。所有的土地、房屋、工厂、钱财,都是他们的。如果有谁不服从他们,他们就会把他关进监狱,或者是让他失业、饿死。老百姓跟资本家说话时,必须卑躬屈膝,对他们鞠躬,叫他们"老爷"。资本家的头领被称为国王——

接下来的内容,温斯顿心中有数。下面会提到穿着细麻法衣的主教和白貂皮法袍的法官、手枷脚铐、惩罚踏车、九尾鞭、市长大人的宴会、跪吻教皇脚丫子等规矩。还有一种用拉丁文命名的初夜权,估计儿童教科书里不会提到这一点。法律规定,每一个资本家都有权占有在他的工厂里做工的女性。

这里面有多少谎言,你怎么能判断呢?与革命前相比,普通大众的生活条件提高了可能是真的。你骨子里那种无声的抗议可能是唯一反对的证据,你可能会本能地感觉忍受不了现在的生活状况,觉得以前某个时间肯定不是这样的。温斯顿突然觉得,现代生活的真正特点不是残酷无情和缺乏保障,而是简单枯燥、

第一部

暗淡无光和兴致索然。你看看周围,眼下的生活不仅和电幕上那滔滔不绝的谎言毫不相同,而且与党要努力实现的理想也毫不相同。大家都过着中性的、非政治性的生活,就连对党员而言,也是如此,不外乎每天早出晚归地完成单调无聊的工作、在地铁里抢个座儿、缝补一双破袜子、蹭别人一块糖精、省下一个烟屁股等。党描绘的理想是一个宏伟的、强大的、光彩夺目的世界——那里到处都是钢筋水泥、巨型机器和可怕武器——人人都是战士和狂热的信徒,迈着整齐划一的步伐前进,人们有同样的想法,喊着同样的口号,不断地工作、战斗、取胜、迫害——三亿人民都是一样的面孔。然而,现实却是破败肮脏的城市,面黄肌瘦的人民穿着破鞋奔波忙碌,住在十九世纪建造的破烂房子里,不断需要修修补补,里面还总是充斥着一股烂白菜味和尿臊味。他眼前好像浮现出了伦敦的全景图,这是个辽阔而破败的城市,堆着成千上万个垃圾桶,其间还混杂着派逊斯太太的形象,她头发稀疏,脸上爬满皱纹,正在无助地拾掇着一条被堵塞的水管。

温斯顿又伸手挠了挠脚脖子。电幕日日夜夜在你耳边聒噪着一些统计数字,证明今天的人们有更多的食物、更多的衣服、更好的房子、更丰富的娱乐活动——跟五十年前相比,他们更长寿,工作的时间更短,长得更高,更健康、更强壮、更幸福、更聪明,受到更好的教育。没有一句话能证明这些到底是真的还是假的。例如,党声称今天无产者成人中有百分之四十识字,据说革命前这个数字只有百分之十五。党声称今天婴儿死亡率只有千分之一百六十,而革命前则达千分之三百——如此等等。这就像有两个未知数的简单等式。很有可能,历史书中的每一句话,甚至是人们毫不怀疑接受的事情,都完全出于虚构。据他所知,可能根本就没有初夜权这种法律,或者像资本家那样的人,或者像高礼帽那样的服饰。

一切都消失在迷雾中。过去的被抹掉,而抹掉本身又被遗忘,谎言便变成了真实。在他一生中只有一次掌握了有过伪造行为的确实的、毋庸置疑的证据——在那件事情发生以后,这是关键所在。有长达三十秒的时间,这个证据就拿在他的手里。在一九七三年,无论如何,大概就是他与凯瑟琳分居的时候。但是真正确切的日期还要早七八年。

事实上,那件事情开始于六十年代中期,那是大清洗时期,革命元老被彻底地清洗了。到一九七〇年的时候,除了老大哥自己以外,那批领导人一个都没剩下,都被当作叛徒和反革命揭发出来了。果尔德施坦因逃跑了,藏在一个大家都不知道的地方。至于其他的人,少数几个人只是消失了而已,大部分人在场面宏大的公开审判中认罪,然后被处决了。最后只剩下三个幸存者,他们是琼斯、阿朗逊、鲁瑟福。这三个人大概是在一九六五年被捕的。像往常发生的一样,他们销声匿迹了一两年,没有人知道他们的生死、下落,接着突然被带了出来,像惯常一样招了供。他们供认通敌(那时的敌人也是欧亚国)、盗用公款,在革命之前就已开始阴谋反对老大哥的领导,进行破坏活动,造成好几十万人死亡。供认了这些罪行后,他们得到了宽大处理,恢复了党籍,担任了听起来很重要但实际上只是挂名的闲职。三个人都在《泰晤士报》上发表了长篇检讨,检讨其堕落的原因,保证改过自新。

他们获释后的某一个时间,温斯顿曾在栗树咖啡馆见到过他们三个人。他记得,当时自己又惊又怕,但又情不自禁地偷偷观察他们。他们比温斯顿的年纪要大得多,他们是那个旧世界的遗老,是建党初期峥嵘岁月中留下来的最后一批大人物。地下斗争和内战所留下的魅力,在他们身上还隐约可见。虽然在那个年

第一部

代,真相和年代已经模糊不清,但温斯顿还是有一种感觉,在知道老大哥的名字之前好多年,他就知道了他们的名字。但是这三个人绝对会在一两年内消失,因为他们是不法分子、敌人、不可接触者。没有一个人,在落到思想警察手里后,能够最终摆脱这种厄运。他们只是活死人而已,等待着被送回坟墓。

他们附近的桌子都是空的。被人看到出现在这种人附近,是不明智的。他们一声不吭地坐在那里,桌上放着几杯这家咖啡馆的放了丁香味杜松子酒的特色酒。在这三个人里面,温斯顿对鲁瑟福的印象最深刻。鲁瑟福曾经是一位著名的漫画家,在革命前和革命时期,他的讽刺漫画一度有助于鼓动大众舆论。即使到了现在,《泰晤士报》还偶尔发表他的漫画。不过,它们都是对他早期作品风格的简单模仿,令人奇怪的是,这些作品丝毫没有生气和说服力。它们总是老调重弹的主题——贫民窟、饥肠辘辘的孩子、巷战、戴高礼帽的资本家——甚至在街头防御工事里,资本家也坚持戴着高礼帽,是一种想要退回到过去的没有希望的努力。他高大魁梧,一头浓密油腻的灰发,松弛的面皮上满是皱纹,嘴唇像黑人那样厚。以前,他的身体一定非常强壮。现在他庞大的身躯却变得松松垮垮,腆着肚子,似乎要向四面八方散架一样。他就像是一座眼看就要在你面前倒塌崩溃的大山。

当时正是寂寞的十五点。现在温斯顿已经记不清自己为什么会在那样一个时刻到咖啡馆去。那个地方,几乎空无一人。电幕上缓慢地播放着轻柔的音乐。那三个人几乎一动不动地坐在角落里,没有说过一句话。虽然没有点什么,但服务员主动地端上了杜松子酒。他们旁边那张桌子的棋盘上,已经摆好了棋子,但却没有人下棋。然后,大约也就过了半分钟的时间,电幕突然发生了变化。播放的音乐的曲调变了,它们突如其来——但是很

难描述。这是一种难以形容的、响亮的、嘶哑的、嘲弄的音符:在温斯顿看来,这就是预警的调子。接着,电幕上传来了歌声:

在遮荫的栗树下
我出卖了你,你出卖了我;
他们躺在那里,我们躺在这里,
在遮荫的栗树下。

这三个人还是一动不动。但当温斯顿再次看向鲁瑟福那张满是疤痕的脸时,他看见他的眼里全是泪水。温斯顿第一次注意到,阿朗逊和鲁瑟福都被打断了鼻梁,他的内心一阵不寒而栗,然而不知道为什么不寒而栗。

他们三个人在不久之后就又被捕了。似乎是因为他们一出狱就又开始搞新的阴谋活动,在第二次审判中,他们再次承认了原来的罪行,还供认了一系列新罪行。他们被处决了,他们的命运被写进党史以儆效尤。大约过了五年,也就是在一九七三年,温斯顿打开了气动输送管送到他桌子上的一叠文件,发现了一小片报纸——很显然,这片报纸被夹在其他文件中,然后被遗忘了。几乎在打开的一瞬间,他就意识到了它的重要性。这是从十年前的一份《泰晤士报》上撕下来的半页报纸——因为是上半页,所以上面有日期——报纸上有一张党在纽约举行的一次集会上代表的照片,琼斯、阿朗逊、鲁瑟福三人赫然出现在中间的位置。绝对不会有错,是他们三个人,他们的名字也在照片底下的说明文字中。

问题是,在两次审判会上,这三个人都供认自己当天身在欧亚国境内。那一天,他们从加拿大的一个秘密机场起飞,赶到西伯利亚的某个秘密地点,与欧亚国总参谋部的人员接头,把重要的军事机密泄露给了他们。因为那一天恰好是仲夏日,所以温斯顿记得很清楚;不过,整件事的记载在其他地方肯定不计其数。因此,只有一种可能性:他们的供述都是谎言。

当然,就事件本身而言,这并不是什么新发现。即便是在那个时候,温斯顿也从不认为,在大清洗中被铲除的那些人,确实犯下了那些被指控的罪行。不过,这张报纸却是确凿的证据;这是被抹掉的过去的一个碎片,就好像是一根化石骨,突然在不该出现的断层中出现了,推翻了地质学的某一理论。只要想办法将事情公之于世,让大家都知道它代表的意义,就足够使党化为灰烬。

温斯顿一直在工作。一看到那张照片,并发现它的意义,他立刻用另外一张纸盖住了它。幸好,从电幕的角度来看,在温斯顿打开那半张报纸时,它正好是上下颠倒的。

温斯顿把草稿本放在膝盖上,把椅子往后推了推,以至于能够尽量离电幕远一些。保证面无表情不难,稍微用点儿心,甚至还能控制呼吸,但心跳的速度却无法控制,而电幕已经灵敏到了能够听到心跳的地步。他等了有十分钟,一直被担心会发生意外所折磨——比如,突然有一阵风吹过他的桌子——都有可能会暴露他。然后,温斯顿也不掀开盖在上面的纸,直接把那张照片连同一些其他废纸全部丢进了忘却洞里。大概一分钟之内,它就会化为灰烬。

这是十年——十一年前的事情了。今天,温斯顿有可能会保留这张照片,但奇怪的是,那张纸片以及记录在上面的事件,只不过是记忆中的一件事情,但它曾经在他手里停留片刻的事实,却似乎别有意义。他不断琢磨着,这张不再存在的证据一度存在过,党对过去的控制是不是不那么牢固了?

可是今天，即便这张照片有办法从灰烬中复活，它也可能不再成为证据了。在他发现那张照片时，大洋国不再和欧亚国打仗了，而那三个死人是向欧亚国的特务出卖祖国的。从那以后，曾经有多次变化——两次还是三次，温斯顿也记不清是多少次了。供词很有可能已经几经重写，直到最初的事实和日期已经一点儿都不重要了。历史不但被篡改，而且一直被篡改。最使他有罪恶感的是，带着一种噩梦般的感觉，他从来都没有清清楚楚地明白过从事巨大欺骗的原因。篡改历史的直接利益显而易见，但最终动机却令人费解。他又提笔写道：

我懂得怎么做：我不懂为什么。

自己是不是个疯子，他心中琢磨，以前他已经琢磨过很多次。也许疯子就是少数派。曾经有过一段时间，相信地球围绕太阳转的人都被认为是疯子的症状；今天，相信过去不能篡改的人也会被认为是疯子的症状。有这种想法的人，可能只有他一个，如果是这样，他就是个疯子。不过，认为自己是个疯子并不很困扰他：可怕的是他有可能是错的。

温斯顿拿起了儿童历史教科书，看着扉页上老大哥的相片。那双富有魅力的眼睛盯着他的眼。就好像一种巨大的压力压迫着你——刺穿你的头颅，压迫你的大脑，吓破你的胆子，几乎使你放弃一切信念，不相信自己仍有判断力。最后，党宣布二加二等于五，你也会相信。党迟早会这样宣布的，这是不可避免的：它所在立场的逻辑要求它这样做。不仅是经验的有效性，就连客观现实存在，都被党的哲学抹杀了。常识成了最大的异端。可怕的不是因为你不那么想所以他们要杀掉你，而是他们可能是对的。因为,说到底,我们怎么知道二加二等于四呢?或者怎么知道地心引力怎么发生作用呢?或者怎么知道过去是不可改变的呢?如果过去和客观世界只存在于意识中,而意识又是可以控制的,那怎么办?

可是不行!温斯顿的勇气似乎突然不由自主地大增起来。奥勃良的面孔浮现在他的脑海中,没有经过任何明显的联想。他比以前更加确信,奥勃良是站在他这一边的。他是在为奥勃良写日记——对,就是奥勃良:这就像是一封长长的信,永远都不会有人读到,但因为是写给具体的某个人,这封信就变得生动起来。

党告诉你不要相信你听到的和看到的东西。这是他们最终的、最根本的命令。想到自己面对的庞大的力量,想到任何一个党的知识分子都能轻易地驳倒他,想到那些他根本无法理解、更谈不上反驳的巧妙的论点,温斯顿的心不由得一沉。但他是正确的!他们错了,他是对的。必须捍卫那些明显、质朴、真实的一切。不言而喻的道理是正确的,必须坚持这一点!客观世界存在,它的规律不变。石头是硬的,水是湿的,悬空的东西掉向地球的中心。温斯顿觉得自己在和奥勃良说话,也是在阐明一个重要的原理,他写道:

自由就是说二加二等于四的自由。承认这一点,其他一切就不攻自破。

八

一阵阵烘焙咖啡豆的浓香——这是真正的咖啡,不是胜利牌咖啡——从一条小巷的尽头飘来。温斯顿不由自主地停下脚步。大概有两秒钟的时间,他又回想起他的已经遗忘过半的童年世界。然后门突然砰的一声响,咖啡的香味,就像是声音一样被切断了。

温斯顿已经在人行道上走了几公里,由静脉曲张导致溃疡的地方又痒了起来。这是他在三周以来,第二次晚上没到社区活动中心站去:这种举动非常鲁莽,因为毫无疑问每次参加中心站活动的次数都会被认真地记录下来。原则上讲,一个党员除了上床睡觉,没有任何空暇时间,从来不会独处。凡是不在工作、不在吃饭、不在睡觉的时候,他都必须参加某种集体的文娱活动;凡是做让人感觉你喜欢独处的事,即便是独自漫步,都有点儿危险。新话里有个专门的名词:叫作孤生,这意味着个人主义和孤单怪癖。但是今天晚上,温斯顿一从真理部里走出来,就被四月空气中的芬芳所吸引。蓝色的天空比他这一年中见到的更加温暖,突然间,温斯顿感到,在活动中心站度过的漫长嘈杂的夜晚、耗费精力的游戏、千篇一律的讲话、靠杜松子酒维系的同志关系,都令人无法忍受。冲动之下,他从公共汽车站转身离开,漫步走进了伦敦纵横交错的大街小巷中,先向南,然后向东,接着再向北,自己迷失在不知名的街道中,也不顾他朝什么方向前进。

"如果有希望,"温斯顿曾在日记里这样写道,"希望在无产者的身上。"这句话不断地回响在他的脑海里,结论是神秘的真理,但又明显是荒谬的。他漫步到前圣潘克拉斯车站以北和以东的那片褐色的贫民窟里。他走在一条铺满鹅卵石的街道上,街道两旁是两层小楼,正对着街道的破旧不堪的大门有些奇怪,使人觉得是耗子洞。路面上鹅卵石中间到处是一摊摊脏水。黑洞洞的大门内外,还有街道两旁狭窄的陋巷中,到处都是人,数量令人吃惊——花季的少女,嘴上涂着俗艳的口红;追求着少女的少年;走起路来摇摇摆摆的肥胖的女人,让你看到那些花季少女十年后就会像这样子;迈着八字步来来往往的佝偻着身躯的老人;还有一群衣衫褴褛的赤脚儿童,在污水坑里玩耍嬉戏,一听到妈妈的怒喝,又一哄而散。街上的玻璃窗大概有四分之一是破了的,用木板钉了起来。大部分人都无视温斯顿的存在,有几个人好奇、小心地瞄了他一眼。有两个身材粗壮的女人,交叉抱着两条砖红色的胳膊站在门口闲聊。走过她们的时候,温斯顿听到了她们谈话的只言片语。

"'是的',我对她说,'这样好是非常好',我说。'如果你是我,你也会像我做的那样做。批评别人很简单,'我说,'但是你可没有遇到像我这样的麻烦。'"

"啊,"另一个说,"就是这样,问题就在这儿。"

刺耳的说话声戛然而止。当他经过时,那两个女人充满敌意地打量着他。但准确得说,这并不是敌意;只是一种警惕和片刻的紧张,就像看到一种不认识的动物从身边经过一样。在这样一条街上,党员的蓝色制服是罕见的。的确,被人看到在这个地方出现是不明智的,除非你有公务在身。如果遇到巡逻队,他们一定会让你停下来并且盘问你。"我可以看一下你的证件吗,同志?你在这里做什么?你什么时候离开你的工作岗位的?这是你平常回家的路吗?"——诸如此类。并没有什么明文规定不可以走其他的路线回家;但是如果被思想警察听说了,这足以引起他们的注意。

突然,整条街骚动起来。四面八方都是报警的的惊叫声。人们像兔子一样蹿进门洞里。离温斯顿不远处的一个门洞里,突然冲出了一个年轻女子,她一把拽起在水坑里玩耍的孩子,用围裙包住他,又蹿了回去,整个动作一气呵成。就在这时,一个穿着像六角手风琴似的黑色套装的男人从旁边的小巷冲出来,跑向温斯顿,激动地指着天空。

"蒸汽机!"他喊到。"小心,首长!头上有炸弹!快趴下!"

不知道是什么原因,无产者给火箭炸弹起了个"蒸汽机"的绰号。温斯顿立刻扑倒在地。在这种情况下,无产者的警告一般都是正确的,他们似乎拥有某种本能,能在火箭到来前几秒警告你,尽管照常理来说火箭弹飞行的速度比声音快。温斯顿用双臂紧紧地抱住头部。这时一声轰响,好像要把人行道掀翻一样,然后就有什么东西像雨点儿一样掉在他的背上。站起来后,他发现覆盖他的是附近窗户上被震碎的玻璃片。

温斯顿继续往前走。炸弹把前面两百米外街道上的一些房屋炸坏了。空中挂着一股黑烟柱,下面是一片墙灰,人群已经把这堆瓦砾团团围住。温斯顿前方的人行道上也有一堆墙灰,他能看到中间有一抹鲜红。走近的时候,温斯顿看清楚那是一只齐腕炸掉的人手。除了血肉模糊的断口外,整只手已经毫无血色,好像是用石膏制成的一样。

第一部

温斯顿一脚把断手踢入排水沟,然后躲开人群,转身拐到右侧的一条街道上。只用了三四分钟时间,他就离开了受爆炸影响的地方,街道上人来人往,好像什么也没有发生过一样。这时已经快到二十点了,无产者光顾的酒店(他们称其为"酒馆")挤满了顾客。脏乎乎的弹簧门不断地开开合合,一股混合着尿骚、碎木屑和陈啤酒的味道飘了出来。在一个因房屋正面凸出形成的角落里,有三个男人贴身站在一起。中间那个人拿着一份折叠的报纸,另外两个人正在踮起脚尖看。就算在他靠近之前没有看清他们脸上的表情,温斯顿也能从姿势上看出他们有多么的全神贯注。很明显,他们在看一条很重要的新闻。在他距离他们几步远的时候,他们突然分开了,其中两个男人激烈地吵了起来。有那么一会儿,他们似乎就要打起来了。

"该死的你就不能好好地听我说吗?我告诉你,在过去的十四个月里,就没有尾数是七的号码中过彩!"

"中过了,中过!"

"不,没有中过!在家里,我把这两年所有的中奖号码都记到纸上了,我记下了它们,像手表一样准确。我告诉你就没有末尾是七的号码——"

"中过了,中过七!我可以特别清楚地告诉你那个该死的号码,四〇七,七是最后一个数字。那是在二月份——二月份的第二个星期。"

"你奶奶的二月份!我白纸黑字地都记下来了,我告诉你,没有一个号码——"

"哎,别吵了!"第三个男人说。

他们在谈论彩票。温斯顿走出三十米外后又回头看。他们还在满脸兴奋地、认真地争论。彩票每周开奖一次,奖金丰厚,是无产者认真关注的公共事件。可以这么理解,对数百万无产者而言,就算彩票不是他们唯一活下去的理由,也是他们活下去的一个主要理由。这是他们的乐趣,他们的愚蠢,他们的止痛药,他们的神经兴奋剂。只要是和彩票相关的,即使是胸无点墨的人,看起来也像具备了复杂的计算能力和令人震惊的记忆力。有一大帮人靠教授押宝方法、预测中奖号码、销售幸运符为生。温斯顿和彩票的运作无关,那个是富裕部操控的,但是他知道(实际上党内的每个人都知道)奖金很大程度上是虚构的。只有一些小额的奖金会发放到中奖者手里,大奖的赢家都是不存在的。由于大洋国各地之间互不联系,所以操作这件事并不难。

但如果有希望的话,希望就在无产者的身上。你必须紧守这个信念。当你把这句话表达出来的时候,感觉很合乎情理:你看看走在人行道上和你擦肩而过的那些人,这句话就会成为一种信仰。温斯顿拐进去的那条街是条下坡路。他觉得,自己以前好像来过这儿附近,不远处是一条主干道。前方传来了一阵喧嚣声。这条街突然转了个弯,街道的尽头是台阶,通向一条低洼的小巷,那里有几个小摊贩正在卖着打了蔫的蔬菜。这时,温斯顿想起了这儿是哪里。从小巷出去,就是一条主干道,再拐一个弯,然后往前走不到五分钟,就是他曾经买日记本的那个旧货铺子。在离这儿不远处的一个小文具店里,他曾经买过一根笔杆和一瓶墨水。

温斯顿在台阶上面停顿了一会儿。巷子对面有一家昏暗的小酒馆,酒馆的窗户上好像结满了霜,其实只是积了灰尘。有一个佝偻着腰但动作利索的老年人,白色的胡须就像虾须一样挺直,他推开弹簧门,走了进去。温斯顿站在那儿看着,陷入了沉思。这个老头儿至少有八十岁了,当革命开始的时候,他应该已经是中年了。像他这样的一小部分人,是现在与已经消失了的资本主义世界的最后纽带了。在党的内部,在革命以前思想已经定型的人,已经为数不多了。在五十年代和六十年代的大清洗中,老一辈的人几乎都被清洗掉了,少数的幸存者也被吓坏了,在思想上已经完全投降了。如果有哪个幸存下来的人能告诉你本世纪早期的真实情况,那也只可能是个无产者。温斯顿脑海里突然又出现了那段他曾经从历史教科书上抄到日记本上的话,一股疯狂的冲动控制了他:他应该走进酒馆,他应该和那个老头儿搭讪并询问他。他可以这样和他说:"给我讲讲你小时候的事。那时候什么样?那时比现在好,还是坏呢?"

他急急忙忙地走下台阶,穿过狭窄的巷子,唯恐时间拖得越久,自己越害怕。当然,这样做真疯狂。通常没有明文规定不允许和无产者说话,不允许光顾他们的酒馆,但这种举动太不寻常,不会不引起注意。如果巡逻队出现,他可以说是因为自己突然头晕,但他们多半不会相信他。他推开门,一股令人厌恶的难闻的酸啤酒味儿扑面而来。他一进门,酒馆里的嘈杂声立刻安静了一半。他可以察觉到背后每个人都在看他的蓝色制服。在房间的那头有人正在玩掷飞镖游戏,停顿了大概有三十秒时间之久。他跟着进来的那个老头儿站在吧台前,不知道因为什么在和酒保争吵,酒保是一个有着鹰钩鼻,胳膊粗壮,身材高大结实的年轻男子。还有几个人,手里拿着啤酒杯,围绕着他们在看热闹。

"我已经够礼貌地问你了,对不对?"老头儿说,怒气冲冲地挺直腰板。"你是说这鬼地方没有他妈的一品脱的杯子?"

"什么叫他妈的一品脱?"酒保说,他用手指撑着柜台身体微微向前倾着。

"听他说!一个酒保都不知道什么是一品脱!为什么,一品脱是半夸脱,四夸脱是一加仑。再下去不得不教你 ABC 了。"

"从来没有听说过这个。"酒保立马回敬道,"一升和半升——那就是我们所有的卖法。在你身前的架子上的玻璃杯就是。"

"我喜欢说一品脱,"老头儿坚持说。"没有那么容易让我不说一品脱。我年轻的时候就没有什么该死的按升的卖法。"

"当你还年轻的时候,我们还都在树上玩耍。"酒保瞥了一眼其他的顾客说。

接着是一阵哄笑,温斯顿刚刚进来时那种不安的气氛似乎一扫而光。老头儿满脸白胡子的脸上涨得通红,他自言自语地转过身,撞到了温斯顿身上。温斯顿轻轻地扶住了他的手臂。

"我可以请你喝一杯吗?"他说。

"你真是一个绅士。"老头儿说,又挺直了腰板。他好像没有注意到温斯顿身上的蓝色的制服。"一品脱!"他带有挑衅地向酒保喊道。"一品脱猛的。"

酒保在吧台下面的水桶里把两个厚玻璃杯洗了洗,然后分别倒了半公升暗棕色的啤酒。无产者的酒馆里只能喝到啤酒。按理说,无产者是不能喝杜松子酒的,但是其实搞到这种酒很容易。飞镖游戏又热火朝天地开始了,在酒吧里的一群人又开始谈论起了彩票。温斯顿的出现暂时被忘记了。窗户底下有一张松木桌子,在那里他和老人谈话不用害怕被监听。这样做是极其危险的,但是起码这个房间里没有电幕,当他进来时他就确认了这一点。

"别想让我不说品脱,"老头坐下来,把酒杯放到身前,然后继续发着牢骚,"半公升不够喝,不过瘾。一公升又太多,膀胱受不了。更别提价格了。"

"从年轻时候起,你一定经历了很多巨大的变化。"温斯顿试探性地说。

第一部

老人淡蓝色的眼睛从飞镖板转移到吧台上,又从吧台转移到男厕所门口,好像他在期待从酒吧里找到什么变化。

"啤酒更好,"他最后说道,"也更便宜!在我年轻的时候,淡啤酒——我们习惯称为汽酒——四便士一品脱。当然,那是在战争之前的事了。"

"哪次战争?"温斯顿问。

"就是所有的战争,"老人含糊其词地说。他举起酒杯,挺了挺肩膀,"祝你身体健康!"

他干瘦的喉咙上喉结尖尖的突起,以惊人的速度上下飞快的移动,啤酒喝完了。温斯顿走到吧台又拿回来两杯半公升酒。老头似乎已经忘记了他刚才反对过喝一整公升酒。

"你比我大很多,"温斯顿说,"我还没出生的时候,你一定已经成年了。你一定记得革命前那些日子是什么样子的。像我这个年纪的人,真的一点儿都不了解那时候的事情。我们只能从书本里读到,但是书本里记载的不一定是真的。我想听听你对当时的看法。历史书上说,革命前的生活跟现在完全不同。那时最可怕的压迫、不公平和贫困状况,严重到超出我们的想象。在伦敦,大部分人从生到死从来没有吃过一顿饱饭。他们中半数人甚至没有鞋穿。他们一天工作十二个小时,他们九岁就离开学校,他们十个人睡在一间屋子里。与此同时还有很小一部分人,也就几千人——他们被称为资本家——他们有钱有势。所有的一切都是他们的财产。他们住在富丽堂皇的房子里,有三十个仆人,坐的是汽车和四驾马车,喝着香槟酒,戴着高礼帽——"

老头眼睛突然一亮。

"高礼帽!"他说,"真有意思,你提到这个。就是昨天我还想到了那种东西,我也不知道为什么。我还在寻思,我已经有好多年没见过高礼帽了。这种帽子过时了。我最后一次戴高礼帽还是在我嫂子的葬礼上。那是在——我记不清具体的日期了,但是起码是五十年之前的事了。当然了,你可以理解的,那帽子是我租的,专门为了参加葬礼租的。"

"高礼帽不是非常重要,"温斯顿耐心地说,"关键是,这些资本家——他们和少数靠着资本家生活的律师、牧师等人——是世界的主人。什么事情都对他们有好处。你——普通百姓和工人——是他们的奴隶。他们可以随心所欲地支配你们。他们可以把你们当牲口一样运送到加拿大。如果愿意的话,他们还可以跟你们的女儿睡觉。他们可以叫人用九尾鞭之类的东西抽打你。你们看见他们的时候,都要摘下帽子。每个资本家的周围都有一群走狗——"

老头的眼睛又亮了起来。

"走狗!"他说,"我很久没有听过这个词儿了!走狗!这常常让我回想到过去。我想起,噢,很多年以前——我经常在周日的下午去海德公园听演讲。救世军、罗马天主教徒、犹太人、印度人——各种各样的人都有。那儿有一个家伙——唉,我记不清他叫什么了,但是他真是一个厉害的演说家。他对他们毫不客气!'走狗!'他说,'资产阶级的走狗!统治阶级的奴才!'寄生虫——那是称呼他们的另外一个名字。还有鬣狗——他们真的叫他鬣狗。当然你知道他们说的是工党。"

温斯顿知道他们的对话不在一个频道上。

"这正是我想知道的,"他说,"和过去相比,你是不是觉得你现在有更多的自由呢?你是不是被当作人看了?在以前的日子里,有钱人,高高在上的人——"

"贵族院。"老头沉浸在回忆当中。

第一部

"如果你喜欢,那么就讲讲贵族院吧。我想问的是,那些人看不起你,仅仅是因为他们富有、你贫困吗?事实上,例如,当你和他们相遇时,你需要脱下帽子,叫他们'先生'吗?"

老头似乎陷入沉思,在回答之前他喝了四分之一杯的啤酒。

"是的,"他说,"他们喜欢你摘下帽子。这表示尊敬,喜欢。我自己并不同意那样做,但我也没少做那样的事。就像你说的,不得不做。"

"这事经常发生吗——我从历史书上看到——那些有钱人和他的仆人们经常把你们从人行道上推到阴沟里,这种事情经常发生吗?"

"有一个人曾经推过我,"老头说,"我记得清清楚楚,就好像是昨天一样。那是划船比赛那天晚上——在划船比赛那天晚上,他们特别能折腾——我在沙夫茨伯雷街上撞到了一个年轻人。他看起来像个绅士——穿着衬衣,戴着高礼帽,外面一件黑色的大衣。他东倒西歪地在人行道上走着,我不小心撞到了他身上。他说,'你走路不长眼睛吗?'我说,'你认为你把这该死的人行道买下来了吗?'他说,'你如果再对我无礼,我就拧断你的头。'我说,'你喝醉了,我给你半分钟的时间从我面前消失。'你要相信我,我不是开玩笑的。他举起拳头捶向我的胸,差点儿把我推到公交车的车轱辘底下。那时我还年轻,正准备去教训他,可是——"

一阵无助感控制了温斯顿。这个老头儿记忆里只有一些毫无营养的细枝末节。即使问他一整天,也问不出什么实质性的信息。党的历史有可能是真实的,也有可能是完全真实的。但温斯顿仍试图做最后的努力。

"可能我没有表达清楚我的意思,"他说,"我想说的是:现在你已经是一个老人,前半辈子是在革命之前度过的。打个比方说,在一九二五年,那时候你已经是个大人了。你能从你所记得的来说,一九二五年的生活比现在好还是坏?如果你愿意选择,你喜欢生活在那个时代还是现在?"

老头看着那投镖板一言不发。他将杯中的啤酒喝完了,只不过速度比之前慢了许多。等他再次开口说话时,好像是啤酒使他柔和起来,他的脸上出现了大度而安详的神情。

"我知道你想让我说什么,"他说。"你想让我说我想回到过去,变得年轻。大多数人都会有这个想法,如果你问他们的话。年轻的时候身强体壮。到我这般年纪,身体都会有毛病。我的腿不好,膀胱还有毛病,每晚都要起夜六七次。另一方面,老年人有老年人的好处。有些事情你就大可不必再发愁了。不用再考虑女人了,这是相当了不起的事情。你信不信,我已经快三十年没有碰过女人了。而且,我也不想再去碰她们。"

温斯顿倚向窗台。再继续下去也没有任何意义。他想着再去买杯啤酒,老头忽然站了起来,踉踉跄跄地快步向那间发出骚臭味的厕所奔去。他多喝的半公升酒在他身上发生了作用。温斯顿坐了一两分钟,注视着那空空的酒杯,不知不觉地,双腿已经把他带到了外面的街上。他心中想,最多再过二十年,像"革命前的生活是不是比现在好"这种简单的大问题就再也不需要回答了。但事实上,这种问题现在也是没有办法回答的,因为经历过革命前生活幸存下来的少数几个人是没有能力比较两个时代的。他们记得的只是许多毫无用处的小事,比如说同伴之间的吵架,找寻丢失的自行车打气筒,已经死掉的妹妹脸上的表情,七十年前某天早上刮风时卷起的尘土。但是所有重要的事情都在他们的视野范围之外。他们就像蚂蚁一样,只能看到微小的东西,却

第一部

无视大的事物。在记忆中搜寻不到,书面记载又经修改——在这双重作用下,党声称改善了人民生活,你就得接受,因为不存在而且永远也不可能存在任何可以比较的标准。

此时,他的思路突然中断了。他停下脚步,抬头环视,发现自己在一条狭窄的街道上,有几家黑乎乎的铺面分布在两侧的住房之间。他的头顶上方挂着三个已经褪色的铁球,看起来以前像是镀过金的。他意识到他认识这个地方。是的!他再一次站在了当初买日记本的那个旧货铺门口。

他惊慌起来。当初买那个日记本,就是一件冒失的事情,他曾发誓再也不到这个地方来。可是他一走神,就鬼使神差地又走到了这里。他写日记的目的就是防止自己发生此类自杀式的冲动。同时他注意到,尽管此时已经快到二十一点了,这家店铺却依然开着门。为了比在人行道上徘徊少引起别人的注意,他还是走进了店铺里。如果有人问他在做什么,他可以毫不心虚地说他想买剃须刀片。

这家店铺的主人刚刚点着了一盏煤油挂灯,煤油灯发出不干净但友好的气味。他大约六十岁,身体消瘦,弯腰驼背,目光温和,长长的鼻子上还顶着一副镜片很厚的眼镜。他的头发已几乎全白,但是眉毛却依旧浓密乌黑。他的眼镜,他轻柔且忙碌的动作,他穿着一件旧的黑色平绒夹克,让他有一种含混不清的知识分子味道,好像他是一个文人,或者是一个音乐家。他讲话的声音很轻,好像要渐渐消失,他的口音不像一般无产者那么浮夸。

"你还在外面人行道上的时候,我就认出你了,"他随即说道。"你就是那个买了那位年轻太太的纪念本的先生。那个本子很好,纸张很美,以前叫作奶油纸。这种纸张肯定早就停产了——唉,我敢说已经有五十年了。"他的眼光从眼镜架上越过来看着温斯顿。"你有要买的东西吗？还是只是随便看看？"

"我只是路过这里，"温斯顿含糊其词地说，"顺便进来看看，并没有什么特意要买的东西。"

"那样也好，"他说，"因为我想我满足不了你了。"他摆摆无力的手做了一个道歉的姿势。"你也能看到，店铺现在都是空的。说实话，旧货买卖这桩生意就要消失了，不会再有人有这个需要了，当然，以后也不会有旧货可以买卖了。家具、瓷器、玻璃制品全部被破坏了。当然，金属制品也都会重新回炉锻造。我已经好多年没有见到过黄铜的烛台了。"

事实上，这间小小的店铺里塞满了各式各样的东西，但是几乎都没什么实际价值。店铺面积有限，连四周的墙根里都放着许多积满灰尘的相框画架。橱窗里放着一盘盘螺母螺钉、旧凿子、卷了边的折叠刀、确定已经停了不走的旧手表，还有许多根本没有一点儿用处的废品。只有在小角落的一张桌子上摆放的一些零星的东西——做工精美的鼻烟壶、玛瑙胸针之类的东西——看上去里面还有一些可以吸引顾客注意力。温斯顿慢慢地向这张桌子走去，一个圆圆的滑滑的小东西，在微弱灯光的映衬下，焕发出淡淡的光，一下子吸引了他的注意力。他把它拿了起来。

那是一块很厚的一面带有弧面的玻璃，另一面平滑，几乎是个半球形。这块玻璃的质地和颜色都很柔和。在中央，由于弧面的原因被放大了，有一个奇怪的粉红色的卷曲的东西，看着既像玫瑰花，又像海葵。

"这是什么？"温斯顿饶有兴致地问。

"那个东西叫作珊瑚，"老头说，"这个东西可能产自印度洋，经常被镶嵌在玻璃里。这个至少是一百年前制造的。看上去还要更久一些。"

"这东西很漂亮。"温斯顿说。

"的确是个漂亮的东西,"店主赞赏地说,"不过,现如今已经没有多少人识货了。"他咳嗽着。"如果你想买,就卖你四块钱吧。我记得像那样的东西可以卖八英镑的,八镑——算了,我也不知道八英镑是多少钱,总之是一笔不少的钱。可是如今谁还关心真正的古董——况且也没有多少能传下来。"

温斯顿马上拿出了四块钱把这个东西买下,将这个梦寐以求的东西放进了自己的口袋。这个东西之所以吸引温斯顿,不是因为它的华丽,而是它似乎有着不同于这个时代而属于另外一个时代的气息。这块柔和的雨水汪汪的玻璃不像任何他曾见过的玻璃。这块玻璃巨大的吸引力在于它明显毫无用处,尽管他能推测出过去人们一定用这个东西当作镇纸。这块玻璃装在口袋里感觉沉甸甸的,幸好不算太鼓。对一个党员来说,拥有它是奇怪的事,甚至是不宜泄露的事。任何老旧的、美丽的东西都会引起怀疑。老头在拿到温斯顿给的四块钱后明显高兴多了,温斯顿想,即使给他两三块钱,他也会把这件东西卖给他的。

"楼上还有个房间,你也许愿意看一看。"他说,"里面东西不多。就几样。要上楼的话,就带盏灯去。"

他拿了一盏灯,然后弯着腰,带着温斯顿慢慢地走上陡峭破旧的楼梯,穿过狭窄的过道,进入了一个不临街、窗口外是个铺着鹅卵石的院子和许多烟囱的房间。温斯顿注意到屋内的家具的摆放看起来像是一直都有人住在这里。地板上铺着一小块地毯,墙壁上挂着一两幅油画,在壁炉旁边还放着一把深陷的邋遢的靠椅。壁炉上一只老旧的、钟面是十二小时的玻璃钟在嘀嗒走着。窗户下面,摆着一张仍旧铺着床垫的大床,大约占据了屋子四分之一的面积。

"我妻子去世之前,我们就住在这个房间里。"老头半带着歉意地说,"我现在正在一点儿一点儿地把家具卖掉,那是一张很漂亮的红木床,如果你能把上面的臭虫清理干净。不过我敢说你会觉得这张床大且笨重。"

为了尽可能地照亮整个房间,他把灯举得高高的。在温暖且昏暗的灯光里,房间显出奇怪的魅力。突然,一个想法在温斯顿的脑袋里闪过,租下这个房子并不困难,每周只需要几块钱,如果他敢冒险的话。这个想法不着边际,太不现实了,刚刚萌发就放弃了。但是这房间却唤起了他的怀旧之情,唤起了他对往昔的回忆。他十分清楚坐在这样的房间里是一种什么感觉,坐在炉火旁边的靠椅里,把脚搭在挡火板上,火炉上吊着一个水壶,孤身一人,绝对安全,没有人监视,没有噪声打扰,没有任何声音,除了呜呜的烧水声和嘀嘀嗒嗒的钟声外。

"这里没有电幕!"他不由得咕哝着。

"啊,"老头说,"我从来没有装过那个东西。太贵啦。我从来也没有觉得需要那个。墙角有一张很好的折叠桌。不过你要想用的话得先装个新的合页。"

另一个墙角有个小书架,温斯顿已经被吸引着朝那边走了过去。上面除了废物以外什么东西都没有。无产者区和其他任何地方一样,查抄和销毁书籍同样彻底,在大洋国任何地方,都找不到一九六〇年以前出版的图书。老头仍旧举着灯,站在一幅画前,这幅画挂在正对着床的墙上,画框是玫瑰木的。

"现在,如果您对这幅旧画感兴趣的话——"他小心翼翼地说。

温斯顿走过去观察着那幅画。那是一幅钢版雕刻画,画的是一个装有长方形窗户的椭圆形建筑,它前面还有个小塔。建筑物周围有栏杆,后面还有类似于雕像的东西。温斯顿盯了一会儿那副画。好像模模糊糊地觉得熟悉,只是他想不起这个雕像。

"画框钉在墙上了,"老头说,"不过我可以取下来给你看。"

"我认识这个建筑物,"温斯顿终于说,"它现在是废墟了。它在正义宫外面的街道中间。"

"是的。就在法院外面。它被炸掉了——噢,那是很多年前了。它原来是一座教堂,名字叫作圣克利门特丹麦人教堂。"他抱歉地笑了笑,似乎是意识到自己说的有点儿可笑,又补充说,"圣克利门特教堂的钟声说,橘子和柠檬!"

"你说什么?"温斯顿说。

"噢——圣克利门特教堂的钟声说,橘子和柠檬。那是我们小时候念的一段韵文。后面的内容记不清楚了,但是我记得结尾:这儿有支蜡烛照着你睡觉,这儿有把斧头把你的头砍掉。这是在跳舞时唱的歌。他们举起手臂让你从下面穿过,当他们唱到这儿有把斧头把你的头砍掉的时候,他们就放下胳膊,抓住你。这首歌里都是教堂的名字。伦敦所有教堂都在里面——我是说主要的大教堂。"

温斯顿胡乱地想着这些教堂属于哪个世纪。要断定一座伦敦建筑物的年代总是困难的。所有雄伟高大的建筑,如果外表很新,总被说成是革命后兴建的,而那些明显比这早的,就被归入叫作中世纪的那个黑暗时期。资本主义的几个世纪被认为没有产出过任何有价值的东西。一个人不能从建筑上学到历史,这不比从书本上学到的历史多多少。雕像、碑文、纪念碑、街道名称——所有留有过去影子的东西,全被更改了。

"我从来不知道它以前是教堂。"他说。

"很多教堂都留下来了,真的,"老头说,"不过,他们都做别的用途了。现在,让我想想那段韵文后面是什么?啊!我想起来了!"

"圣克利门特教堂的钟声说,橘子和柠檬;圣马丁教堂的钟声说,你欠我三个法寻——

"不过,现在我能记得的只有这么多了。法寻就是那时的一种小铜板,类似现在的一分钱硬币。"

"圣马丁教堂在哪里?"温斯顿说。

"圣马丁教堂?它还在。在胜利广场,画廊旁边。它前面有三角形的门廊和柱子,还有很高很大的台阶。"

温斯顿非常熟悉那里。那是一座用来展示各种各样宣传品的博物馆——火箭弹和水上堡垒模型,表现敌人残暴行为的蜡像造型,等等。

"过去叫作田野里的圣马丁教堂,"老头补充说,"但是我并不记得那里有什么田野存在。"

温斯顿没有买那幅画。因为和玻璃镇纸相比,那幅画更不适合带回家,况且如果不把画从画框里取出来,将它带回家是不可能的。但是他又在这里多待了几分钟,和老头聊了会儿天,才得知他的名字不叫威克斯——店铺招牌上的题字可能会让人这么认为——而是叫作查林顿。查林顿先生是个鳏夫,六十三岁,在这家店铺里已经住了三十年。这三十年来,查林顿一直想把橱窗上的名字改掉,但又一直没有动手改。他们聊天时,温斯顿的脑海里一直荡漾着那段忘了一半的韵文。圣克利门特教堂的大钟说,橘子和柠檬;圣马丁教堂的钟声说,你欠我三个法寻!很奇怪,你对自己说的时候,好像真的听到了钟声,逝去了的伦敦的钟声仍旧停留在某个地方,有了伪装,被人遗忘。他似乎听到了它们大声作响,从一个接一个幽灵般的尖塔中传过来。然而从他能记事的时候开始,他就从来没有在他的实际生活中听到教堂钟声敲响过。

他告别了查林顿先生,独自下楼,因为他不想让老头看到自己在出门前观察街上情景的样子。他决定隔一段合适的时间——比如说,一个月——冒险再来这里看看。或许这不比从活动中心站溜走更冒险。真正愚蠢的是买完日记本之后回到原先的地方来,而且还不知道店铺的老板能不能被信任。然而——

没错,他又想,他会回来的。他会再买那些光鲜亮丽但毫无用处的小东西。他会买下那幅圣克利门特丹麦人教堂的钢版雕刻画,从画框中取出来,藏在制服的上衣里带回家。他会从查林顿先生记忆里把那首诗歌余下的部分挖出来。他甚至会把楼上的房间租下来,这个近乎疯狂的念头又一次地在他的脑海里闪过。大概有五秒钟,兴奋让他忘乎所以,他没有事先通过窗户观察街上的情景就走出店铺到了人行道上。他甚至自己编了个小曲,边走边哼唱。

"圣克利门特教堂的钟声说,橘子和柠檬;圣马丁教堂的钟声说,你欠我三个法寻——"

突然,他浑身冰凉。就在他前面不到十米的地方,一个穿着蓝色制服的人顺着人行道向这边走来。她是小说司里那个黑头发女孩。虽然街上光线很暗,但认出她没有什么困难。她直勾勾地看着温斯顿的脸,然后又像没看到他一样快速地走开了。

有那么一瞬间,温斯顿被吓得像瘫痪了一样,动都不敢动。之后,他向右转身,拖着沉重的步伐往前走,一时间竟然没有发现自己走错了方向。无论如何,已经解决了一个问题。毫无疑问,这个女孩在监视他。她一定是跟踪他来这里的,因为她不可能纯粹偶然地碰巧和他在同一个晚上在同一个不知名的偏僻街道上散步。这是极其令人吃惊的巧合。无论这个女孩是思想警察的特务还是狂热的业余侦探,对温斯顿来说都不重要。她在监视他这一点就足够了。没准她还看到了他进过那家小酒馆。

现在走路很困难。他每迈一步,口袋里的玻璃都要碰到他的大腿,他挣扎着想要把它掏出来扔掉。最糟糕的是,他现在肚子疼。好几分钟他都觉得,如果不能马上找到厕所,他就憋不住了。但是像这样的城区没有公共厕所。痉挛过去了,只是有些隐隐作痛。

这条街道是个死胡同。温斯顿停了下来,站了几秒钟,不知如何是好,然后他转过身来,沿原路返回。当他转身的时候,他的脑海中出现了一个想法,三分钟之前他遇到那个女孩,他跑过去或许能追上她。他可以跟踪她,直到走到一个僻静的地方,用鹅卵石砸晕她的脑袋。他兜里的那块玻璃很重,完全可以用来砸她。但很快他又打消了这个念头,因为想一下这样做需要耗费的体力就让他难以承受。他跑不动,不能动手打人。另外,她正值年轻,身强体壮,一定会自卫。他想要快点儿回活动中心站,一直在那儿待到打烊,以有部分的借口证明自己整晚都在那里。但这也是不可能的。他身心俱疲。他一心只想快点儿回到家,然后坐下来,静一静。

过了二十二点,他才回到了公寓。二十三点三十分这里就会断电。他走进厨房,一口吞下将近一整杯胜利牌杜松子酒,然后走到壁龛前的桌子旁坐下来,从抽屉里拿出了日记本。但他并没有马上打开它。电幕上一个声音低沉的女声,正在唱一首爱国歌曲。他呆呆地坐着,看着日记本的大理石花纹封面,努力想把那歌声从意识里排除出去,但是他做不到。

他们在夜里逮捕你,总会在夜里。最好的办法就是在他们到来之前自杀。毫无疑问,有些人的确是这么做的。很多失踪的人实际上是自杀了。但是自杀需要极大的勇气,在当今世上,搞不到枪支,也没有任何迅速致命的毒药。他突然领会了一个让人震惊的道理,疼痛和恐惧在生理上完全没用。在需要身体背道而驰、用力的时候,身体会僵硬不听使唤。当时如果他的动作够快,就能杀死那个黑头发女孩,但就是因为他的处境极端危险,他失去了付诸行动的力量。他想到,在危险时刻,要征服的从来不是外在的敌人,而是自己的身体。即使现在已经吞下了一大杯杜松子酒,腹部隐约的疼痛仍让他难以连续地思考。他意识到,所有那些看起来英勇、悲壮的故事都一样。在战场上,在刑讯室中,在即将沉没的轮船里,你为之奋斗的实情总是被忘记,因为身体膨胀起来直到充塞了宇宙,即使你没有被恐惧吓得瘫痪,没有疼得叫喊,生命仍是针对饥饿、寒冷、失眠、胃疼、牙疼即时即地的斗争。

他打开日记本。重要的是要记下一些话。电幕里的女人正在唱一首新歌。她的声音好像锯齿状的玻璃碎片一样插进他的大脑。他努力想奥勃良,这个日记是为他写的,或是对他写的,但是相反,他开始想到的是他被思想警察带走之后会发生什么。如果他们立刻杀死你,那没有关系。被杀死是你预料到的。但是在死之前(没有人说这种事情,但是每个人都知道)认罪的例行过程一定会经历:趴在地板上哭喊着求饶,骨头被打裂,牙齿被打掉,头发结成血块。

如果结果都是一样的,那么为什么你必须忍受它?为什么不能少活几天或几个星期呢?没有人能够逃过侦查,没有人能够不认罪。一旦你犯了思想罪,那么毫无疑问到了给定的日子你会被处死。为什么恐怖改变不了什么,未来非要发生那种事情呢?

他努力地想着奥勃良的样子,现在比以前稍微有一些成效。"我们将在没有黑暗的地方相见。"奥勃良曾经对他说。他知道这意味着什么,或是他知道他的想法。那个没有黑暗的地方,就是人们想象出来、永远都看不到的未来,但通过预知,人们能够神秘地分享。电幕上传来的声音一直在耳边响个不停,他无法再顺着这个思路继续想下去了。他把一根香烟放到嘴里,有一半烟丝立刻掉到了他的舌头上,这是一种发苦的粉末,很难再吐出来。老大哥的脸出现在他的脑海里,代替了奥勃良的脸。就像几天前他做的那样,他从口袋里掏出一个硬币,看着它。硬币上的那张脸凝视着他,神情凝重,沉静:但是隐藏在那黑胡子后面的是一种什么样的笑容?像沉闷的钟声一样,那几句话又在他耳边响起:

战争即和平
自由即奴役
无知即力量

【第二部】

【第二表】

一

　　快接近中午的时候,温斯顿离开了自己的小办公室,去上厕所。
　　狭长的走廊里,灯光明亮,一个孤单的人影从那一头向他走来。这是那个黑发姑娘。自从那天晚上他们在旧货铺门口见过,已经过去四天了。当她走近的时候,他看到她的右胳膊上缠着绷带,因为颜色与她穿的制服一样,所以在远处并没有看清楚。她的手或许是在操作那"构想"小说情节的大万花筒时受伤了。在小说司,这种事故并不稀奇。
　　在他们离得差不多有四米远的时候,那姑娘绊了一下,几乎平着摔倒在了地上。她疼得尖叫了一声,一定是压到了那条受伤的手臂了。温斯顿马上停下了脚步。那姑娘已经跪起身子。她的脸色变得蜡黄,衬得嘴唇更红了。她的眼睛盯着温斯顿,眼睛里流露出求助的表情,更多的是害怕而不是痛苦。
　　温斯顿内心的感觉很奇怪。他面前的这个人,是一个想要杀掉他的敌人:在他面前,当然,是个叫作人类的生物,她受伤了,也许骨头还断了。出于本能,他走上前去想要帮帮她。他一看到她跌倒时压到的就是那条缠着绷带的胳膊,就仿佛感觉疼痛就在自己身上。

"你摔痛了吗?"他说。

"没事儿。摔了下胳膊,一会儿就不疼了。"

她说话时,心脏好像跳得很快,脸色变得非常苍白。

"没摔坏哪儿吧?"

"没有,我没事儿,一会儿就不疼了。"

她伸出没受伤的手给他,让他扶她起来。她的脸色稍有缓和,看上去好了一些。

"没关系,"她又简短地重复,"只是手腕有些疼,谢谢你,同志!"

说完,她便接着朝原来的方向继续走,动作轻快,好像没什么事儿一样。这一切,不超过半分钟的时间。不在脸上流露出内心的感情已经成为一种本能,何况刚才这一幕发生时,他们就站在电幕前面。尽管如此,他很难没有一丝惊诧,因为就在他扶她起来的那个瞬间,她把一个东西塞进了他手里。毫无疑问,她是故意这样做的。那是一个小的、扁平的东西。他进厕所门时,把那东西揣在衣兜里,用手指尖摸了摸。原来是一张折成方形的小纸条。

他在站着小便时,设法在口袋里用手指打开了那张纸条。那张纸条上显然写着想跟他说的话。他非常想到抽水马桶间里马上打开来看。但显然这样做太过愚蠢,他很清楚这一点。没有地方可以让你有把握去这么做,因为电幕在连续不断地监视。

他回到办公室后,坐下来,随手把那张纸条放进了桌上的一堆纸中,戴上眼镜,并拉过了听写器。"五分钟,"他告诉自己,"至少要等到五分钟之后!"他的心在胸中猛烈地跳着,发出的声音很大,令人吃惊。幸好他正在做的只是一般工作,只需要更正一大串数字,不需要特别专心。

第二部

　　不管那纸条上写了什么，肯定有某种政治意义。据他猜测，有两种可能性。一种比较大的可能性是，和他担心的一样，那姑娘是一名思想警察的特务。他想不通为什么思想警察要以这种方式送信，但或许他们有自己的理由。纸条上写的可能是一种威胁，可能是一张传票，可能是一个让他自杀的命令，可能是某种类型的圈套。但是，还有一种荒诞不经的可能性不断地在他脑海里浮现，怎么也挥之不去。这就是，信息根本不是思想警察发来的，而是某种地下组织送来的。也许兄弟团是真实存在的！也许那姑娘就是其中的一员！这种想法无疑很荒唐，但他的手碰到那张纸条的一刹那，脑海中马上就出现了这种念头。几分钟过后，他想到了另一种更加可能的解释。即使现在，虽然理智告诉他，那信息可能意味着死亡——他也并不死心，那种不合情理的希望挥之不去，他的心怦怦地跳着，他好不容易克制住自己，尽量在对着听写器低声说数字时不让声音颤抖。

　　他把完成的工作材料卷起来，投进了输送管。已经过了八分钟。他扶了扶鼻子上的眼镜，轻叹一声，把下一批需要完成的工作拉到近前，那张纸就在上面。他把纸条铺平。上面用很大的字体歪歪扭扭地写着：

　　我爱你。

　　有那么几秒钟，他太过惊讶，以至于忘了把这容易引起事端的纸条丢进忘却洞。当他将纸条丢进去时，虽然他非常清楚表露出太多兴趣会招来危险，但他还是忍不住又看了一遍，只是为了再确认上面确实写了这几个字。

　　上午剩下的时间，他都无法安心工作。想集中精力完成那些琐碎的工作固然很困难，更难的是还要掩饰自己激动的情绪，以免让电幕察觉出来。他觉得肚子里好像着了火一样。在又挤又热、吵吵嚷嚷的食堂里吃饭是折磨人的事。他本来希望午饭的时间能单独待一会儿，但是不幸的是，派逊斯那个笨蛋偏偏一屁股坐在了他身边，他身上那身汗臭味儿把一点点菜香的味道都压住了，还不停地说着准备仇恨周的情况。他非常起劲儿地说着一个硬纸板做的老大哥头部的模型，说这个模型有两米宽，是他女儿的侦察队为仇恨周做的。更烦的是，周围人声嘈杂，温斯顿根本听不清楚派逊斯在说什么，得不断地请他把那些愚蠢的话语再说一遍。只有一次他看了那个姑娘一眼，她与另外两个姑娘坐在食堂另一头的一张桌子旁。她似乎并没看见他，他也不再向那边望。

　　下午好过多了。午饭后立刻送来的一份比较复杂的工作，需要耗时几小时才能完成，必须把别的事情搁置到一旁。这项工作是修改一批两年之前的产量报告，目的是降低党的核心一个重要党员的威信，这个人现在失了宠。这种事情温斯顿很拿手，此后的两个多小时的时间里，他把那个姑娘完全抛到脑后了。接着她的面容又出现在了他的脑海中，引起了他强烈的、不可遏制的渴望——去找一个清静的地方理一理思绪。不找到一个清静的地方，他无法理出这件事的头绪来。今晚是他去活动中心站那些晚上中的一个。他在食堂狼吞虎咽地吃过一顿无味的晚饭后，匆匆赶到了中心站，参加一个"讨论组"一本正经的愚蠢活动，打两局乒乓球，喝了几杯杜松子酒，听了半个小时题为"英社与象棋的关系"的报告。温斯顿心里烦透了这些，但这是第一次他没有逃避中心站活动的冲动。在看到我爱你几个字之后，他活下去的渴望涌上心头，为一些小事冒险突然显得愚蠢了。直到二十三点，当

第二部

他回家躺在床上之后——在黑暗中,只要保持沉默就能够避开电幕的监视——他才能进行连贯的思考。

有一个现实的问题需要解决:怎样与那姑娘联系并安排一次约会。他不再认为那姑娘有可能是在对他设圈套。他知道不会是这样,因为那姑娘在把纸条递给他时有明确无误的激动。显然她吓得要命,谁都会像她一样。拒绝姑娘这份情意的想法从来没有在他心里出现过。仅仅是五天前的晚上,他还想着用一块鹅卵石敲破她的脑袋,但这已经不重要了。他想到了她赤裸的、年轻的肉体,就像梦中见到的一样。他原本觉得,她跟别人一样是个傻瓜,满脑子谎言和仇恨,冷血无情。一想到他可能会失去她,她白嫩的肉体可能从他手中滑走时,一阵狂躁俘获了他!他最担心的是,如果不马上与她取得联系,她会轻易地改变主意。但是与她见面的现实困难非常巨大。这就跟下棋一样,你已经被将死了,却还想努力走一步。无论朝哪个方向,电幕都会看着你。实际上,他看到那张字条之后的五分钟里,所有可能与她取得联系的方法他都想了一遍,不过现在有时间思考了,他再次逐个仔细考虑一下,就像把一排工具摆在桌子上一样。

明显地像今天上午那种相遇不可能再来一次。如果她在记录司工作,那么事情就相对简单了,可是对于小说司在大楼里的位置,他只有一个模糊的印象,况且他也没什么借口去那里。如果他知道她住在哪里、什么时间下班,那么他就可以设法在她回家的路上见她。可是尾随她回家并不安全,因为这需要在真理部外面徘徊,必然会有人注意到。至于通过邮局给她写信,根本行不通。在邮递的过程中,所有的信件都要被打开检查,按照常规这甚至不是一个秘密。实际上,写信的人并不多。因为偶尔不得不传递信息时,就用印好的明信片,上面是一长串现成的文字,你只需要把不需要的文字划去就可以了。不管怎样他不知道那个姑娘的姓名,地址就更不用说了。最后他终于确定最安全的地方是食堂。如果他能在她自己单独坐在一张桌子旁时接近她,而且位置必须在食堂的中央,不可以太靠近电幕,而且周围人声要足够嘈杂——如果这些条件能持续三十秒,他们或许就有机会说上几句话。

此后的一个星期里,生活就像是在做一场烦躁的梦一样。第二天,直到他快要离开食堂时,她才来,那时哨子已经吹响了。她也许是换成了夜班。当他们两个擦肩而过时,都没看彼此一眼。一天后,她在往常到食堂的时间里出现在了食堂,但是和三个姑娘在一起,而且就在电幕下面。接下来糟糕的三天里,她根本没有出现。他的整个身心都被一种难以忍受的感觉所折磨,这是一种透明的东西,让他的每一个举动、每一个声音、每一次接触、他自己说的或听别人说的每一个词语,都变得痛苦无比。就连在睡梦中,他也无法完全抛开她的形象。这几天里,他没有碰日记本。如果有什么解脱,那就是他的工作,工作中他有时可以一连十分钟忘掉自己。他完全不知道她发生了什么事情。他根本不能打听。她或许被蒸发了,或许自杀了,也或许被调到了大洋国的另一端去了;最糟糕和最可能的是,她已经改变了心意,故意要避开他。

第二天,她又出现了,胳膊上已经没有了吊着的绷带,手腕上依然贴着一块橡皮膏。看到她让温斯顿如释重负,使他忍不住直直地盯着她看了好几秒钟的时间。接下来的一天,他差一点儿就与她说上话了。他进食堂的时候,她正坐在一张离墙很远的桌旁,只有她一个人。时间还早,食堂里也没多少人。队伍慢慢前移,就在温斯顿快到柜台边的时候,队伍停顿了两分钟,因为前面

第二部

有人抱怨自己没有领到糖精。温斯顿领到自己的一盘饭菜,开始朝那姑娘所在的桌子走去时,那姑娘还是一个人。他漫不经心地朝她走过去,眼睛在寻找她身后的一张桌子。当时他距她大约有三米远,再过两秒就能到达她的身旁。接着背后有人喊他,"史密斯"!他装作没听见。"史密斯",那个声音重复了一遍,声音更大了。再装没听见已经不可能了。他转过身来。原来是一个金黄色头发、一脸蠢样的年轻人,名字叫维尔希。这个人他不太熟悉,但他正笑着邀请温斯顿到他桌边的空位上坐下。拒绝他不安全。在别人认出他后,他就不能坐到一个单身姑娘的桌旁了。这样太引人注目了。他面露笑容坐了下来。那张蠢脸对他笑脸相迎,温斯顿幻想自己用一把斧子把它劈开。过了几分钟,那姑娘的桌旁也坐满了人。

不过她肯定看见他向她走了过去,她也许领会了这个暗示。第二天,他特意很早就去了。果然,她又坐在上次的位置附近的一张桌子旁边,又是一个人。坐在他前面的那个人,个子矮小,动作利落,像个甲壳虫一样,他的脸扁平,眼睛小,目光多疑。当温斯顿端着餐盘转身准备离开柜台时,他看见那小个子走向了那姑娘的桌子。他的希望又破灭了。再过去一张桌子有一个空位,但从那小个子的神色来看,他一定会为了自己舒服选择最空的那张桌子。温斯顿的心里一阵冰凉。但也只能跟在他后面走过去再想办法。如果他不能与那姑娘单独相处,一切都是枉然。正在此时,突然哗啦一声,那小个子跌了个四脚朝天,餐盘飞出去了,汤和咖啡洒得满地都是。他站起来,恶狠狠地看了一眼温斯顿,显然怀疑是温斯顿故意绊倒他的。但这都不重要了。五秒钟后,温斯顿的心怦怦地跳着,坐到了姑娘的桌旁。

他没有看她,放下餐盘立刻开始吃起来。在来人之前立刻开口说话是至关重要的,但此时他的心里有一些恐惧。距上次她向他表明心意已有一个星期的时间了。她可能已经改变了心意,肯定是改变心意了!这个事情是不可能成功的,这样的事情不会发生在实际生活中。要不是看到长发诗人安普尔福思端着盘子四处寻找座位坐下,或许他打算不开口了。安普尔福思对温斯顿有种模糊的好感,如果看到他,必然会坐到他的桌子旁。也许只有一分钟的时间行动了。温斯顿和那姑娘都在继续吃饭。他们吃的是菜豆炖菜,其实很稀,跟汤一样。温斯顿低声地开了口。他们俩都没有抬头,他们用勺子持续地舀着汤送到嘴里,在汤勺从嘴里拿开到舀汤之间,不露声色地交换几句必要的话。

"你什么时间下班?"

"十八点三十分。"

"咱们在哪儿见面?"

"胜利广场,纪念碑附近。"

"那个地方全是电幕。"

"只要人多就没关系。"

"需要什么暗号吗?"

"不需要。看到我混在人群中,你才能过来。别看我。跟在我身边就可以了。"

"几点?"

"十九点。"

"好。"

安普尔福思没有看到温斯顿,坐到了另外一张桌子旁边。他们没有再说话。他们两个面对面坐在同一张桌子旁,但没有相互看一眼。那姑娘快速吃完饭走了,温斯顿坐在那里抽了一根烟。

温斯顿在约定时间之前就到了胜利广场。他在那根如大笛

第二部

子一般的圆柱底座周围来回踱着，圆柱顶上，老大哥的雕像凝望着南方的天际，在那里的"一号空降场战役"中，他曾歼灭过欧亚国的飞机（几年前那原是属于东亚国的飞机）。圆柱前面的街上有一个骑马人的雕像，据说是奥立佛·克伦威尔。已经过了约定时间五分钟，那姑娘还没有来。可怕的恐惧又涌上温斯顿的心头。她没来，她改变主意了！他慢慢地朝广场北面走过去，认出了圣马丁教堂不由得让他有些高兴，那教堂的钟声，当它还有钟的时候，曾经敲出"你欠我三个法寻"的钟声。接着他看见那姑娘就站在纪念碑底座前面，看着或者假装在看上面贴着的一张宣传画。在她周围聚集的人并不多的时候，走近她并不十分安全。纪念碑四周有很多电幕。就在这时，出现了一阵叫喊的喧嚣，左边某个地方还有重型车辆的声音。所有人的都突然跑过广场。那姑娘敏捷地绕过底座的狮雕，混进了人群里。温斯顿跟了上去。他跑的时候，从人们的叫喊声中得知，原来有几车欧亚国的战俘要经过这里。

广场南面已经被拥挤的人群堵住了。要是在平时，温斯顿看到这种人头攒动的场面，肯定是要靠边站的，但他这次却不断推搡着，朝人群中央挤了过去。很快他就到了伸手就能够到姑娘的地方，但他们中间有一个身材魁梧的无产者和一个身材基本一样肥大的女人——大概是他的妻子——几乎形成一道无法逾越的肉墙。温斯顿侧过身子，猛地一挤，把肩膀插入了两个人的中间，打开了一个缺口。有那么一会儿，他感觉内脏都快被这两个庞大的身躯挤成肉浆了。虽然大汗淋漓，但他还是挤过去了。他挤到姑娘的身边了。他们肩并肩地挨着，眼睛死死地直视前方。

街道上有一队卡车慢慢驶过，车上每个角落都站着武装警卫，他们手持轻机枪，面无表情。卡车上蹲着很多人，穿着破旧的绿色军服,脸色发黄,挤在一起。他们悲伤的蒙古人面孔木然地望着车外,一点儿也不感到好奇。卡车偶尔颠簸时,就会发出金属叮叮当当的响声:所有俘虏都戴了脚镣。一辆接一辆的卡车载着满面愁容的战俘驶过。虽然温斯顿知道他们一直在经过,但只是断断续续地看到他们。那姑娘手肘以上的胳膊和肩膀用力地压着他。她的脸颊离他很近,他几乎可以感受到她的温暖。她很快掌控了局面,像上次在食堂时一样,她开始用像以前一样不露声色的声音说话,几乎嘴都不张。她的声音很低,在这样人声喧闹和隆隆的汽车声中,很容易被淹没。

"你能听见我说话吗?"

"能。"

"周日下午你可以调休吗?"

"可以。"

"那么现在你听清楚。必须记好了。到巴丁顿车站去——"

让他感到吃惊的是,她像制订一项军事计划一样精确,清楚地说明了他要走的路线。坐半小时的火车,出站后向左拐,沿着公路走四里的距离,过了一扇顶部没有横梁的大门,穿过一条田间小路,走过一条野草丛生的路,穿过灌木丛有条小路,路上横放着一根长着青苔的枯木。她的大脑里就像有一张地图似的。"你能记住我说的这些吗?"最后,她低声问。

"能。"

"你左拐,然后右拐,最后再左拐。那扇大门的上面没有横梁。"

"是的。时间是几点?"

"十五点左右。你可能需要等一会儿。我从另外一条路到那里去,你确信记清楚每一件事了吗?"

"记清楚了。"

"那你赶紧离我远点儿吧。"

这一点不需要她告诉他。但他们夹在人群中,一时还无法脱身。卡车还在一辆接一辆地过着,人们仍然不满足地呆看着。这时开始发出几声嘘声,但都是人群中党员发出来的,很快就停止了。大家普遍的情绪只是好奇。这些外国人,无论是来自欧亚国还是东亚国,都是一种陌生而奇怪的生物。除了在看战俘时,其他时间很少看到这种人,即使是看战俘,也只能是匆匆看一眼。人们并不知道他们会有怎样的下场,只知道其中有一小部分会作为战犯被绞死;其他人就被蒸发了,或许是送到强制劳动营了吧。前面过去的是圆圆的蒙古人种的脸,后面出现的是比较像欧洲人的脸,肮脏,满面胡须,憔悴。从他们长满胡须的脸上发出的目光,投射到温斯顿脸上,有时紧紧地盯着,但也很快就闪过了。车队终于过完了。在最后面的一辆卡车上,他看到一个上了年纪的人,满脸的胡子,笔直地站着,双手在胸前交叉着,似乎是已经习惯将双手铐在一起了。到了温斯顿和那姑娘分开的时间了。但就是在这最后的一瞬间,那姑娘趁着人群依然拥挤的时候,伸手过来,快速地捏了一下他的手。

时间肯定没有十秒钟,但感觉他们的手好像握了很长时间似的。他有足够的时间熟悉她手上的每个部位。他摸到了她长长的手指,椭圆形的指甲,因为劳动而长了茧的手心,手腕上光滑的皮肤。虽然只是用手摸,但用眼睛看也能认出来。他这时又想,他甚至都不知道她的眼睛是什么颜色的。也许是褐色的,但黑头发的人有时长着蓝色的眼睛。转过头去看她未免过于愚蠢。在拥挤的人群中,他们两个人的手握在一起不容易被人察觉。他们只是直直地看着前面,不敢看彼此一眼。看着温斯顿的不是那姑娘，而是车上那个上了年纪的战俘。他的目光透过茂密的毛发，悲伤地盯着温斯顿。

二

温斯顿在光影斑驳的树荫中穿过了一条小路,在上方树枝分开的地方,就会投入一片金黄的阳光。他左侧的树下,长着密密匝匝的风信子。空气仿佛在轻轻亲吻着人的皮肤。这天是五月二日,斑鸠的叫声从树林深处传来。

他比约定的时间早到了一会儿。一路上没有遇到麻烦,显然那姑娘很有经验,这使得他不像平时那样提心吊胆了。大概可以相信那姑娘找了个安全的地方。一般情况下,不能想当然地认为乡村肯定会比伦敦更安全。当然,这里没有电幕,但总有遇上隐藏的窃听器的危险,人们说话的声音会被录下来并识别出来;而且,自己一个人出门不引起人们的注意是不容易的。只要外出的范围不超过一百公里,就不需要带着通行证去申请许可,但火车站附近有时会有巡逻队巡逻,他们碰到党员就会检查身份证,询问一些不太好回答的问题。然而,那天没有巡逻队出现,出了车站之后,他一路上很小心,不时地回头查看,确认没有被盯梢。火车上基本都是无产者,因为天气不错,充满了节日气氛。他所坐的硬座车厢里坐着一大家子人,从掉光了牙齿的老奶奶到刚满月的婴儿,他们是到乡下去走亲戚,另外他们坦率地告诉温斯顿,要到黑市上弄一点儿黄油。

路开阔起来,很快他就走到了她所说的那条小路上了,那是一条被牛群在灌木丛中踩出的小路。他没有手表,但应该还不到十五点。脚下长满了风信子,想不踩到都难。他蹲下采了一些,一半是想消磨一下时间,并且模模糊糊地想要在见到那姑娘时送给她一束花。他摘了一大束,正当他嗅着那不太好闻的、淡淡的香味时,忽然听到后面传来踩踏树枝的脚步声,吓得他一动也不敢动。他继续采着花。这是一件最合适做的事情。有可能是那姑娘,但也有可能是被人盯上了。回过头去看表明心虚。他一朵接一朵地采着花,一只手轻轻落在了他的肩膀上。

他抬起头,就是那姑娘。姑娘摇了摇头,显然警告他不要出声,然后拨开树枝,带他沿着那条狭窄的小路,快速走进了树林。显然,她之前来过这里,因为她躲避坑洼的动作很熟练,就像是习惯一样。温斯顿跟在后面,手里紧紧攥着那束花。他的第一感觉是感到安心,但当他看到前面那个健康苗条的身体,上面宽紧适当地束着红色腰带,勾勒出她臀部的曲线时,惭愧的感觉重重地压着他。即使已经到了现在这个地步,如果她转过身来看着他,他很有可能退回去。香甜的空气和翠绿的树叶让他有些沮丧。从车站出来往这里来的路上,五月的阳光已经让他觉得自己肮脏,脸色苍白,一看就是一个经常待在室内的人,皮肤的每个毛孔里都布满了伦敦的尘土。他忽然想到,迄今为止她好像从来没有在光天化日之下的露天里看到过自己。他们到了她指定的那根枯木旁。她跳过去,拨开一片茂密的灌木枝。温斯顿跟着她,走到了一片天然形成的空地上。那个土丘上长着很多小草,周围都是高高的小树,将它严严实实地遮了起来。那姑娘停下脚步,转过身来。

"我们到了。"她说。

他和她正好面对面,隔着几步的距离。但他仍不敢靠近她。

"在路上我不想说话,"她接着说,"以防有地方藏着话筒。我想不至于,但这种可能仍然存在。那些混蛋中总会有人认出你的声音。这里就安全了。"

他依然没有勇气靠近她。"这里就安全了?"他愚蠢地重复说。

"没错,你看这些树。"这些都是小榛树,以前被砍过,后来又长出了新苗,都很细长,没有一个比手腕粗。"这里面任何一棵树都不够大,没办法藏话筒。而且我以前曾经来过这里。"

他们在没话找话。他已经设法靠她更近一些了。她就那么直直地站在他面前,脸上露出的笑容隐隐透出一些嘲弄,似乎是在疑惑他为什么动作如此迟缓。风信子在不经意间掉到了地上。他握住她的手。

"你相信吗?"他说,"到此刻我还不知道你的眼睛是什么颜色的。"他现在知道了,是褐色的,是那种比较淡的褐色,睫毛很浓密。"既然现在你已经看清楚我的样子了,那么你还受得了继续看着我吗?"

"当然,很乐意。"

"我三十九岁。有一个无法摆脱的妻子。我患有静脉曲张,有五颗牙齿是假牙。"

"我不在乎这些。"那姑娘说。

很难说是谁主动的,下一刻,她已经在他怀里了。刚开始时,他除了觉得难以置信以外,没有任何感觉。年轻的身体紧张地靠在他身上,乌黑的头发贴着他的脸,真的,她真的抬起了脸,他已经开始吻那宽阔红润的唇。她的胳膊紧紧搂住他的脖子,轻轻地叫他亲爱的,宝贝,亲人。他将她推倒在地上,她一点儿也不抗拒,他想怎样都行。但实际上,这样的肌肤之亲并没有给他带来肉体上的刺激。他全部的感觉就是难以置信和骄傲。发生这样的事,他很高兴,但他没有肉体的欲望。事情发展得太快了,她的年轻、她的美貌,让他害怕,他已经习惯了没有女人的生活——他不知道原因。那姑娘起身坐了起来,从头发上扯下了一朵风信子。她靠着他坐着,伸手搂住了他的腰。

"没关系,亲爱的,不用着急。我们有整整一下午的时间。这个地方很隐蔽对不对?这是一次集体远足时我迷路后发现的。如果有人过来的话,在一百米以外时我们就能听到。"

"你叫什么名字?"温斯顿说。

"朱莉娅。我知道你的名字,你叫温斯顿——温斯顿·史密斯。"

"你是怎么知道的?"

"亲爱的,打听这种事情,我比你有能耐。告诉我,在那天我递给你纸条之前,你对我的看法是什么样的?"

他不想对她撒谎。一开始就把最坏的告诉她,这甚至是一种爱的表示。

"我讨厌看到你,"他说,"我想强奸你,然后杀了你。两个星期之前,我真的想从地上捡起一块鹅卵石敲破你的脑袋。如果你真想知道原因,我觉得你和思想警察有关系。"

那姑娘高兴地笑起来,她显然觉得这是在恭维她伪装得巧妙。

"思想警察!你不会真的那么认为吧?"

"噢,可能不全是那样想的。但从你的外表来看——只是因为你的年轻,你的蓬勃之气,你的健康活力,你明白——我觉得也许——"

第二部

"你觉得我是个好党员,言行正统,老是搞一些旗帜、游行、口号、比赛、集体郊游这样的事情。你是不是觉得我一直在找机会揭发你是个思想犯,干掉你?"

"没错,基本上就是那样。你也知道,很多年轻姑娘都是那样的。"

"就是这血红色的东西造成的!"她一边说着,一边扯下了代表青年反性同盟的猩红色腰带,扔到了一根树枝上。接着,好像碰到她的腰让她想起了一件事,她伸手从外套的口袋里面拿出来一小块巧克力。她把它掰成两半,把一块给了温斯顿。他甚至还没吃就从味道知道这不是常见的巧克力。它的颜色很深,有光泽,还用银纸包裹着。巧克力通常都是深褐色的,吃起来有一种像烧垃圾的烟味儿,这种描述最接近。但是有的时候他也吃过她给他的这种巧克力。一闻到这种香味儿,便勾起了他某种不能确定的回忆,这种感觉非常强烈,久久挥之不去。

"你这玩意儿从哪里弄来的?"他说。

"黑市。"她满不在乎地说。"你看,我其实是那种姑娘。我擅长玩手段。我做过少年侦察队的队长,每个星期我有三个晚上为青年反性同盟做义务劳动。我不停地在伦敦到处张贴他们那些胡编乱造的宣传单。在游行的时候,我总是举着标语。我总是看起来很高兴,从不偷懒。我总是跟大伙儿一起喊着口号,我说的就是这个意思,这是唯一的保护自己安全的办法。"

第一口巧克力已经融化在了温斯顿的舌尖上。味道很好。但是那个记忆依然在他意识的边缘徘徊,一种可以让人强烈地感觉到,但却又无法确定具体是什么的东西,就像用眼角的余光看到的东西一样。他把它撇开了,只知道,这是一段令他很后悔但已无法挽救的记忆。

"你很年轻，"他说，"比我小十岁甚至十五岁。像我这样一个男人吸引你的是什么？"

"你脸上某种东西吸引了我。我决定冒这个险。我很擅长发现谁与他们不同。我一见到你，就知道你会和他们对着干。"

他们，好像指的是党，尤其是指核心党。她说到那些人的时候，带着一种公开嘲弄的憎恶，这令温斯顿感到不安，尽管他知道如果在什么地方他们是安全的，他们现在所在的地方就是安全的。有一件事让他对她感到惊讶，就是她的语言的粗俗。按道理说，党员不能骂人，温斯顿自己很少骂人，至少不会大声骂。然而，似乎一提到党，尤其是核心党，朱莉娅就非得用见到的小胡同墙上涂抹的那些话不可。他并不是不喜欢她这样。这只是她反感党和党的所有行为的一种表现罢了，而且似乎有些自然、健康，就像一匹马闻到烂草时打喷嚏一样。他们离开了那片空地，又在斑驳的树荫下走回去，只要路的宽度够，他们就肩并肩走着，互相搂着对方的腰。温斯顿觉得，好像去了腰带之后，她的腰越发柔软了。他们低声地说着话。朱莉娅告诉他，出了那片空地之后，最好不要再出声了。很快他们就走到了小树林的边上。她让他停下。

"别到空地里去。或许有人在看着。我们躲在树枝后面就没事了。"

他们站在榛树的树荫里。阳光透过无数的树叶照到他们脸上，仍然有些热。温斯顿望着远方的田野，发现原来他是认识这个地方的，不由得感觉有些诧异。他凭眼见的就知道。这是一个有些年头的牧场，地上的草被啃得很矮，中间有一条弯弯曲曲的被踩出来的小路，到处都是鼹鼠洞。对面是一个高低不一的灌木丛，里面的榆树枝在微风的吹拂下摇摆着，树叶仿佛女子的头发一般轻轻地摆动。虽然无法看见,但可以确定附近某个地方有一条小溪,绿水潭中有鲤鱼在游。

"这附近是不是有条小溪呢?"他轻声地问道。

"对啊,是有一条小溪。就在那边那块地的边上。里面还有鱼,都很大。你可以看见它们在柳树下的水潭里摇着尾巴,浮上浮下。"

"那就是黄金乡了——几乎就是。"他低语道。

"黄金乡?"

"没什么,真的。那是有时我在梦中见到的景象。"

"看!"朱莉娅轻声叫道。

在距他们不到五米的地方,一只画眉停在一根几乎与他们的脸一样高的树枝上。或许它没有看到他们。它在阳光里,他们在树荫下。它展开翅膀,又小心地收回来,低了一会儿头,似乎是在向太阳致敬,接着便开始唱起来,叫声不绝。在下午的寂静时分,它的叫声音量大得有些惊人。温斯顿和朱莉娅紧紧地靠在一起,听得入了神。那只画眉鸟持续不停地叫着,时间一分接一分地过去,声调变化多端,前后从来没有重复,似乎是在从容不迫地展示它高超的精湛技艺。有时候它也会停下几秒钟,伸展一下翅膀,再收起来,然后挺起带着斑点的胸脯,继续高歌。温斯顿看着它,心里有一丝崇敬。它为什么而唱,为谁而唱?没有配偶,没有情敌在看着它。是什么让它栖息在这个寂静的树林边上独自歌唱?他思量着,不知道附近有没有藏着窃听器。他和朱莉娅小声地说着话,窃听器不会收到他们所说的,但却可以收到这只画眉的声音。也许在窃听器的那一端,有一个像甲壳虫一样的矮个子男人正在专注地听着——他只听到鸟叫的声音。画眉不停的叫声渐渐地把他心里所有的猜测都打消了。这如同某种液体洒遍了他的全身,与从树缝中透过的阳光混合在一起。他停止了思考,只剩下感觉。姑娘的腰肢在他的怀里温暖而柔软。他把她转过来,两人面对着面。她的身体似乎已经融入了自己的身体里。不管他的手摸到哪里,她都像水一样不加抗拒。他们的嘴缠绵在一起,与之前那种硬邦邦的吻非常不同。他们的脸移开时,两人都深深地叹了一口气。那只鸟被吓到了,扑棱着翅膀飞走了。

温斯顿把嘴唇贴到她的耳边,轻声低语:"现在。"

"在这里不行。"她轻声回答,"回到那片空地去。那里比较安全。"

很快他们回到了那片空地当中,一路偶尔折断了一些树枝。一走到小树围成的圈子里,她就回转身来面对着他。两人的呼吸都有些急促,但她的嘴角又出现了笑容。她站在那里看了他一会儿,然后伸手拉自己制服的拉链。啊,是的!这简直和他的梦境一样。几乎和他想象得一样快,她脱掉了衣服,用同样优雅的姿势把它们扔到一边,似乎将所有的文明都抛到了九霄云外。在阳光的照耀下,她的肉体越发白皙。但是有一会儿他没有看她的肉体,他的眼光被她露出大胆微笑的雀斑脸给吸引了。他跪在她面前,握住了她的手。

"你之前这样做过吗?"

"当然。几百次了——噢,无论如何也有几十次了。"

"跟党员?"

"是啊,都是跟党员。"

"是核心党的党员?"

"没有和那些下流胚子在一起,从来没有。但凡他们偶有一丁点儿机会,都会有不少人愿意的。他们可没有看起来那么正经。"

第二部

他的心跳了起来。她已经做过几十次了:他希望最好是几百次、几千次。所有与堕落有关的事都让他充满希望。谁知道,也许在表面之下党已经腐朽了,他们提倡艰苦朴素,只不过是一种伪装,都是为了掩盖自己的罪恶。如果他能让那些人都感染上麻风或者梅毒,那么他肯定会非常乐意去做!任何与腐朽、削弱和破坏有关的事,他都乐意去做!他将她拉低,面对面跪在地上。

"听好了。你跟过的男人越多,我就越爱你。你了解我的意思吗?"

"是的,非常了解。"

"我讨厌纯洁,我讨厌善良!我不想让美德存在于任何地方。我希望每个人都堕落到底。"

"噢,既然如此,我应该适合你,亲爱的。我已经堕落到底了。"

"你喜欢做这件事吗?我的意思不仅仅是跟我:我是指这种事本身。"

"我非常喜欢这件事。"

这正是他最希望听到的。这不仅仅是一个人的爱,而是动物的本能,一种简单的、没有区别的欲望:这正是能够摧毁党的力量。他将她压在身下的草地上,就在掉落的风信子中间。这次没有任何困难。很快他们起伏的胸膛就恢复了平静,兴致过后,他们分开身体,躺在地上。阳光仿佛更加强烈了。他们都有些困了。他伸手把扔到一旁的制服拽过来,盖在她的身上。他们很快就睡着了,大概睡了有半个小时。

温斯顿先醒了。他坐起来,看着那张长着雀斑的脸,依然枕着自己的手掌,安静地睡着。除了她的嘴唇以外,你不能说她美丽。如果仔细看的话,她的眼角有一两道皱纹。短短的黑发,浓密且柔软。他突然想起,他还不知道她姓什么,住在哪里。

那年轻健康的肉体,现在在睡着时显得无依无靠,令他生出一种怜悯、保护的欲望。但是,刚才他站在榛树下听画眉叫的时候感受到的盲目的温柔,已经不会再回来了。他把制服拉开,看着她光滑洁白的身体侧面。他想,在过去,一个男人看到一个姑娘的肉体就燃起欲望,事情就到此为止了。可是现在已经没有纯粹的爱,也没有纯粹的欲望了。没有情感是纯粹的,因为每一件事情都掺杂着恐惧和仇恨。他们之间的拥抱是一场战斗,高潮就是一次胜利。这是向党发出的一击。这是一种政治行为。

三

"我们还可以再来一次这里。"朱莉娅说,"无论是哪个地方,只来一两次通常是安全的。不过,当然要隔一两个月。"

她一醒来,行为举止就变了个样。她又恢复了警觉和公事公办的样子,穿上衣服,腰上系上猩红色的腰带,开始安排回去的行程。这种事情由她来办显得很自然。显然她拥有温斯顿所缺乏的实际生活的应变能力,而且她似乎也非常熟悉伦敦周边的乡村,这是从无数次集体郊游中积累起来的。她为他安排的路线与他来时全然不同,要他到另一个前往伦敦的车站。"一定不能走相同的路线回家。"她说,仿佛在说明一条重要的普遍原理似的。她先离开了,温斯顿等了半个小时后才走。

朱莉娅还指定了一个地方,过四天,下班后他们在那里会面。那是一条位于比较穷苦的住宅区内的街道,那里有一个常常很拥挤喧闹的露天市场。她会在那里的货摊之间来回走动,假装找鞋带或线团。如果她确认安全,当他走近时她就会擤鼻子;否则他就要装作不认识走过去。但是如果运气足够好,他们还可以在人群当中平安无事地说上一刻钟的话,安排下一次见面。

"现在我得走了。"一看温斯顿记住了自己的嘱托,她就说道,"我得在十九点三十分回去,还要为青年反性同盟进行两小时的工作,发发传单或者其他事情。是不是很残忍?帮我梳一下头发,行吗?我的头发里有树叶吗?你确定?那么再见了,亲爱的,再见!"

她扑进他怀里,狠狠地吻了他,过了一会儿她推开小树,悄无声息地消失在树林里。甚至到现在,他还不知道她姓什么,住在什么地方。然而,这没什么关系,因为他们不可能在室内相会或者交换信件。

在那之后,他们再也没有去过那片树林中的空地。整个五月,他们只有一次机会真正成功地做了爱。那是朱莉娅知道的另外一个隐蔽的地方,那是一个被炸毁的教堂的钟楼,三十年前,一颗原子弹落在那里,让那里几乎变成了一片废墟。一旦你到那里,就知道那是一个很好的藏身之所,但是要到那里却很危险。其他时候,他们两人都只在街上见面,每天晚上都在不同的地方见面,而且一次见面的时间不超过半小时。在大街上,他们勉强有可能说话。他们顺着拥挤的人行道走着,从来不并排着,从来不会彼此看着对方,他们进行着奇怪的、断断续续的谈话,就如同灯塔上的灯光一样一亮一灭,如果看到附近有穿党员制服的人出现或是接近一个电幕,他们就会突然陷入沉默,接着在几分钟后又把刚才说的半句话继续接下去,然后到了他们都同意的分手的地方又突然停止,然后在第二天几乎没来由地继续下去。朱莉娅已经相当习惯这种对话方式,她称之为"分期谈话"。她非常娴熟地做到说话时能不动嘴皮,令人惊奇。在将近一个月的晚上约会中,他们只有一次接了吻。在一条横向小街上,他们沉默无语地走着(朱莉娅一离开大街就从来不说话),突然响起一阵震耳的轰鸣声,地面摇晃,空中一片乌黑,温斯顿发现他跌倒在地上,又痛又恐惧。肯定是有火箭弹在附近爆炸了。突然他发现,朱莉娅的脸就在距他几厘米远的地方,面色惨白,像粉笔一样白。甚至她的嘴唇也是白的。她死了!他把她搂过来,却发现他吻着的是一张活人的温暖的脸。但是他的嘴唇上有一些粉末一样的东西。原来两人脸上都落了厚厚的一层灰泥。

有些晚上,他们到了约定的地点,然后招呼也不打就各自走开了,因为巡逻队刚从街角走过来,或者头顶上有直升机在盘旋。即便没有那么危险,他们要找时间约会也并不容易。温斯顿每周要工作六十个小时,朱莉娅的工作时间甚至比他的还长,他们的休息日根据工作压力而变化,不经常一致。无论如何,朱莉娅很少有一个晚上是完全有空的。她花了大量的时间用来听报告、参加游行、散发青年反性同盟传单、为仇恨周准备旗帜、为节约运动组织募捐,以及诸如此类的活动。她说这样做是值得的,这是一个幌子。如果你能守住小规矩,那么你就能违反大规矩。她甚至说服温斯顿牺牲一晚上的时间,参加那些热心党员自愿参加的兼职军火生产。所以每个星期的一个晚上,温斯顿都会干四个小时的乏味工作。在一个灯光昏暗的透风车间里,锤子敲打声沉闷地混杂着电幕的音乐声,他把一些小零件组装在一起,这或许是炸弹引信的一部分。

他们在教堂的钟楼里相会,他们零碎的谈话之间的空隙被填满了。这是一个炎热的下午。钟楼上那间方形的小房子里空气闷热,一丝风也没有,而且飘着一股浓浓的鸽屎味儿。他们坐在满是尘土、遍地小树枝的地板上,聊了好几个小时。他们之中的一个一会儿就透过垛口看一眼外面,确定没人过来。

朱莉娅二十六岁。她和另外三十个女人一起住在集体宿舍里("总是生活在女人的臭味里!我是多么地恨女人!"她补充说),和他想的一样,她的工作是管理小说司的小说写作器。她喜欢自己的工作，主要是操作和维护一台功率很大但是很难伺候的电机。她"不聪明"，但喜欢动手，机械方面是行家里手。她能描述创作一篇小说的整个过程，从计划委员会发出最高指示到改编小组的最后润色。但是她对成品不感兴趣。她说，她"不怎么喜欢读书"。书和果酱或是鞋带一样，都不过是必须被生产出来的商品而已。

她对六十年代早期以前的事都不记得什么了，她曾经认识的人中，唯一一个经常提起革命以前日子的人是她爷爷，他在她八岁的时候就去世了。上学时，她是学校曲棍球队的队长，还曾连续两年获得体操奖杯。在加入青年反性同盟之前，她担任过少年侦察队队长、青年团支部书记。她一直都很优秀。她甚至被挑出来派往小说司的下属部门——色情文学处工作（好名声绝对可靠的标志），这里是专门为无产者生产低俗色情文学书籍的。她说，在里面工作的人给那里起了个外号叫垃圾场。在那里，她工作了一年，帮助编写了像《最佳故事选》和《女校的一夜》等密封发行的书，无产者青少年们会偷偷买这种书回去消遣，就像买非法的东西。

"这种书里面都写些什么？"温斯顿好奇地问道。

"哦，糟透了的垃圾。都无聊，真的。这种小说只有六种情节，都是翻来覆去地写。当然我只管万花筒。我从来没进改写组。亲爱的，我文字方面可不行——水平达不到。"

他意外得知，在色情文学处，除了头目以外，所有的工作人员都是女性。他们的理论是，与女人相比，男人的性本能更不容易控制，所以更容易被他们自己创作的淫秽作品所腐蚀。

"他们甚至不允许已婚女人到里面工作。"她补充说。姑娘们都被认为是比较纯洁的，无论如何这里却有一个不是那样。

她十六岁时第一次与男人发生了关系,那是一个六十岁的党员,后来因为怕遭到抓捕自杀了。"他这种做法很不错,"朱莉娅说,"否则他一旦招供,他们就会从他那里知道我的名字。"自那以后,她还有过好几次。她觉得,生活其实很简单。你想要逍遥快活,"他们",意思是党,想阻止你快活;你要做的就是尽力打破他们的规矩。她似乎认为,"他们"要剥夺你的快乐,就像你想避免被"他们"抓到,这些都是很自然的事情。她恨党,在提到党时常用脏字,但她一般不对党品头论足。除非党的教条干扰到她的生活,否则她一点儿兴趣也没有。温斯顿发现,她从来不讲新话,只是一两个生活中已经很常用的除外。她从没听说过兄弟会,也不相信它的存在。任何有组织的反党活动都注定要失败,她认为都愚蠢至极。明智的做法就是在不危及生命的同时,打破它的规矩。他隐隐觉得,在年轻一代中不知道有多少像她一样的人,在革命之后的世界中成长起来的他们,不知道有别样世界的存在,他们认为党就像头上的天一样,万世不变,对党的权威绝不反抗,只是努力地回避,就像兔子躲着狗一样。

他们没有讨论结婚的可能性,这件事情太渺茫了,不值得去想。即便有办法能够摆脱温斯顿的妻子凯瑟琳,委员会也不会批准这样一桩婚事。即使是白日梦,也是无望的。

"你的妻子,她是一个怎样的人?"朱莉娅说。

"她是——你知道新话中有一个词思想好吗?意思是天生正经,从来没有过什么坏思想。"

"不,我不知道这个词儿,但我知道那种人,太了解了。"

他开始告诉她他们结婚以后的生活,但奇怪的是,她似乎早就知道了这种生活的基本内容,就好像曾经亲眼看到或亲身经历过一样。朱莉娅向他描述,他一碰到凯瑟琳,她便浑身僵硬起来,即使她的胳膊紧紧环住了他,也似乎要尽力推开他。与朱莉娅谈到这种事,温斯顿觉得并不困难:毕竟凯瑟琳已经不再是一种痛苦的记忆,只不过是一种不太愉快的记忆罢了。

"我是可以忍受的,但有一件事情我却受不了。"他说。他告诉她,凯瑟琳会在每个星期的同一天晚上逼他进行这种毫无情调、例行公事般的事。"她讨厌这样,但没有什么能阻止她做。她曾经把这个叫作——你肯定猜不到。"

"我们对党的义务。"朱莉娅想也不想便脱口而出。

"你怎么知道?"

"我也是上过学的,亲爱的。学校每月会对十六岁以上的姑娘进行一次性教育讲座。在青年团也会讲。他们长年累月地向你灌输这种思想。我敢说在很多人身上都发生过。但是,当然有时候也难说,人们都是这样的伪君子。"

她开始发挥起这个话题来。对朱莉娅来说,一切事情都可以从性方面来说。无论何时,只要一提到这个问题,她总能很敏锐。不像温斯顿,她知道党在性方面倡导禁欲主义的内在原因。这只是因为性本能可以创造出一个党无法控制的它自己的世界,因此必须尽可能扼杀它。更重要的是,性压抑会导致歇斯底里,这是一件极好的事,因为它可以被转化成对战争的狂热和对领袖的崇拜。她把这个说成这样:

"做爱会耗费你的精力,事后你只感到愉快就行了,其他的都不在乎。他们不能让你有这种想法。他们要让你永远保持精力充沛。现在的什么游行、欢呼、挥舞旗帜,都只不过是发了酸的性。如果你自己内心感到愉快,为什么还会为老大哥、三年计划、两分钟仇恨会等这些无聊的东西变得激动?"

这话有道理,他觉得。禁欲和政治正统性之间,确实有着一

第二部

种直接且紧密的关系。因为,除了抑制人强烈的本能、用它作为推动力之外,还有什么办法能将党需要其成员的恐惧、仇恨和盲目崇拜保持在合适的水平呢?性冲动对党来说是危险的,但党却可以对它加以利用。对于为人父母的本能,他们也采取了同样的手段。家庭是无法被废除的,所以人们被鼓动以一种极其古板的方式来爱自己的孩子,另一方面,孩子们被有计划地教导反抗他们的父母,监视他们,告发他们的越轨行为。家庭实际上就成为了思想警察的延伸。就是用这种方法,每个人都被自己十分亲密的线人日日夜夜地监视着。

突然间他又想到了凯瑟琳。凯瑟琳太笨,没有发现他的理念不合正统,否则肯定早就向思想警察告发他了。但眼下真正让他想起她的,还是下午的闷热,这令他的额头上冒出了汗。他开始向朱莉娅讲起十一年前发生的那件事,那也是在一个炎热的夏日午后,或者说没有发生的事。

那是他们结婚后三四个月。他们到肯特去集体远足时迷了路。他们落在了队伍的后面只有几分钟,但他们拐错了弯,来到了以前的一个白垩土矿场的边上。这里有一个悬崖,有十米到二十米深,底下全是大石块。附近没有可以问路的人。凯瑟琳一意识到他们迷路后,就开始变得不安起来。哪怕离开那群吵吵嚷嚷的远足伙伴一会儿,她也觉得是做错了事。她想沿原路返回,到另一个方向去找其他伙伴。但这时温斯顿看到脚下的悬崖缝里长着几簇黄莲花。其中有一簇有品红和橘红两种颜色,显然长在同一个根上。他以前从来没见到过这种情况,于是叫凯瑟琳过来看。

"看,凯瑟琳!看这些花!靠近底部的那一簇。你看到了吗,是两种颜色?"

她本来已经转身要走了,不过还是勉强回过身来待了一会儿。她甚至在悬崖上伸长脖子朝他指的方向看着。他站在她身后一点儿,用手扶着她的腰。此时,他突然想到他们是多么孤独。附近一个人影都没有,甚至连树叶都一动不动,更听不到鸟叫声。在这种地方,藏着窃听器的危险是非常小的,而且即便装了,也只能听到声音。现在正是午后最热、最容易犯困的时候。阳光直射着他们,他的脸上淌下了汗珠。这时他突然冒出了这个念头……

　　"你为什么不推她下去?"朱莉娅说。"要是我,我会推。"

　　"是啊,亲爱的,你会推。要是换了现在的我,我也会推。但也许我会——我不敢肯定。"

　　"没推,你后悔吗?"

　　"是啊。总体来说我后悔没那么做。"

　　他和她并肩坐在落满土的地板上。他把她拉得靠他更近一些。她的头靠在他的肩上,头发的香味盖过了鸽子屎的臭味。她很年轻,他想,她对生活还有期盼,她不懂把一个碍事的人推下悬崖并不能解决任何问题。

　　"这实际上并没有什么不同。"他说。

　　"那你为什么后悔没推她?"

　　"只是因为我喜欢积极的方式,不喜欢消极的方式。在我们玩的这场游戏里,我们不会取得胜利。有一些失败比其他的失败要好一些,仅此而已。"

　　他感觉到她的肩膀摇了摇,她不同意他的说法。他每次说这种话,她都不认同。她不认可个人注定要失败的自然规律。其实她在某种程度上也知道,她个人的命运已注定,思想警察早晚会抓到并处死她。但她心里仍觉得,或许还有一种可能打造一个神秘的天地,一个能按照自己意愿生活的天地。你所需的是运气、狡黠和胆量。她不懂,世界上并没有幸福这种东西,这种东西太遥不可及,唯一的胜利在你死后很久的遥远的未来,从向党宣战那一刻起你最好把自己当作一具尸体。

"我们都是死人。"他说。

"我们并没有死。"朱莉娅干巴巴地说。

"肉体没死。六个月,一年,五年,肯定是要来的。我怕死,你年轻,所以大概比我还怕死。显然我们要尽量把死的那天往后移。但这区别非常小。只要人还是人,死与生就是同样的事。"

"哦,胡说八道!一会儿你愿意和我还是一个骷髅一起睡?你不喜欢活着吗?你不喜欢这些感觉吗:这是我,这是我的手,这是我的腿,我是活生生的,实实在在的,我活着!你不喜欢这样吗?"

她转身扭过来,用胸压着他。他透过她的制服感受到了她的乳房,丰满而结实。她的身体似乎把青春与活力倾注到了她的身上。

"喜欢,我喜欢这样。"他说。

"那就不要再说死啊死的了。现在听着,亲爱的,我们得安排下次的约会了。我们还可以去树林中的那个地方。我们已经很长时间没去过了。但是这次你得换一条路走。我都计划好了。你坐火车——看着,我给你画出来。"

她用她认真的方式,把地上的一些尘土聚在一起,在鸽子窝里找了一根小树枝,开始在上面画地图。

四

温斯顿到查林顿先生店铺楼上那间简陋的小屋里看了看。靠窗的大床已经铺好了粗毛毯,枕头上没有枕巾。壁炉架上,那座标有十二小时刻度的老式钟还在嘀嘀嗒嗒地走着。角落里的折叠桌上,上次买的玻璃镇纸半明半暗地发着柔和的光。

壁炉围栏里放着一只旧铁皮煤油炉,一个锅,两只杯子,是查林顿先生准备的。温斯顿点着火,烧开了一锅水。他带了一个信封,里面装满了胜利牌咖啡和一些糖精片。现在的时钟指向晚上十七点二十分:实际是十九点二十分。他们约好十九点三十分见。

蠢啊蠢,他心里一直嘀咕:自觉的、无缘无故的、自取灭亡的愚蠢!在一个党员可能犯的所有罪中,这项罪最不可能隐藏。实际上,他脑海里第一次浮现出这种念头,是由于看到折叠桌上反射玻璃镇纸光形成的形象。不出所料,查林顿先生很爽快地就把这间屋子租给了他。他明显很高兴这能给他多带来几块钱。当他知道温斯顿要在这里与别人约会时,既不觉得意外,也没有表示讨厌。相反他视而不见,说了一些套话,神情有点儿微妙,让人觉得他一部分已经隐身了。他还说,能清静地一个人待着是非常难得的一件事。每个人都想找个地方偶尔躲个清静。当他们找到这种地方后,作为一个知情人,不对外人声张是最起码的礼貌。他甚至还对他说,这个房子有两个入口,一个经后院通向一条小巷。他讲这些话的时候,就好像几乎就要隐身不见一样。

窗户下面有人在唱着歌。温斯顿靠着薄纱窗的保护偷偷望出去。六月的太阳还高高挂在天上,下面充满阳光的院子里,一个体型高大的女人,像诺曼圆柱一样壮实,胳膊粗壮,晒得发红,腰间系着一条粗布围裙,迈着笨重的步伐在晾衣绳和洗衣桶之间来回走着,晾着一块块白色的方布,温斯顿认为它们是婴儿的尿布。只要她的嘴里不咬着晾衣服用的夹子,就会用浑厚的女低音唱着:

> 这不过是毫无希望的单相思,
> 像四月的日子一样转瞬即逝,
> 可是一句话,一个眼神,
> 他们已经
> 将我的心偷走!

过去几个星期,这首歌在伦敦已经流行开了。这是音乐司的一个科为无产者出版的众多类似歌曲中的一首。这些歌曲的歌词是由一种叫作写诗器的装置编写的,不需要任何人力。但那个女人唱得如此动听,让那些乱七八糟的废话都显得悦耳起来。他可以听到那女人的歌声,鞋子在石板上刮擦的声响,大街上孩子们的喊叫,远处什么地方隐隐约约的汽车声,但屋子里面显得异常安静,因为这里没有电幕。

蠢,蠢,蠢!他又开始想了。无法想象他们几个星期都光顾这里约会而不被发现。但是能有一个在室内而且近在咫尺,真正属于自己的秘密地方,这种诱惑对他们两人而言太大了。自他们上次去了教堂钟楼后有一段时间里,没有办法安排相会的地方。为了迎接仇恨周,工作时间大大增加了。现在离仇恨周还有一个多月的时间,但是繁重、复杂的准备工作让每个人都得加班。终于他们还是想办法安排在同一天下午休息。他们原本同意再去森林中的那片空地。但就在前一天晚上,他们两个在街头匆匆见了一面。像往常一样,他们在人群中相遇时,温斯顿基本不看朱莉娅,但就在一瞥间,他发现她的脸色比平时要苍白。

"吹了,"她确定情况安全后,低声说,"我的意思是明天的事。"

"怎么回事?"

"明天下午。我去不了了。"

"为什么来不了?"

"噢,还是那个原因。这次提前了。"

他顿时觉得气不打一处来。在认识她的一个月里,他对她的欲望的性质已经发生了变化。刚开始时,没有多少真实感情在里面。第一次做爱也不过是随兴而为。但第二次过后情况就不同了。她头发的香味,嘴唇的味道,皮肤的触感,似乎都已经渗入他的身体,弥漫在他周围的空气中了。她已经成为了一种生理需求,一种他不仅需要她而且有权拥有的东西。听她说不能来,他就觉得她在欺骗他。但就在这时,人群把他们挤到一起,他们的手无意间碰了一下。她飞速地捏了一下他的指尖,这引起的似乎不是欲望,而是情愫。他想,如果以后一个男人与一个女人生活在一起,这种特别的失望大抵是会不断发生的正常的事;他对她突然有了一种浓浓的深情,这是他从来没有体验过的。他希望他们是一对结婚十年的夫妻。他希望他们就像现在一样在街上走

第二部

着,不过是公开的,不带任何恐惧的,谈着日常的琐事,买着日常家用的杂物。他尤其希望有一个地方能让他们单独待在一起,不用感到每次约会非得做爱。其实这时候,他还没有要租查林顿先生房子的念头,这种想法是第二天才冒出来的。他跟朱莉娅说了这事儿,出乎意料的是她同意了。他们两人都清楚,这真是疯了。即便是坟墓,他们也愿意一同走进去。他坐在床边等她的时候,又想起了友爱部的地下室。命中注定的恐怖在脑海里进进出出,真是奇怪。在死之前,这种恐怖必将在未来的某个时间里发生,就像九十九在一百之前一样。人们无法逃避,但或许可以推迟:然而相反的是,人们却常常选择有意识、有意志地采取行动,缩短它到来的时间。

正在这时,楼梯上传来了急促的脚步声。朱莉娅冲了进来。她还拎着棕色帆布工具包,这是他经常看到她在上下班时带着的。他上前想去抱住她,但是她急忙躲开了,或许是因为她自己还拎着工具包。

"等一下,"她说,"我给你看看我带了什么。你带了那些恶心的胜利牌咖啡来了吗?我觉得你应该是带了。不过你现在可以扔掉它了,因为我们不需要它了。看这里。"

她跪在地上,打开工具包,翻出上面的扳手和螺丝刀。在下面有几个干净的纸包。她递给温斯顿一个纸包,他顿时有一种奇怪而有点儿熟悉的感觉。里面的东西像是沙子一样,沉甸甸的,一捏就凹了进去。

"是不是糖?"他问。

"真正的糖,不是糖精,是糖。这儿还有一块面包,货真价实的白面包,不是我们吃的那种次品。另外,这是一小罐果酱,还有一罐牛奶。但是你看这里!这才是我最得意的东西!我必须用粗布把它包上,因为——"

但是她不需要告诉他为什么她要把它包起来。香味已经弥漫了整个房间,这股浓郁的香味好像是从他的孩提时代发出的,不过即使到了现在偶尔也会闻到,它在一扇门还没有关上之前飘过过道,或者在拥挤的街道上神秘地扩散开,闻了一下,又消失不见了。

"这是咖啡,"他低声说,"真正的咖啡。"

"这是核心党的咖啡,有整整一公斤。"她说。

"你怎么弄到这些东西的?"

"这些都是核心党的。这些混蛋没有弄不到的东西。但是当然,服务员、勤务员什么的都能揩点儿油。看,我还有一小包茶叶。"

温斯顿在她身边蹲下来,把那个纸包撕开了一个小角。

"这是真正的茶叶,不是黑莓叶。"

"最近茶叶很多。他们攻占了印度,还是什么地方。"她含含糊糊地说。"不过听着,亲爱的,我想让你背对着我三分钟。去坐到床那边去,别靠窗口太近。等到我叫你转过来,你再转过来。"

温斯顿心不在焉地透过纱窗看着外面。下面的院子里,那个红胳膊的女人依然在洗衣桶和晾衣绳之间来来回回。她把嘴里的两个夹子拿出来,又深情地唱着:

> 他们说时间能治愈一切,
> 他们说你总能忘记一切;
> 但是这么多年的笑和泪
> 依然让我心如刀割!

看起来她已经把整首愚蠢的歌词记得很熟。她的歌声伴随着夏天的香气飘了上来,声调非常优美,有一种快乐的忧郁感觉。让人觉得,如果六月的傍晚永远不黑,要洗的衣服永远也洗不完,那么她就会在那里待上一千年,一边晒尿布,一边唱情歌。这使他感到好奇,他从来没听到过党员发自内心地独自唱歌。这或许有些异端,异端得有些危险,因为这显然不正统,就像自言自语一样。或许,只有饿着肚子没东西吃的人们才会去唱歌。

"现在,你可以转过身来了。"朱莉娅说。

他转过身去,一下子几乎没认出她来。他原本以为她会脱光衣服,但她并没有。她的改变比光着身子还令他惊奇。她化妆了!

她肯定是溜进了无产者区的小铺里买的这套化妆品。她的唇涂得很红,脸蛋上还涂了胭脂,鼻子上涂了粉;甚至眼睛下面还画了什么,让眼睛看起来更加明亮了。她的化妆水平显然不高,但是温斯顿在这方面的要求也不高。以前,他从来没见过或者想过一个党内的女人会在脸上涂脂抹粉。她外貌上的美化是惊人的。这里一点红,那里一片白,不仅让她变得更好看,也更有女人味儿了。她的短发和男人气的工作服,更增加了这种效果。当他把她抱在怀里,一股人工紫罗兰香气充满了他的鼻子。他想起了半明半暗的地下室厨房里,那个牙齿都快掉光的老女人的嘴。她用的也是这种香水,但此刻,这好像并不重要。

"还喷了香水!"他说。

"是啊,亲爱的,喷了香水。你知道接下来我要做什么吗?我要穿一条真正的女人穿的裙子,我不要穿这什么破烂裤子了。我还要穿丝袜,穿高跟鞋!在这间屋子里,我要做一个女人,我不要再做党员同志。"

他们脱光了衣服,爬上了红木大床。这还是温斯顿第一次在她面前赤身裸体。在此之前,他一直对自己苍白瘦弱的身体、小腿上突出的青筋以及脚踝处变色的斑感到非常难为情。床上没有铺床单,但好在他们躺着的毛毯上的毛已经掉光,现在很平滑。让他们感到意外的是,这张床又大弹性又好。"里面肯定有虫子,但谁在乎呢?"朱莉娅说。除了在无产者家里,这种大双人床其实并不多见。温斯顿小时候曾经睡过双人床,但朱莉娅并不记得自己睡过这种床。

接着他们很快就睡着了。当温斯顿醒来的时候,时钟已经快指向九点钟了。他没有动,因为朱莉娅的头正枕在他的胳膊上。她抹的粉和胭脂,大部分已掉到他的脸上或枕头上了,但留下的那层淡淡的妆,依然显现出她脸颊的美。夕阳淡黄色的光线穿过床角,照亮了壁炉,锅里的水已经沸腾了。下面院子里,那女人已经不再唱歌,但是从街上传过来了孩子们的叫喊声。他隐约想到,在那些被抹掉的历史里,像他们这样,一对男女在夏日的晚上赤裸着身子躺在床上,想做爱就做爱,想聊什么就聊什么,不用非得起来,就那样静静躺着,听着外面喧嚣的声音,这种情景是不是很常见。可以肯定,在任何时候这种事情永远不会是正常的。这时候,朱莉娅醒了,用手揉了揉眼睛,用手肘支起身子看了看煤油炉。

"水烧干了一半。"她说,"我得起来煮咖啡。我们还有一小时的时间。你的公寓那里什么时候熄灯?"

"二十三点三十分。"

"宿舍是二十三点。但是你得早点儿进去,因为——嗨!滚开,你这脏东西!"

朱莉娅突然在床上转过身去,从地上捡起一只鞋,像个男孩子似的举起胳膊向屋角扔过去。那架势就跟那天他看到的她在"两分钟仇恨会"期间向果尔德施坦因扔字典时一个样。

"那是什么?"他吃惊地问。

"一只老鼠。我看见它从板壁下面伸出鼻子来。那里有个洞。我把它吓跑了。"

"老鼠!"温斯顿喃喃地说,"在这间屋子里!"

"老鼠哪里都有。"朱莉娅躺下,无所谓地说,"我们宿舍里甚至厨房里都有。你知道吗,伦敦有些地方尽是老鼠。你知道它们甚至还咬小孩子吗?真的,他们还咬小孩。在一些这样的街道里,妈妈连两分钟都不敢离开孩子。那是一种灰色的大老鼠,一种会害人的可恶的东西——"

"别说了!"温斯特紧闭着双眼说。

"亲爱的!你的脸都变白了。怎么回事?它们让你觉得不舒服吗?"

"世界上最可怕的东西——是老鼠!"

她紧靠着他,用双臂和双腿把他围起来,似乎是想用身体来安抚他。他并没有立即睁开眼睛。好几分钟的时间里,他有种又回到了这一辈子都在做着的噩梦当中的感觉,每次的噩梦都是一样的。他站在一堵漆黑的墙前,墙的另一边是一种无法忍受的,让人无法直视的可怕的东西。在梦里他深感自欺欺人,因为实际上梦中的他知道那黑暗的墙后面是什么。只要他肯努力拼命试一下,就能把这种东西拉到阳光之下,就像是要从自己的脑子里掏出一块东西一样。他总是在还没有搞明白这是什么东西时就会醒来,但这东西好像与刚才他打断朱莉娅讲话时的东西有着某种关系。

"对不起,"他说,"没有什么,我只是很讨厌老鼠而已。"

"别担心,亲爱的,以后不会有这种东西在这里出现了。等一下咱们走之前,我会用布把老鼠洞堵上。下回再来的时候,我带点儿石灰来,把洞彻底封上。"

此时,温斯顿的恐惧感已经散掉了一半。他觉得有些难为情,靠着床头坐起来。朱莉娅下床起身穿好衣服,煮了咖啡。锅里飘出的香味太浓而且有刺激性,因此他们把窗户关上,以免外面的人闻到,打听是谁在煮咖啡。咖啡加了糖以后,口感更加丝滑,也更香了。吃了多年的糖精,温斯顿几乎已经忘记了这种味道。朱莉娅一只手插在口袋里,一只手拿着一片抹了果酱的面包,在屋子里来来回回走着,随便看了看书架,又指出修理折叠桌的最好的方法,又一屁股坐进沙发里,试试看舒不舒服,有点儿好奇地观察着座钟的十二个刻度。她把玻璃镇纸拿到床上,对着光仔细看着。他从她手中拿过来,也被它柔和、雨水般的色泽吸引了。

"你认为这是什么东西?"朱莉娅问。

"这什么东西都不是——我的意思是说,我觉得它没什么用,但我就是喜欢它这一点。它是他们忘记篡改的一片历史。这是一百多年前传过来的信息,只是没人知道该怎么去解读。"

"还有那幅画——"她朝对面墙上的雕画点了点头问,"那幅画也有一百年的历史吗?"

"那个更久,或许有二百年了。我也不确定,没有人能够说出来。如今任何东西的历史都不太可能确定。"

她走过去看它。"这就是那只老鼠伸出鼻子的地方。"她踢了一下画下方的板壁说。"这是哪里?我以前好像在哪里见过。"

"这是一座教堂,至少曾经是一座教堂,它的名字叫圣克利门特教堂。"这时候,查林顿先生曾教他的那几句歌词又浮现在他的脑中。他有些怀旧地说:"圣克利门特教堂的钟声说,橘子与柠檬。"

让他想不到的是,她竟然接着把下面的歌词说完了:

圣马西教堂的钟声说,你欠我三个硬币,
你什么时候还?老巴莱特教堂的钟声说——

"我忘了下面应该唱什么了。不过我倒还记得最后一句是,'这儿有蜡烛照着你睡觉,这儿有斧头砍掉你的头!'"

这好像是一个暗号的两个部分。不过在"老巴莱特教堂的钟声"后面肯定还有一句。如果他能得到恰当的提示的话,也许还能从查林顿先生的记忆中翻出来。

"这是谁教你的?"他问。

"我爷爷。在我很小的时候他经常教我唱。八岁那年,他人间蒸发了,反正不见了。我不知道什么是柠檬,"她又随口补充了一句说,"但我见过橘子,那是一种皮很厚的圆形的黄色水果。"

"我还记得柠檬,"温斯顿说,"五十年代时很常见。这种水果很酸,甚至闻一下也会把你的牙齿酸倒。"

"我敢打赌那幅画面后面肯定有个老鼠洞,"朱莉娅说,"等哪天有时间我把它摘下来好好打扫一下。不过现在咱们得走了。我必须把妆卸掉,真烦人!等下我再给你擦掉脸上的唇膏。"

温斯顿又在床上多赖了一下。屋里渐渐黑了下来。他转过身对着光线,懒懒地看着玻璃镇纸。他最感兴趣的并不是那块珊瑚,而是玻璃内部。它那么厚,却又如同空气那样透明。它的弧形表面好像就是一片苍穹,那下面罩着一个小小的世界,甚至还有大气层。他觉得他可以进去这个世界,而实际上他已经在里面了。还有那张红木床、那张折叠桌、那个座钟、那幅雕画,还有那块镇纸本身。这块镇纸就是他所在的这间房子,珊瑚就代表着朱莉娅和他自己的生命,永恒地嵌在这块玻璃的中心。

五

赛麦消失了。某一天早上,他没有来上班;几个没头脑的人在聊天时,还谈到了他旷工的事情。第二天,就没人再提这事了。第三天,温斯顿来到记录司的前厅去看布告板。其中一张布告上列举了象棋委员会委员的名单。赛麦就曾经是象棋委员会的。这张名单看起来和过去没有任何变化,没有被划掉的内容,但是名单上少了一个人的名字。这就足够了,赛麦已经不复存在了:他就从来没存在过。

天气出奇的热,建得像迷宫一般的部里,没有窗户,装了空调的房间维持着正常的温度,但外面人行道的路面热得烫脚,上下班的时间,地铁里更是臭得吓人。"仇恨周"的准备工作正进行得如火如荼,各部的工作人员都在加班加点地干活。游行、集会、阅兵、演讲报告、蜡像陈列、电影放映、电幕节目都得组织安排;搭建看台、建造雕像、起草标语、编写歌曲、散播谣言、伪造照片等工作都在做。在小说司里朱莉娅任职的单位已经不再编写小说,而是赶制一批暴行的册子。除了要做好日常工作以外,温斯顿每天还需要花费很长的时间来翻阅往期的《泰晤士报》,篡改润色在演讲及报告中引述到的新闻。夜已经很深了,喧闹的无产者群众还在街上闲逛,整个城市充满了一股怪异且狂热的氛围。火箭弹的袭击更加频繁了,有时远处时不时地会传来爆炸声,没有人知道这是为什么,但各种谣言却已经在满天飞。

仇恨周的主题曲《仇恨之歌》已经完成,正在电幕上不断循环播放着。那歌曲的节奏活像野兽在蛮叫,根本算不上音乐,倒是像击鼓。几百个男声配合着行军的步伐大声唱着,听起来更让人害怕。无产者很喜欢这类的歌曲,午夜的街头依然在播放着"这不过是没有希望的幻想",正好与这首《仇恨之歌》交相辉映。派逊斯家的孩子们用梳子和草纸白天黑夜地吹,真是让人难以忍受。和以前相比,温斯顿晚上比以前更加充实。派逊斯组织了很多志愿者,他们忙着为仇恨周做准备:缝横幅,画海报,在屋顶上固定旗杆,还冒着危险在街道上拉起铁丝悬挂横幅。派逊斯还吹嘘,仅仅是胜利大厦悬挂的旗帜,连在一起长度就达到了四百多米。此时的他,流露出本性,像百灵鸟一样开心。因为天气热,再加上体力活使派逊斯有了晚上穿短裤和开领的衬衫的借口。他无处不在,不管是推是拉、是缝是敲,还是出主意,还不断用一种劝告语气鼓动着大家。当然,但凡他出现的地方,都有一股令人作呕的汗臭味。

突然之间,伦敦到处都贴上了新的宣传画。画上没有任何文字注释,只是画着一个体型巨大的欧亚国士兵,有三四米那么高,蒙古种的面庞没有任何表情,脚上穿着大号的军靴跨步前进,腰部还挎着一挺轻机枪。无论从什么角度看,机枪的枪口总是对准你的,由于透视的原理,枪口显得很大很大。每堵墙的空白处都贴上了这幅画像,数量甚至要超过老大哥的画像。通常情况下,无产者不关心战争,但此时他们却被煽动起来,迸发出一股狂热的爱国热情。像是在配合现在的气氛,火箭弹炸死的人比平时更多了。一枚炸弹落在了斯坦普奈的一家人群拥挤的电影院里,将

第二部

几百人埋在了废墟之下。附近的居民很多都出来参加葬礼,排起长队送别遗体。葬礼持续了几个小时,实际上变成了抗议示威活动。另有一枚炸弹落在了孩子们做游戏的空地上,造成了数十名孩子的死亡。人们再一次举行了愤怒的示威活动,焚烧了果尔德施坦因的雕像,数百张欧亚国士兵的宣传画也被撕下,扔到了火堆中。在混乱中,一些商店也遭到了抢劫。之后又有传言,说是有间谍在通过无线电操控发射火箭弹,还有一对老夫妇因为可能有外国血统,他们的家就被纵火焚毁了,两位老人也被活活烧死。

一有机会,温斯顿和朱莉娅就会去查林顿先生铺子楼上的房间。贪图凉快的两个人经常脱光了并排躺在窗户底下的床上。虽然再也没有在这里看到过老鼠,但随着天气越来越热,臭虫的数量却猛增了。不过,这些都不重要,不论这间屋子是干净还是脏乱,这里都是天堂。他们一进屋子就把从黑市上买来的胡椒粉撒得到处都是,然后脱光衣服,大汗淋漓地做爱,然后一起睡去,醒来的时候,臭虫又开始活动,聚集起来准备反攻。

整个六月份,他们一共幽会了四次,五次,六次——七次。温斯顿已经戒掉了每天都要喝杜松子酒的习惯。看上去,他已经不需要这样了。他变胖了,由于静脉曲张导致的溃疡也消失了,只是在脚踝上留下了一块棕色的伤疤。早上起床的咳嗽也好了,不会再因为生活中的琐事感到难以忍受了,想冲着电幕做鬼脸表示厌恶或者是扯着嗓子大骂的冲动也消失了。现在,他们有了一个既固定又隐蔽的幽会地点,那里几乎就是他们的家,因此,即使不能每天厮守,每次相见不过一两个小时,他们也不觉得辛苦。重要的是,旧货铺楼上的屋子一直都在。那个屋子一直都在,没有被破坏,就跟自己在那间屋子里差不多。这间屋子就是一个世界,是过去世界的一个写照,已经绝种的动物在这里依然存在。

在温斯顿看来,查林顿先生本身就是一个已经灭绝的动物。有时候,在上楼时,温斯顿会停下来和查林顿先生聊聊天。这个老头儿很少出门,甚至是根本不出门。这里也没有什么顾客。他就像是一个幽灵一样,生活在狭小阴暗的店铺和比店铺还小的后厨之间。厨房是他为自己做饭的地方,这里还放着一台古老的大喇叭唱机。查林顿先生似乎非常高兴能有机会和别人说说话。他的鼻子又长又尖,带着一副镜片很厚的眼镜,穿着天鹅绒的夹克,肩膀压得很低,走在那堆没有任何价值的货物中时,看起来更像是一个收藏家,而不是旧货商。有时候,他会带着感情抚摸这些旧货——瓷瓶塞、破鼻烟壶盖儿、装着已经夭折了的婴孩的头发的镀金胸针盒——他从来不要求温斯顿买东西,只是让他欣赏。同查林顿聊天,就像听一个老掉牙的八音盒一样,他总是能从他的记忆深处找出一些早已被人遗忘的歌谣片段。比如二十四只黑画眉、弯角母牛、知更鸟之死等。"我刚好想起来这个,你可能会感兴趣。"每当他回忆某个片段的时候,就会露出几分无所谓的笑容。不过无论哪首歌谣,他也只记得一两句。

  他们两个都十分清楚——也可以说,现在这种状态不可能长久维持下去。有时候,他们感觉死神临近的感觉跟他们躺在床上的感觉一样真实。他们紧紧地把身体贴在一起,肉欲与绝望掺杂在一起,好像一个即将坠入地狱的人在生命的最后五分钟去享受最后的一点儿快感。但有时候,他们也会有一些幻觉,幻想着他们不仅现在是安全的,更可以这样长长久久地生活下去。他们都觉得,只要待在那间屋子里,他们就不会有危险。到那里去,却是又困难又危险的,但那个房间是个避难所。温斯顿注视着镇纸的中心,想着自己可以进入到那个玻璃的世界,一旦进去了,时间就能停止了。温斯顿和朱莉娅常常做一些逃避现实的白日梦,他们的好运会永远存在,在余下的生命里他们可以一直这样偷偷摸摸下去。或者,凯瑟琳死了,温斯顿和朱莉娅就能够通过某种巧妙的方式结婚了。或者他俩一起自杀。再或者他们两个一起私奔,改头换面,像无产者那样说话,去工厂做工,在街道后面的小巷里过一辈子。但是他们都很清楚,这些幻想完全没有意义,现实中是没有办法逃跑的。他们自己唯一可以做的就是自杀,但是他们并不想这么做。坚持一天就是一天,过一个星期算一个星期。他们两个看不到未来,只能本能地拖延着时间,就像只要有空气,人就要呼吸一样。

有时候他们也会讨论如何用实际行动来与党作对,但是他们不知道怎样开始第一步。即使传说中的兄弟会是真的存在的,要找到并加入他们也是十分困难的。温斯顿告诉朱莉娅,他与奥勃良之间有一种或者说似乎有一种微妙的亲切感,这使得他有时候有一种冲动,想要站在奥勃良面前说自己是党的敌人,希望得到他的帮助。十分奇怪,她并不觉得这样很冒失。她擅长从面相上看人,在她眼中,温斯顿只因为奥勃良的一个眼神就认为他是值得信赖的人,这似乎是一种自然行为。除此之外,她还想当然地认为每个人、几乎每个人都是痛恨党的,只要能保证他们的安全,他们都想打破规矩。不过,她认为有组织性的、广泛的反对党的活动是不存在的,也没有存在的可能性。她说,果尔德施坦因以及秘密军队的故事都是不存在的,是党出于某种目的编造的,而你却只能假装相信。已经记不清楚有多少次,在党员集会和示威游行中,她歇斯底里地吼着要把那些她从没听过名字而且一点儿也不相信他们犯了罪的人处以死刑。在公审进行的时候,她参加了青年团,他们从早到晚将法庭团团围住,高喊着"打倒卖国贼"的口号。在"两分钟仇恨会"中,她总是要比别人激动得多地咒骂着果尔德施坦因。但是至今果尔德施坦因是谁,他的主张是什么,她一概不知。她在革命后长大,她太年轻,一点儿都不知道五六十年代的意识形态斗争。像独立的政治运动这样的事,她没有办法理解。不管怎么说,党都是不可战胜的。它会永远存在,永远是那个样子。你能做的反抗只能是地下的,秘密的,顶多是孤立的暴力行为,比如说杀死某个人或者炸掉某个东西。

从某种程度上来说,她比温斯顿更精明,更不易相信党的宣传。有一次,他偶然提到了与欧亚国之间的战事,她居然随口就说,她认为根本就没有打仗。她甚至说,落在伦敦的那些火箭弹,可能都是大洋国政府自己发射的,目的就是"让人们一直害怕"。温斯顿可从来没有想到过这一点。她还告诉温斯顿,在"两分钟仇恨会"时,她最大的困难是如何忍住不大笑出声,这让温斯顿有些忌妒。不过,只有在党的教诲和她的生活有交集的时候,朱莉娅才会有所怀疑。通常情况下,她能够很轻易地接受官方的无稽之谈,只是因为在她看来,真与假对她而言并不重要。例如,她相信飞机是党发明的,这是小时候学校曾教过的(温斯顿记得,自己上小学的时候,也就是五十年代后期,党只是宣称直升机是党发明的;十多年后,到朱莉娅上小学的时候,党就已经开始宣称飞机是党发明的了;再过一代人的时间,党就会说蒸汽机也是党发明的了)。当他告诉她在自己出生以前,早在革命发生很久以前,飞机就存在了的时候,朱莉娅一点儿也不感兴趣。说到底,到底是谁发明飞机的有什么关系呢?有一次两个人闲聊的时候,温斯顿发现朱莉娅不记得四年之前大洋国和欧亚国曾和平相处,而和东亚国打仗,这让他感到吃惊。事实是她认为整个战争都是虚构的,但显然她没有注意到敌国的名字已经发生了变化。"我还以为我们一直在和欧亚国打仗",她模棱两可地说。这令他有些吃惊。飞机是在她出生之前很久发明的,但战争对象发生变化却才只有四年,那时她早已长大成人了。两个人辩论了约半个小时后,最后他终于成功地使她记起来,她隐约记得有一段时间敌人是东亚国而不是欧亚国。不过,在她看来,这些问题无关紧要。她不耐烦地说:"谁管这些?战争就没停过,一场接一场,反正你能知道的消息都是谎言。"

有时候,温斯顿会同她说起记录司和他在那里从事的无耻的伪造工作。但这种事情似乎并不会吓到她。在想到谎言正在变成事实时,她并没有意识到正在自己脚下扩张的深渊。他告诉她关于琼斯、艾朗森和卢瑟福的事情,和那张意义重大的纸条又一次滑过他的指尖的事情。但这些事情都没有给她留下什么印象。事实上,从一开始,她就不知道这些事情的意义。

"他们是你的朋友吗?"她问道。

"不是,我根本不认识他们。他们是核心党员。而且,他们的年纪比我大多了。他们属于过去,是革命发生前的人物。我只是知道他们长什么样子。"

"那还有什么好担心的?什么时候都有人被杀,不是吗?"

他试图让她明白。"这是一个特例。不只是一个某个人被杀了的问题。你有没有意识到,从昨天开始,所有的过去事实上已经被抹杀了?如果说过去在某个地方还存在着,那么肯定是在少数具体的东西上,没有文字记载,就好像那块玻璃一样。事实上,我们对革命和革命以前的年代,已经不记得什么了。所有记载都被销毁或篡改了,所有书籍都被重写过,所有图画都被重画过,每个雕塑、每条街道、每幢建筑物,都被重新命名了,所有日期都被改动过。这个过程每一天、每一秒都在继续。历史停止了,除了标榜党永远是正确的现在,什么都不存在了。当然,我知道,历史是被伪造的,但我永远都无法证明这一点,即便我自己也在从事着伪造活动。事情做完以后,从来都不会留下任何证据。唯一的证据在我自己的心里,我也不能确定是不是有人和我有着同样的记忆。在我的一生中,只有那一次,在事情发生后——发生许多年以后——我曾经拿到过实际的具体证据。"

"那有什么用?"

"一点儿也没用,因为几分钟后我就把它扔掉了。但如今再遇到同样的事情,我应该会把它保留下来。"

"好吧,我不会这么干!"朱莉娅说,"虽然我很愿意冒险,但也得值得冒险才行,而不是为了几张旧报纸冒险。就算你把它们保留下来了,你又能怎么样?"

"也许没什么用。但这毕竟是证据。如果我敢于把它能拿给别人看,就能在这里或那里散布一些怀疑的种子。我觉得,在我们有生之年,想要改变现状是不可能了。不过,可以想象,在这里或在那里,可能会出现反抗的小集团——一小批人集合在一起,人数慢慢增加,甚至还留下一些痕迹,这样后代就可以接着干下去!"

"我对下一代没兴趣,亲爱的。我只对我们感兴趣。"

"你只不过是一个腰部以下的叛逆。"他对她说。

她觉得这句话很风趣,高兴得用胳膊一把搂住了他。

她对党的理论会产生什么样的后果一点儿都不感兴趣。只要他一谈到英社的原则、双重思想、过去的易变性和否定客观现实,或者用新话的词儿,她就会感到厌倦和混乱,说自己从来没有在意过这些事情。既然知道这些都是废话,还操心它们干吗?只要知道什么该高兴,什么该不高兴,她就觉得足够了。如果温斯顿坚持谈论这种话题,朱莉娅往往会睡着了。她就是这种人,无论何时何地，都能睡过去。和朱莉娅聊天，温斯顿觉得不知道正统为何意时假装正统是件非常容易的事。从某种意义上来说，在那些没有理解能力的人那里，党强加于人的世界观最容易被接受。他们可以接受最明显的违反现实的事情，因为他们从来没有彻底理解对他们的要求是何等荒唐，因为他们从来不关心社会大事，不会注意发生了什么事情。因为没有理解力，所以他们的神志依然很清醒。无论遇到什么，他们都是一口吞下，而吞下的东西什么也不会留下，因此对他们构不成任何伤害，就像是一颗玉米粒完全没有经过消化就会被一只鸟排出体外一样。

六

最终那件事还是发生了,期盼已久的消息终于来了。对他来说,这件事情是他用一生去等待的。

当时,温斯顿正走在真理部大楼那条长长的走廊里。快走到朱莉娅塞给他纸条的那个地方时,他突然意识到身后跟着一个身材比他高大的人。不知道那个人是谁,只听他轻咳了一声,很明显是打算要说话了。温斯顿突然停了下来并向后转身,发现那个人是奥勃良。

终于,他们面对面了。温斯顿唯一的冲动似乎就是要逃跑。他的心脏剧烈地跳动着,一句话也说不出来。但奥勃良继续走着,一只手还友好地在温斯顿的手臂上搭了一会儿,这样他们两个得以并排一起走路。他开始用他那特有的彬彬有礼的口气说话——这是他和大多数核心党员不同的地方。

"我一直希望有机会和你聊聊。"他说,"前几天,我在《泰晤士报》上看到了一篇你关于新话的文章,我认为在新话这方面,你有一种学者式的兴趣,是吧?"

现在温斯顿基本恢复了正常。"谈不上什么学者式的兴趣,"他说,"我只是一个门外汉,这不是我的专业。我之前从来没有做过任何关于语言的实际创作的工作。"

第二部

"但是你的文章写得很考究,"奥勃良说,"这不仅仅是我自己的意见,前几天我和你的一个朋友聊过,他在这方面肯定是一个行家。一时半会儿我想不起他的名字来了。"

温斯顿的心再次疼痛地抽搐了一下,他说的是赛麦,这让人难以置信。可是赛麦不仅仅是死了,还被彻底清除了,成了一个非人。任何看起来和他有关的事都可能会有致命的危险。奥勃良此言很显然是一个信号、一个暗语。通过一起犯下这个小小的思想罪行,奥勃良把两个人变成了共犯。两个人继续在走廊里缓慢地行走着,但奥勃良突然停下了脚步,推了推架在鼻梁上的眼镜——很奇怪,他的这个动作总是给人一种亲近感——接着说道:

"其实我真正想说的是,我注意到,在你的文章里,你使用了两个已经废弃的词汇。但它们也只是最近刚刚废弃的,你有没有看第十版的新话词典?"

"没有,"温斯顿说道,"我想第十版的新话词典还没有出版吧。在记录司里我们还一直在使用第九版。"

"我相信第十版用不了几个月就会出版,但是一部分样书已经发行了,我自己就有一本样书,也许,你有兴趣看一下?"

"非常有兴趣。"温斯顿说,他立刻领悟到他的意图。

"有一些新发展是最具有独创性的,我想动词数目的减少是你最感兴趣的。让我想想,我可以让通讯员把词典给你送过去吗?但是我怕我总是忘记这样的事。也许你可以在你方便的时候来我的公寓取?等等,让我给你写一下地址。"

他们刚好在电幕的前面站着。奥勃良有点儿漫不经心地摸了摸他的两个口袋,掏出来一个小的皮面记事本和一枚金色的墨水笔。紧接着他就在电幕下面,打开本子潦草地把地址写到上面,在这个位置,电幕那端的人可以清清楚楚地看到他写的是什么，他把那一页撕下来，递到了温斯顿的手上。

"我晚上通常都在家，"他说，"如果我没在家，我的勤务员会把词典给你。"

他走了，剩下温斯顿一个人站在那里，手里攥着那张纸条，这次他不需要将这张纸条藏起来。不过，他很认真地记住了上面写的地址，几个小时以后，温斯顿还是会把这张纸条和其他的一大堆废纸扔进忘却洞里。

他们两个在一起谈话最多只有两分钟。这件事可能只有一个含义。这样做是为了让温斯顿知道奥勃良的住址。这样做很有必要，因为除了直接询问对方的地址外，要想知道谁住在哪里是不可能的。没有任何通讯录之类的东西。"如果你想见我，你可以来这儿来找我。"这是奥勃良对他说的。也许在词典的某个地方会隐藏着一个不为人知的消息。但无论如何，有一件事情可以确定，曾在梦境中出现过的密谋确实是存在的，并且他已经触碰到它的边缘了。

温斯顿知道他早晚要接受奥勃良的召唤，只是他不确定是哪一天，也许是明天，也许是很久之后。刚才发生的事情，只是在很多年前已经开始进行的过程的结果。第一步是秘密的，无意识的念头，第二步是开始写日记。他把想法转换成文字，现在又从文字转换成行动。最后一步是在友爱部会发生点儿什么事情。他已然接受了这个结局。从开始时就注定了会是这个结局，但是最让人觉得可怕的是，或是更准确地说是，这就像是提前尝了一下死亡的味道，又像少活了几天。甚至在他和奥勃良讲话的时候，当所说的话的含义慢慢显现的时候，他感到一股寒意，打了一个寒战。他有一种迈进潮湿阴冷的坟墓里的感觉，尽管他一直知道坟墓在那里等着他，也并没有因此感觉好过一些。

七

温斯顿醒来时,眼睛里噙满了泪水。朱莉娅睡意蒙眬地靠近他,嘴里嘟嘟囔囔地,好像是在说:"怎么了?"

"我梦见——"温斯顿欲言又止。这个梦很复杂,很难用语言说清楚。首先是梦境本身,其次是与这个梦有关的记忆。在醒来后的几分钟里,这些东西全部浮现在他的脑海里。

他重新躺回去,闭上了双眼,仍然沉浸在梦境的氛围中。那是一场光彩炫目、气势恢宏的梦,他那如同夏日傍晚的雨后风景一般的人生如同画卷一般展现在他面前。所有的一切都发生在玻璃镇纸中,但是玻璃的表面变成了穹顶,穹顶之下,万物都沐浴在清新柔和的光芒中,一眼望去无边无际。温斯顿母亲的手臂动作,就包含了整个梦境——从某种意义上来说,它确实存在于这个动作当中。三十年后,他在一部电影里看到了这个动作,那是一个犹太妇女为了保护自己的孩子不受子弹的扫射而做的动作,但是这个动作也阻止不了直升机把他们炸得粉碎。

"你知道吗,"他说,"以前我一直认为是我害死了我的母亲。"

"为什么你要害死你的母亲?"睡得迷迷糊糊的朱莉娅说。

"我没害死她,不是实际意义上的害死。"

在梦中,温斯顿想起了他对母亲的最后一瞥。醒来的那几分钟里,有关那一瞥的所有小事情都浮现在他的脑海里。多年来,他故意把这段记忆从他的意识里清除出去。他已经记不清这件事发生在什么时候了,但是那时他起码十岁,或许可能十二岁。

在这更早之前,他的父亲就消失了,到底有多早,他也记不清了,只记得当时那动荡不安的社会环境:经常发生令人恐慌的空袭,人们在地铁车站里东躲西藏,到处是碎砖烂瓦,街头张贴着看不懂的公告,成群结队的少年们都穿着相同颜色的衬衣,在面包房外排着长长的队伍,远处传来断断续续的枪声——最重要的是,事实上,从来没有过足够的食物可以吃。他记得一到下午,他就要和其他男孩一起,花费很长时间在垃圾箱和垃圾堆周围捡破烂,他们会捡一些卷心菜叶、马铃薯皮,有时甚至还有一些陈面包片,他们会小心翼翼地拍掉捡的这些食物上的灰烬;他们在卡车必经的路线,等待路过的卡车的到来,因为他们知道卡车上装的是喂牛的饲料,当卡车经过颠簸的路面时,有时就会有一些油饼的碎片撒出来。

当温斯顿的父亲失踪时,他的母亲并没有表现出特别惊讶或者强烈的悲痛,但是她突然像变了一个人。她似乎变得无精打采起来。甚至温斯顿都能明显地感觉到她好像在等待一件她知道的注定要发生的事的到来。所有需要做的事情她都做——做饭、洗衣服、缝补、铺床、擦地板、清理壁炉上的灰尘,只是动作很慢,没有任何多余的动作,就像是艺术家的人体模型自己会动。她那高挑匀称的身材似乎自然而然地静止不动了。甚至一连几个小时,她都可以一动不动地坐在床边,照顾温斯顿的妹妹。他的妹妹只有两三岁,瘦小、体弱多病、安静,脸瘦得像个猴子。偶尔,她也会紧紧地将温斯顿搂在怀里,久久地不说话。尽管他年纪很小,也很自私,但是他仍然意识到这和即将发生却从未被提起的事有关。

他记得当时他们住过的地方,阴暗封闭的屋里有张铺着白色床单的床。单单这张床好像就占了半间屋子。屋里还放着一个煤气灶和一个食物柜。外面的楼梯旁有个棕色陶瓷水池,跟其他几家合用。他记得母亲那高大的身躯弯腰在煤气灶上搅动着锅里的东西。让温斯顿尤其记忆深刻的是他总是饿着肚子,在吃饭的时候,总是像激烈地打仗一样。他总是不消停地一遍一遍地问母亲,为什么家里总是没有足够的食物,他会对他的母亲大喊大叫(他甚至记得自己的声音,那时候居然已经开始提前变声了,有时候洪亮得奇怪),有时候为了能够多分得一点儿食物,他也会假装哭鼻子。他的母亲也愿意多分给他一点儿食物,因为她觉得"男孩"多吃一些东西是理所应当的。但是不管她分给他多少,他总是要求得更多。每次吃饭的时候,他的母亲总是恳求他,让他不要自私,让他想想体弱多病的妹妹,她也需要吃东西,但是这都没有用。当他的母亲放下给他盛饭的勺子时,他就会怒气冲冲地哭喊,或者他就会试图从母亲手里把锅和勺子抢过来,或者他就会从她妹妹的盘子里抢一些。他知道自己这么做会让他们两个挨饿,但是他总是忍不住这样做;他甚至感觉自己有权利这么做。他那饿得咕咕乱叫的肚子似乎在为他的行为辩解,两餐之间的间隔,如果他的母亲盯得不紧的话,他时常就会偷吃食物架上的那点儿少得可怜的储备粮食。

有一天,定量供应的巧克力发放了。这在过去几周或是几个月都没有发放过了。他十分清楚地记得那块珍贵的、一丁点儿的巧克力。他们三个人,分到了一块两盎司重的巧克力(那时候仍用盎司称重)。很显然它应该被分为三等份。突然,就好像听了什么人的话,温斯顿用洪亮的声音要求道,他应该得到整块巧克力。他的母亲教导他不要贪心。接着就是没完没了的争论,并且一直伴随着叫喊声、哀诉声、哭泣声、讨价还价的声音。他的小妹妹,像只小猴子一样,用双手紧抱着他的母亲,坐在那里,从母亲的肩膀后面望过来,用一双忧伤的大眼睛看着温斯顿。最后,母亲把巧克力掰开,把四分之三都给了温斯顿,剩下的四分之一递给了温斯顿的妹妹。小女孩拿着巧克力,看着它发呆,也许她不知道这是什么。温斯顿站在那看了一会儿。然后他突然机灵地一跃,从他妹妹的手里把那一小块巧克力夺了过来,然后从门里逃出去了。

"温斯顿,温斯顿!"他的母亲在他的身后大叫,"赶快回来!把巧克力还给妹妹!"

他停下脚步,但是没有回去。母亲用焦虑的目光盯着他的脸。即便是现在,他都在想那件事情,即使他不知道要发生的那件事到底是什么。妹妹意识到自己的东西被抢走了,细声细气地哭了几声。母亲用手臂把她搂到怀中,妹妹的脸就贴在她的胸前,这个姿势使温斯顿意识到自己的妹妹就快要死了。他转身逃离了楼梯,他手心里的温度都快使巧克力融化了,变得有点儿黏糊糊的。

从那以后,他再也没有见过他的母亲。在狼吞虎咽地吃完巧克力后,感到有些羞愧的温斯顿在街上闲逛了好几个小时,直到饥肠辘辘才回到家。回到家后,温斯顿发现母亲失踪了。在那个时候,这早就成了一种正常现象。除了他的母亲和妹妹,屋子里什么都没丢。她们没有带走任何衣物,母亲甚至连外套都没带走。直到今天,他还不能确定他的母亲是否已经死了。她极有可能只是被送到某个强制劳动营去了。至于他的妹妹,或许很有可能像温斯顿一样,被送到了一个孤儿院(也被叫作保育院)里去了。内战结束后,这种机构如雨后春笋般出现了。或许,她和母亲一起被送到强迫劳动营里去了,又或许,她只是被扔到了某个地方等死。

在温斯顿的脑海里,这个梦依然栩栩如生,特别是那个手臂搂住的保护姿势,似乎代表了这个梦的所有的意义。他又想起了两个月前做的那个梦。在梦中,就像坐在铺着白色床单的床上一样,这次母亲抱着孩子坐在一艘沉船上,在他的下面,并且那艘船每分每秒都在往下沉,母亲透过那黑暗的海水,一直在看着温斯顿。

他告诉了朱莉娅他母亲失踪的事。她闭着眼睛翻了个身,好让自己在一个更舒服的位置睡下。

"我想你那个时候的确是个可恶的畜生,"她喃喃说道,"所有的孩子都是畜生。"

"是的,但我讲这件事情,是想说——"

从她的呼吸声中可以听出来,很明显她又睡着了。他还想和她继续谈论他的母亲。从温斯顿对他母亲的记忆来看,他认为自己的母亲只是个普通人,更不比别人聪明。但是她却有一种高贵、纯洁的气质,仅仅因为她遵守了自己的行为标准。她的情感只是属于她自己的,不管外部环境发生了什么变化。她从没有想过没有用的行为就没有意义。如果你爱一个人,那么你就去爱他,当你无法给他任何东西的时候,你仍然可以给他爱。当最后一块巧克力被温斯顿抢走时,他的母亲把孩子紧紧地抱在怀里。这没有用,不能改变任何事,不能让她再获得一块巧克力,也不能避免孩子或者她的死亡,但是她似乎是自然而然地这么做的。沉船上那个逃难的女人也用手臂护着那个小男孩,躲避子弹的袭击,她这么做并不比一张纸有用多少。可怕的事是,党的所作所为让你相信仅仅靠冲动,仅仅凭感觉,是没有用的,而在同一时间,他又会夺取你可以掌控物质世界的一切力量。一旦你受到党的控制,无论你感觉到还是没感觉到,无论你做还是不做一件事,都无关紧要。无论发生什么,你都会消失,无论是你,还是你所做的事,都不会再被人提到。你将从历史的长河里被彻底地抹掉。

然而,对两代人以前的人来说,这似乎完全不重要,因为他们没有试图想过篡改历史。他们受自己的毋庸置疑的行为准则支配,人与人之间的关系非常重要,一个完美的无助的姿势、一个拥抱、一滴眼泪、对垂死之人说的一句话语,都是有价值的。他突然意识到无产者一直都保持着这种状态。他们不忠于一个政党、一个国家、一种思想,但是他们却对彼此忠诚。在他的生命里,他第一次没有鄙视无产者,或是没有把他们仅仅看作一种惰性力量,这股力量在将来的某一天会生机盎然,并让世界重生。无产者一直保持着人类的本性。他们的内心没有变得坚硬无比,一直保持着原始的感情,而温斯顿则需要有意识地努力,再次学会这种情感。想到这里,他又记起几周之前发生的一件毫不相关的事,他在路上看见了一只断手,并且一脚踢进了水沟里,好像在踢一个白菜帮一样。

"无产者是人,"他大声说。"我们不是人。"

"为什么我们不是?"朱莉娅说。她又醒了。

他思忖了一会。"你有没有想过,"他说,"在这件事情不算太晚之前,我们最好是直接从这走出去,以后再也不要见对方了?"

"想过,亲爱的,我曾经想过几次。但是每次,我都不打算这么做。"

"我们一直很幸运,"温斯顿说,"但是不会一直这么幸运。你还年轻。看起来又自然,又单纯。如果不和我这样的人接触,你还可以再多活五十年。"

"没事。我已经全都考虑过了。你做什么,我就跟随着你做什么。你不要太灰心,我很擅长怎么生存下去。"

"我们可能还可以在一起六个月——还是一年——这些都不得而知。但是最后我们肯定会分开。你知道到时候我们会多么的孤立无援吗?一旦他们抓到了我们,就没有任何的办法,我们不能为对方做任何事。如果我承认,他们会枪毙你,如果我拒不供认,他们也同样会枪毙你。不管我做什么或是说什么,或是不说什么,都不能把你的死推迟五分钟。我们甚至都不知道对方是死是活。我们都无能为力。重要的一点是,我们都不要互相背叛,虽然这么做结果也不会有什么不同。"

"如果你说的是招供,"她说,"我们还是要招供的,没错。每个人都是要招供的,你不可能逃过去,他们会严刑逼供。"

"我指的不是招供。招供不是背叛。无论你说什么或是做什么都没关系:只有感情最重要。如果他们能做到让我不再爱你——那才是真正的背叛!"

她想了想。"他们做不到那样,"她最后说道,"唯有这件事情他们做不到。他们可以让你说任何话——任何话——但是他们不能让你相信他们。他们不能钻进你的心里。"

"不能,"他怀着一点点希望地说道,"不能,这是事实。他们不可能进入我的内心。如果你觉得保持人类的本性是值得的,即使它不会有任何的结果,你也已经打败了他们。"

他在想电幕可以没日没夜地监听。它们可以夜以继日地窥探你,但是如果你仍可以保持头脑清醒,你还是可以打败他们。尽管他们很聪明,但是他们仍然不能掌握那个秘密,那个可以窥探别人内心想法的秘密。也许当你落入他们的手里时,状况就不会是这样了。没有人会知道友爱部里发生了什么,但是我们可以猜一猜:拷问、药物注射、可以检测你神经反应的精密仪器,通过不让你睡觉、关禁闭让你精神崩溃,没完没了地审问你。无论如何,事实是不能被隐藏起来的。他们可以通过询问不断追踪调查,他们可以不断地拷打你,让你把秘密说出来。但是如果你的目标不是为了活命而是保持人的本性,那这样做最终会有什么不同吗?他们不能改变你的感觉:就这件事而言,即使你想改变,你也无法改变自己。他们可以让你所做、所说、所想的都事无巨细地暴露出来。但是你的内心仍然坚不可摧,即使对你来说,你的内心想法都是神秘的。

八

他们来了,他们到底还是来了!

他们站在一间长方形的房间里,房间里的灯光很柔和。电幕的声音被调得很低,深蓝色的厚地毯给人一种踩在天鹅绒上的感觉。在房间的那头,奥勃良坐在一张桌子前,桌子上有一盏带灯罩的台灯,他的身旁两侧都放着一大堆文件。当仆人把朱莉娅和温斯顿带进来的时候,奥勃良连头也没抬一下。

温斯顿的心跳得厉害,他甚至怀疑自己是否还能说得出话来。他们来了,他们到底还是来了!温斯顿的心里似乎只能想到这一点了。到这里来本身就是一件很冒失的事情,更别提他们还是一起来的了。事实上,朱莉娅和温斯顿走了不同的路线,只是在奥勃良家的门口会合。但是,只是走进这样的地方,都需要鼓足勇气。看一眼核心党员住的地方是什么样子的,或者是走进他们的住宅区,都是极其少见的事情。一切都令人望而生畏——单是公寓大楼的气氛都不一样,每件东西看起来是那么的华美,讲究的食品和优质的烟草,散发出陌生的香味,电梯升降时一点儿噪声都听不见,而且速度还快得令人难以置信,穿着白上衣的仆人来回忙碌着。虽然来这里有很好的借口,但每走一步,温斯顿都会担心从某个角落里,突然走出一个穿黑制服的警卫,要求查看他的证件,并让他滚蛋。但是,奥勃良的仆人毫不犹豫地让他们进来了。这个仆人个子小小的,长着一头黑发,穿着一件白上衣,一张菱形的面孔一点儿表情都没有,好像是个中国人。在他的引领下,温斯顿和朱莉娅走过一条地上铺着柔软地毯、墙上贴着奶油色壁纸,还有白色护墙板的过道。这里的一切都是一尘不染的,但也同样令人望而生畏。温斯顿记不起曾经见过的过道的墙是不是因为人的触碰而沾满污垢的。

奥勃良手里捏着一张纸条,似乎在专心阅读。那张浓眉大眼的脸低俯着,就连鼻子的轮廓都能够很清楚地看到,看起来既可怕,又精明。大约有二十秒的时间,奥勃良就坐在那里一动也不动。然后,他拉过听写器,用部里的混合行话,发了一个通知:

一逗号五逗号七等项完全批准句号六项所含建议加荒谬接近罪想取消句号取得机器行政费用充分估计前不进行建筑句号通知完。

他从容不迫地从椅子上欠身站起来,踏着地毯,无声无息地向他们走过来。说了那些新话词汇后,他身上好像少了一些官气,但是脸色却比平时更阴沉了,好像是因为被人打扰很不高兴。本来就已经感到恐惧的温斯顿,此时突然又多了一种尴尬的感觉。他觉得自己很可能犯了一个愚蠢的错误。毕竟,他有什么确凿的证据证明奥勃良是个政治反叛者呢?除了一个眼神和一句模棱两可的话之外,什么都没有,剩下的只是他那以梦境为基础的幻想。因为无法解释朱莉娅的出现,他甚至不能拿借词典当借口了。当奥勃良走过电幕旁时,临时起意,停下脚步,转过身去,按了一下墙上的按钮。"啪"的一声,电幕上的说话声中断了。

第二部

朱莉娅轻轻惊叫了一声,就连慌乱中的温斯顿也惊异地忍不住说道:"原来你可以把它关掉!"

"是的,"奥勃良说,"我们能把它关掉,我们有这个特权。"

这时候,奥勃良已经站在温斯顿和朱莉娅的面前,他的身材在他们俩面前居高临下,他的脸上仍是令人捉摸不透的表情。他有点儿严肃地等着温斯顿开口说话。可是,说些什么好呢?即使是现在也可以想象得到,奥勃良这个大忙人,因为被人打扰而恼怒。谁都没有开口。电幕关掉以后,房间里一片死寂,每一秒都好像过得很慢,压力很大。温斯顿费力地盯着奥勃良的眼睛。突然,那张严肃的脸变得柔和了一些,好像接下来就要微笑一样。奥勃良用他习惯性的动作推了一下鼻梁上的眼镜,然后问道:"我来说,还是你来说?"

"我来说吧。"温斯顿马上说,"那东西真的关掉了?"

"是的,全关掉了。这里就只有我们自己。"

"我们来到这里,是因为——"

温斯顿停了下来,第一次意识到自己的动机很模糊。事实上,温斯顿并不知道他期待从奥勃良那儿获得什么样的帮助,因此很难解释到这里来的原因。虽然意识到自己的话听起来一定很软弱空洞,但温斯顿还是继续说道:"我们相信一定有种秘密活动,有种对抗党的秘密组织,而你也参与其中。我们也想加入并为它工作。我们是党的敌人,不相信英社的原则。我们是思想犯,也是通奸犯。因为我们完全相信你,所以才把这一切告诉你,把自己的命运交给你。如果你觉得我们还要用其他方式证明自己,我们也愿意。"

温斯顿觉得后面的门被打开了,就停下来扭头去看。果然,那个黄面孔的小个子仆人没敲门就进来了,温斯顿看到他手里端着一个盘子,盘子上面有酒瓶和玻璃杯。

"马丁是自己人。"奥勃良不露声色地,"马丁,把酒端过来,放在圆桌上。椅子够吗?我们最好坐下来舒舒服服地谈一谈。马丁,给自己拉把椅子过来。我们要谈正事。仆人的工作暂停十分钟吧。"

那个小个子很自然地坐了下来,但脸上还是带着一种仆人式的表情,就像是一个获得了特殊对待的仆人。温斯顿用眼角瞄了瞄他,突然感觉这个人一辈子都在扮演一个角色,觉得哪怕是暂停一下也很危险。这时,奥勃良拿过酒瓶,在玻璃杯里倒了一些深红色的液体。这个动作让温斯顿想到了一些已经模糊了的记忆,很久很久以前,他曾在墙上或广告牌上看到过这东西——电灯泡一样的大酒瓶似乎在上下晃动,瓶子里的酒水被倒进杯子里。从上面看几乎是黑色的,但在酒瓶里却亮晶晶得像宝石,有一种酸酸甜甜的气味。接着,温斯顿看到朱莉娅端起杯子送到鼻尖闻了闻,丝毫不掩饰她的好奇心。

"这是葡萄酒,"奥勃良带着一丝微笑说,"你们一定在书上读到过。但恐怕外围党极少能买到。"然后,他的脸又严肃起来,他举起酒杯说:"我们应该先一起举杯,祝大家身体健康。为我们的领袖爱麦虞埃尔·果尔德施坦因干杯!"

温斯顿很热情地端起了酒杯。他曾从书本上看到过葡萄酒,很想品尝一下,它和玻璃镇纸或查林顿先生忘了一半的童谣一样,属于那已经消失的、浪漫的过去,在自己心里,温斯顿就这样称呼过去的时代。不知为何,温斯顿一直觉得葡萄酒应该像黑莓果酱一样很甜,而且喝过后很快就会有醉意。但事实上,温斯顿真的喝到葡萄酒后,却有一种失望的感觉。原来,在喝了许多年杜松子酒后,他已经无法再品味葡萄酒了。温斯顿放下空酒杯,然后问道:"那么,果尔德施坦因,真的是确有其人吗?"

"是的,确有其人。他还活着。但我不知道他在哪里。"

"那么那些密谋——那个组织呢?是真的吗?不会是秘密警察凭空捏造的吧?"

"是的,的确有。我们叫它兄弟会。除了它确实存在,你们是它的会员外,其他的事情你们没必要知道。关于这一点,我等会儿再说。"

奥勃良看了一眼手表,接着说:"就算是核心党员,电幕关闭的时间超过半个小时,也是不明智的。你们不应该一起来,走的时候必须分开。""你,同志,"——他对朱莉娅点点头——"你先走。我们还有约二十分钟的时间。想必你们应该理解,我必须向你们提一些问题。总的来说,你们打算做什么?"

"一切我们能做的事情。"温斯顿说。

奥勃良坐在椅子上侧过身来,这样他能够正对着温斯顿。他几乎忽视了朱莉娅,大概是理所当然地认为温斯顿可以全权代表她说话。他的眼皮低垂了一下。他开始用一种低沉而没有情感的声音提问题,好像是例行公事一般,尽管大多数问题的答案他早已心中有数。

"你们准备好牺牲生命吗?"

"是的。"

"你们准备好杀人了吗?"

"是的。"

"你们愿意从事那种会导致成百上千无辜百姓死亡的破坏活动吗?"

"是的。"

"你们愿意向外国出卖自己的祖国吗?"

"是的。"

"你们愿意去欺骗、伪造、讹诈、腐蚀儿童心灵、贩卖成瘾毒品、教唆卖淫、传播性病——去做任何只要能腐化、削弱党的力量的事吗?"

"是的。"

"例如,如果向一个孩子的脸上泼硫酸在某种意义上来讲能够促进我们的事业,你们准备这么做吗?"

"是的。"

"你们准备好隐姓埋名,一辈子改行去做服务员或码头工人吗?"

"是的。"

"如果我们命令你们去自杀,你们也愿意吗?"

"是的。"

"你们准备好分手,从此不再相见吗?"

"不!"朱莉娅突然插嘴叫道。

半晌过去,温斯顿一句话也说不出来。他仿佛根本不会说话了,虽然舌头在动,但发不出声音,想要说出一个字的音节,说出来却是另外一个字的第一音节,这样反复了几次。他不知道说什么好。最后,他终于说:"不愿意。"

"你们能这么说很好,"奥勃良说,"我们必须了解一切。"

他转过身去,开始用一种略带情感的声音对朱莉娅说话。

"你要明白,就算他不死,也有可能会变成另外一个人吗?我们可能会给他另外一个身份。他的脸、动作、手形、发色——甚至是声音都会发生变化。而且,你自己也有可能会变成另外一个人。我们的外科医生能改变一个人,并且让人再也认不出来。有时候,这是必要的,有时候我们甚至会截肢。"

第二部

温斯顿不禁偷偷看了看马丁那张蒙古人种的脸,上面看不到有什么疤痕。朱莉娅的脸色有些发白,因此脸上的雀斑越发明显了,但是她仍然大胆地看着奥勃良,喃喃地说了句什么话,好像是表示同意。

"很好。就这样说定了。"

桌子上有个装香烟的银色盒子,奥勃良有些心不在焉把香烟盒朝他们一推,自己拿了一根香烟,然后就站起来开始慢慢地来回踱步,好像站着可以让他更好地思考问题。那是一种优质香烟,卷得很好,很粗,卷烟纸也有一种少有的柔滑。奥勃良又看了看手表。

"马丁,你最好回厨房去,"他说,"我会在一刻钟后打开电幕。走之前,你好好看看这两位同志的脸。你以后还要见到他们,而我可能不会了。"

就像在大口时那样,这个小个子男人的黑眼睛朝他们的脸看了一眼。从他的举止中,看不出有什么友好的痕迹。他在记他们的外表,但对他们不感兴趣,至少从表面上来看,不感兴趣。温斯顿突然想到,或许人造的脸是无法改变表情的。马丁一言不发,也没有打招呼就走了。奥勃良来回踱着步,一只手插在黑制服的口袋里,一只手夹着香烟。

"你们要明白,"他说,"你们将在黑暗里战斗,永远在黑暗里战斗。你们会接到命令,坚决执行命令,也不会明白是为什么。以后,我会给你们一本书,从书中,你们将会了解到这个社会的真正性质和摧毁这个社会的战略。在读完了这本书以后,你们就是兄弟会的正式会员了。但除了我们为之战斗的总目标和当前的具体任务之外,你们什么都不会知道的。我可以告诉你们,兄弟会是存在的,但不会告诉你们它是有一百会员还是一千万会员。

就你们自己而言,你们永远连十来个会员的名字都说不上来。会有三四个人联系你们,他们经常会消失,再由别的人顶上去。这是你们的第一次联系,以后会继续下去。你们接到的命令都是我发出的。如果我们觉得有必要联系你们,就会通过马丁联系。最终你们被抓到后,肯定会坦白。那是不可避免的。不过,除了自己做的事情之外,你们什么都不知道,最多只能出卖少数几个不重要的人物。很可能你们甚至连我都出卖不了,因为到时候我不是死了,就是变成了另外一个人,换了另外一张脸。"

他继续在柔软的地毯上来回踱步。尽管奥勃良身材魁梧,但他的动作却显得非常优雅,甚至就连把手插进口袋或捏一支香烟的动作,都流露出一种优雅的味道。他给人一种自信和善解人意的印象,甚至超过了有力量的印象,但这种善解人意带着讥讽的色彩。无论他是多么热切,奥勃良都没有那种狂热分子的偏执劲儿。当他谈到谋杀、自杀、性病、截肢和换脸的时候,奥勃良隐约有种嘲弄的样子。"这是不可避免的。"那种口气似乎在说,"我们应该毫不犹豫地这样做。但要是生活值得我们好好过,我们就不用干这种事了。"这样的奥勃良,让温斯顿感到钦佩,甚至是崇拜。一时之间,他甚至忘记了果尔德施坦因那幽灵般的形象。当你看到奥勃良那结实的肩膀、粗眉大眼的脸庞——十分丑陋,又十分优雅——你就不得不相信他是无法战胜的。没有什么谋略是他无法对付的,没有什么危险是他不能提前预见的。就连朱莉娅似乎也深受感染。听得入了迷的她,任由手里那根香烟自行燃尽。奥勃良继续说:"你们都听过兄弟会存在的传说,无疑你们对它已经有了自己的认知。你们可能会想象它是一个庞大的秘密地下网,在地下室里秘密开会,在墙上刷标语,用暗号或手部的特殊动作互相打招呼。没有这回事。兄弟会的会员没有办法认识对方,任何一个会员所认识的其他会员,都不可能超过几个人。就算是果尔德施坦因本人落到思想警察手里,也无法招供全部会员名单,或者是提供什么能让他们抓到全部会员的情报。这种名单根本不存在。兄弟会并不是一般观念中那种组织,所以它才无法完全被消灭,它之所以存在,靠的是一种信念,信念是无法摧毁的。除了这种信念,你没有其他的依靠。没有同志之谊,没有鼓励。到最后,你们被捕了,也得不到任何帮助。我们从来不帮助会员。最多,如果真的需要灭口时,我们有时会偷偷地向牢房里送一片剃须刀片。这种没有结果、没有希望的生活,你们必须习惯。你们会工作一段时间,然后会被捕,你们会招供,然后被处死。这是你们唯一能看到的结果。在有生之年,我们不可能看到什么变化。我们是已经死去的人。我们真正的生命在未来。到时候,我们会作为几捧尘土、几块枯骨,参与到未来中去。但是未来有多远,谁也不知道。可能是一千年。目前,除了一点点增加神志清醒的人的数量以外,别的事情都是不可能的。我们不能采取集体行动。我们只能通过一个人向另一个人、一代向下一代传递我们的思想。在思想警察面前,别无他法。"

他停了下来,第三次看手表。

"同志,你该走了。"他对朱莉娅说,"稍等,酒瓶里还有半瓶酒。"

他斟满了三个酒杯,然后举起了自己那杯。

"这次为什么干杯呢?"他说,口气中隐隐带着一点儿嘲讽的意味,"为思想警察的混乱?为老大哥的死?为人类?为将来?"

"为过去。"温斯顿说。

"过去更重要。"奥勃良神情严肃地表示同意。

在喝完酒杯里的酒后,朱莉娅站了起来要走。奥勃良从橱柜顶上取下来一个小盒子，从小盒子里拿出一片白色的药片，叫她含在舌上。这很重要，他说，不要带着酒气出去：电梯服务员很擅长观察别人。朱莉娅出去后门一关上，奥勃良似乎就忘掉了她的存在。他又来回走了一两步，然后停了下来。

"有些细节问题要解决，"他说，"我猜你们可能有个藏身的地方吧？"

温斯顿把查林顿先生铺子楼上那间屋子的存在告诉了他。

"这个地方暂时还可以用。以后我们再给你安排别的地方。必须经常更换藏身的地方。另外，我会把那本书送一本给你——"温斯顿注意到，就连奥勃良在提到这本书的时候，也似乎加重了语气——"你知道，就是果尔德施坦因写的书，我尽快给你，但可能还要等几天，我才能拿到一本。这本书现存不多，你应该可以想象。思想警察到处搜查销毁，跟我们的印刷速度相差无几。不过，无所谓。这本书是销毁不了的。就算最后一本也被抄走了，我们也能一字不差地再印刷。你上班去的时候带不带公文包？"他又问。

"通常都带。"

"什么样子？"

"黑色，非常破旧，有两条搭扣带。"

"黑色，非常破旧，两条搭扣带——好吧。不久后某一天——我不能说定到底是哪一天——上午上班时，你会收到一份通知，其中有个字印错了，你必须重发。第二天上班时，你别带公文包。那一天，在路上会有人拍拍你的肩膀，对你说：'同志，你把公文包丢了。'他给你的公文包里，就装着一本果尔德施坦因的书。你要在十四天内归还。"

两个人一段时间内谁都没有说话。

"再过几分钟,你就必须走了,"奥勃良说,"我们以后再见——要是真能再次相见的话——"

温斯顿抬头看他,迟疑地问:"在没有黑暗的地方?"

奥勃良点点头,一点儿也不觉得奇怪。"在没有黑暗的地方。"他说,好像知道这句话是什么意思,"另外,在走以前,你还有什么话要想说吗?有没有什么口信?有没有什么问题要问?"

温斯顿想了想,好像没有什么问题要问,也没想说些好听的话。当时在他的脑海中想的,不是与奥勃良或兄弟会直接有关的事情,而是与母亲度过最后一段日子的那间黑暗的卧室,是查林顿先生铺子楼上那间小屋子,是玻璃镇纸,是花梨木镜框中那幅蚀刻钢版画,这一切同时浮现在他的脑海里。他随口问了一句:"你听过一首古老的歌谣吗,第一句是'圣克利门特教堂的钟声说,橘子和柠檬?'"

奥勃良又点一点头。他带着一本正经、彬彬有礼的样子,唱完了这四句歌词:

圣克利门特教堂的钟声说,橘子和柠檬。
你欠我三个法寻,圣马丁教堂的钟声说。
你什么时候归还?老巴莱教堂的钟声说。
等我发了财,肖尔迪区教堂的钟声说。

"你知道最后一句歌词!"温斯顿说。

"是的,我知道最后一句歌词。现在恐怕你得走了。但先等一等。最好你也含一片药。"

当温斯顿站起来时,奥勃良朝他伸出了手。他非常有力地握手,几乎要把温斯顿的骨头都捏碎了。走到门口时,温斯顿回头看,但奥勃良似乎想要把他忘掉。他把手放在电幕开关上,等着温斯顿离开。在他身后,温斯顿可以看到那张写字桌,以及桌上带有绿灯罩的台灯、听写器、堆满了文件的铁丝筐。这件事情已经结束了。温斯顿心想,在半分钟内,奥勃良就又要继续为党做那暂时被中断的重要工作。

九

温斯顿累得简直就像是块"凝胶"。"凝胶"是一个很贴切的词。它就那么自然而然地出现在温斯顿的脑海里。他的身体不仅像凝胶一样瘫软无力,而且也是半透明的。他觉得如果他举起手来,就能看到光线从手中穿过。超负荷的工作量,血液和淋巴液都被榨干了,只剩下了由神经、骨骼和皮肤组成的空架子。所有的感觉都变得敏感起来。制服在摩擦着肩膀,人行道让脚底板发痒,甚至张合手掌,都能听到关节咯吱咯吱作响。

五天时间,温斯顿工作了九十多个小时。部里的每个人都是如此。现在,全部都结束了,直到明天早上,他都没有什么可做的,没有党的任何工作。他可以在那个藏身之地度过六个小时,还剩下九个小时,可以在自己家的床上睡觉。在午后和煦的阳光中,温斯顿沿着一条肮脏的小路,缓慢地朝着查林顿的店铺走去。一路上,他都在留心看着是否有巡逻队,有没有任何理由可以认为今天中午没有危险,会不会有任何人打扰他。沉甸甸的公文包,每走一步,都会碰撞到温斯顿的膝盖,这令他的腿上的皮肤一阵一阵发麻。公文包里装着"那本书",在他这儿已经放了六天了,但是他还没打开看,甚至没有看它一眼。

这是仇恨周的第六天,在这六天里,天天都有游行、演讲、呐喊、歌唱、旗帜、海报、电影、蜡像、敲鼓、吹喇叭、整齐的步伐、坦克的碾磨声、飞机的轰鸣声、枪炮的隆隆声——度过了这样的六天以后，人们的精神亢奋到极点，对欧亚国的仇恨也狂乱到了极致。如果在仇恨周的最后一天，那些要被公开绞死的两千名欧亚国战争犯落到人民群众的手里，毫无疑问，他们肯定会被撕成碎片——但就在此时，突然宣布大洋国根本没有和欧亚国发生战争。大洋国在和东亚国作战，欧亚国是同盟国。

当然，没有人承认发生了任何的改变。只是大家突然之间都知道了：东亚国是敌人，欧亚国不是。通知发出的时候，温斯顿正在伦敦的中心广场参加游行示威。那是在一个夜晚，在泛光灯下，人们的脸显得那么苍白，旗帜显得那么鲜艳。广场里挤满了人，足有几千人，包括一千名穿着少年侦察队制服的学生。在一个用鲜红色布装饰的舞台上，一个核心党员在对着人群演讲。他是一个瘦小的矮个儿男人，长长的胳膊有些不合比例，光秃秃的大脑袋上只有几缕头发，活生生就是一个侏儒怪。仇恨让他的身体扭曲，他一手抓住麦克风的柄，另一只手疯狂地在他的头上挥来挥去，胳膊又细又长，显得手掌异常的大。他的声音从金属扩音器里传出来，特别洪亮刺耳，没完没了地列举着暴行、屠杀、驱逐、强奸、虐待战俘、炮轰老百姓、撒谎宣传、不公正的侵略、撕毁条约。几乎没有人不相信他的演讲，也几乎没有人听了他的话不感到愤怒发狂。每隔片刻，群众沸腾的暴怒声就达到了极点，演说家的声音就淹没在成千上万的不受控制的野兽般的咆哮中，其中学生的吼叫声才是最野蛮的。演讲大概进行了二十分钟，突然一个通信员匆匆忙忙地走上台，向演讲者手里递过去一个小纸片，演讲者一边演讲一边打开小纸条看。演讲者竟然完全没有受到干扰，他的声音、举止和讲话的内容完全没有变化，但是名字突然发生了变化。不需要任何解释，群众们都明白了，就像一阵波浪从人群中掠过去。大洋国是在同东亚国打仗！下一秒钟就发生了一场浩荡的骚乱。广场上装饰的旗帜和口号全都是错误的！其中一半条幅上画的肖像都是错误的，这是蓄意的破坏！这些都是果尔德施坦因的特务做的！人们狂暴地把海报从墙上撕下来，把旗帜撕得粉碎，踩在脚下。其中少年侦察队的表现最为出色，他们爬到屋顶，把绑在烟囱上的横幅剪断。大概用了两三分钟的时间，所有的行动都结束了。演说家继续他的演讲，他向前耸着肩膀，一只手紧紧地抓着麦克风，另一只闲着的手，在空中乱舞。大概过了一分钟之久，人群中又迸发出愤怒的吼声。除了仇恨对象变了，人们的仇恨还是和以前一样。

回想起来，让温斯顿印象深刻的是，演说家从一句话讲到一半时转化了演讲的对象，不仅没有一丝的停顿，甚至句子结构都没有变动。但是在那一刻，有一件事让他分了心。那就是在人们混乱地撕海报的时候，一个温斯顿连脸都没有看清的男人，敲了一下他的肩膀说："不好意思，打扰一下，你可能把自己的公文包掉了。"他没有说话，心不在焉地接过公文包。他知道还要好几天自己才能有机会看里面的东西。尽管游行示威结束时大概二十三点了，但他还是毫不犹豫地回到真理部。部里的工作人员几乎都回来了。电幕上已经发出通知，要求他们回到工作岗位，其实根本没有必要发出这种指示。

大洋国在和东亚国打仗，大洋国一直在和东亚国打仗。五年来的大部分政治文献都要作废了。各种各样的报告、记录、报纸、书籍、小册子、电影、录音带、照片——所有的一切都要以闪电般的速度改正。尽管没有明确的指示，但是大家都知道记录司的领导要在一周之内，把在任何地方提到的和欧亚国战争、和东亚国结盟的所有相关资料都销毁掉。这个任务是巨大的,最重要的一点是,这个事情不能明说,所以给开展工作增加了难度。记录司的每个人每天都要工作十八个小时,睡觉时间要被分成两次,每次睡觉时间三个小时。人们从地下室里把床垫抬了出来,在走廊里摆得到处都是;食堂服务员用小推车把三明治和胜利牌咖啡推到办公室。每次当温斯顿准备停下工作去睡觉时,他都会把办公桌上的工作处理干净,但当他每次睡眼蒙眬、浑身酸痛地回来时,就会发现桌子上又出现了一大堆文件,摞得像个雪山一样,把听写器都淹没了,有的甚至还掉落在地上,所以温斯顿回来后的第一件工作,总是把这些文件整齐地摞在一起,给他腾出空间去工作。最糟糕的是,这一工作并不纯粹是机械式的。尽管大部分只不过是用一个名字替换另一个名字,但是对一些事件的详细报道就要求他们认真负责,发挥想象力,有时甚至要把战争从世界的一端移到另一端,需要相当丰富的地理知识。

到第三天,温斯顿的眼睛疼痛难忍,每隔几分钟就要摘下眼镜擦擦。这就好像在努力做一些繁重的体力活,你有权利拒绝不干,但你又有点儿神经焦虑地想赶紧完成这项任务。他对听写器的每一句喃喃细语,拿墨水笔写的每一个笔画,都是一个深思熟虑的谎言,但回想起来的时候,温斯顿发现自己并没有对此感到不安。他和记录司里的其他人一样,都渴望把谎言说得完美无缺。到了第六天的清晨,纸条传来的速度变慢了。在长达半小时的时间里,没有什么东西从气动输送管里出来;之后就送来了一条,接着就没有了。几乎在同一时刻,所有地方的工作都结束了。整个司里的人都因为这个秘密工作的完成,从心底里深深地叹了一口气。这个庞大的不能被提起的任务终于完成了,现在任何人都不可能提供文件证据,证明曾经和欧亚国发生过战争。在十二点钟的时候,电幕突然出乎意料地宣布,司里的所有工作人员可以休息到明天早晨。温斯顿还提着那个装着书的公文包,当他工作的时候,公文包就在他的双脚之间夹着,当他睡觉的时候,公文包就在他的身下压着。温斯顿回到家,立马就刮了胡子,洗了澡,尽管水只是微微有些温度,但他还是差点儿在浴缸里睡着了。

在查林顿先生的商店里爬楼梯时,温斯顿的全身关节发出咯吱咯吱的响声。他很疲惫,但困意全无。他推开窗户,点燃了脏兮兮的小煤油炉,放了一壶水在上面,想要煮一些咖啡。朱莉娅马上就要到了:那本书也在这里。温斯顿在那个邋遢的沙发上坐下,把公文包的皮带松开。

这是一本沉甸甸的黑皮书,装订得很粗糙,书皮上没有作者的名字和标题,书上的文字看起来并不工整。书页的边缘有些受损,很容易就会掉页,好像这本书已经经过很多人的手了。书的扉页上印着:

寡头政治集体主义的理论与实践
爱麦虞埃尔·果尔德施坦因著

温斯顿开始阅读:

第一章

无知即力量

有史以来,很有可能从新石器时代结束以来,世界就一直存在三种人:上等人、中等人和下等人。可以通过许多方法再往下细分,有着不计其数的名字,他们的相对数量,以及彼此之间的关系,随着时代的变化而变化,但是社会的基本结构没有发生改变。

即使是在经历了巨大的动荡和看似不可逆转的变化后，依然可以重新恢复它的格局，就像一个陀螺仪，不管你把它往哪个方向推进，它总是能恢复到平衡。

这三种人的目标是完全不可调和的……

温斯顿停了下来，主要是想享受一下在舒适安全的环境下阅读的感觉。他独自一人：没有电幕，没有隔墙之耳，不用紧张兮兮地四处张望背后有没有人，或是突然用手把书捂住。夏季甜蜜的风亲吻着他的脸颊。不知道从遥远的什么地方，传来孩子们微弱的呐喊声；房间里除了时钟的嘀嗒声，没有其他的声音。他更加慵懒地坐在沙发里，把脚放在壁炉挡板上。这才是幸福，这才是永恒。突然，就好像有时候知道，这本书最后还是要从头到尾再读一遍，温斯顿随性地翻开一页，刚好是第三章。他接着读了下去：

第三章
战争即和平

二十世纪中期之前，就可以预见到世界会被划分成三个超级大国。随着俄国吞并了欧洲，美国吞并了英帝国，在现有的三个超级大国中，欧亚国和大洋国这两个力量在当时就是实际存在的。第三个力量就是东亚国，在一个十年之久的混战之后，成为一个独立的单位。三个超级大国之间有些边境是任意划定的，有一些地方则根据战争的胜负有所变化。但是总体来说，是按地理的界线划定的。欧亚国由欧洲和亚洲大陆整个北部组成，从葡萄牙到白令海峡。大洋国由南北美洲、大西洋群岛、不列颠群岛、澳大利亚和非洲南部组成。东亚国比其他大国都要小得多,东亚国的西部没有明显的界线,由中国和中国以南的国家、日本群岛和朝鲜半岛、蒙古组成,东亚国的地域组成经常会发生大的变化。

在过去的二十五年里,这三个超级大国一直处于战争的状态,他们总是联合这个去攻打那个。然而,战争已经不再像二十世纪初的那几十年,不再是令人绝望的、彻底消灭的斗争。交战双方之间的目标是有限的,它们无法彻底摧毁对方,它们没有充足的物质基础应对战争。没有任何真正的思想差异。这并不意味着,无论是对战争的方式,还是对战争的态度,都已经变得不那么嗜血,而是多了几分侠义。正好相反,在所有的国家里,战争的病态兴奋是持续性和普遍性的。像强奸、抢劫、屠杀儿童、奴役人民、对战俘进行报复甚至烧死活埋这些行为,对人们来说早都习以为常。并且,如果这些事是通过自己所为,而不是敌人所为,还会得到大家的称赞。但是,在实际情况下,战争涉及很少的一部分人,大部分是训练有素的专家。相对而说,战争导致的死亡人数会减少。战争一般发生在模糊不清的边境地区,人们只能靠推测猜它的具体位置,或者一般发生在扼守海道的水上堡垒。在文明的中心,战争意味的只不过是消费品的长期供不应求,和偶尔落下来的火箭弹会造成一些人死亡。事实上,战争的性质已经改变了。更确切地说,战争发生的原因的重要性的顺序发生了改变。在二十世纪初期的几次大型的战役中存在的程度较小的战争动机,现在已经跃居主导地位,并且得到了有意识的公认和执行。

要了解目前战争的本质——尽管每隔几年,战争中的联盟关系都要重新组合,但是它还是同一场战争——我们首先必须意识到战争不可能把一方彻底地打败。这三个超级强国,即使是强强联手也不可能完全打败另一方。他们势均力敌，而且他们的自然防御能力也很强大。欧亚国凭借着广阔的土地资源为天然屏障，大洋国在太平洋和大西洋环绕之中，东亚国地大物博、居民勤奋多产。其次，随着自给自足经济体系的建立，生产和消费彼此配合，战争不再只是为了物质意义上的争夺。在过去，以争夺市场为目的的旧战争已经结束了，然而对于原材料的竞争也不再是生死攸关的问题。不管怎么样，这三个超级大国都幅员辽阔，它们可以在自己的边界范围内得到所有它们需要的物质资源。如果说战争还有其他直接的经济目的的话，那就是争夺劳动力的战争。在三个超级大国的边界之间，存在着一个类似四边形的区域，以丹吉尔、布拉柴维尔、达尔文港和香港为四个角，该地的人口总量占全球的五分之一，没有任何一个国家能够永久地占有它。这三个超级强国，不断地挑起战争，就是为了争夺这个人口稠密的地区和北极冰雪地带的占有权。实际上，没有任何一个超级大国能够控制整个争夺地区。有些地方在不断地易手，导致结盟关系不断变化，有些国家，只有靠突然背叛才有机会得到某块地方。

所有这些被争夺的区域都蕴藏着珍贵的矿产资源，其中有一些区域出产重要的植物产品，例如橡胶，这在一些寒冷的气候地区，要付出高昂的代价以人工合成。但是最重要的是这些地方储存着取之不尽、用之不竭的廉价劳动力。无论哪个强国控制了赤道非洲或者中东国家或者南印度或者印度尼西亚群岛，就相当于拥有了亿万个报酬不高但工作勤奋的苦力。这些地区的居民，或多或少地沦为奴隶，他们不断地被征服者们倒来倒去，就像煤、石油这些消耗品一样，被用来生成更多的军备，占领更多的领域，控制更多的劳动力，然后再生产更多的军备，去占领更多的领地，就这样周而复始,不断循环。有一点应该注意,战争从来没有真正地离开争夺地区的边缘。欧亚国的边界一直在刚果盆地和地中海岸北部之间游走;大洋国和东亚国不断地轮流占领印度洋和太平洋的岛屿。在蒙古,欧亚国和东亚国的分界线一直都没有确定下来。三个大国都曾经声称,在北极周围他们拥有广阔的领土,事实上,这些地方都无人居住,也未勘查过;总之,三国的力量总是保持平衡的,三个超级强国的中心地带都没有遭受过侵犯。而且,对于世界的经济来说,赤道周围被剥削的劳动人民并不是必须的。他们没有为世界创造财富,因为他们无论生产什么都是用于战争目的,战争的目的总是为了得到一个相对更好的地位,从而去发动另一场战争。通过这些奴隶人口的劳动力,可以加快这些连续不断的战争的速度。但是如果没有奴隶的存在,世界社会的结构,维持这种结构的形式,也不会有本质的区别。

现代战争的主要目的(按照双重思想的原则,核心党里的指导智囊是既承认又不承认的)是在不提高总体的生活水平的前提下,使用机器生产的产品。自从十九世纪末叶以来,工业社会就潜藏着如何处理过剩的消费品的问题。目前来说,很少的人食不果腹,很显然这个问题不是紧迫的,如果没有人为的消耗剩余消费品,该问题可能也不会紧迫。今天的世界同一九一四年之前存在的世界相比,是一个贫困的、饥饿的、破旧的地方,如果和那个时代的人所畅想的未来相比,更是如此。在二十世纪早期,几乎每一个有文化的人心中都幻想着,未来的社会难以置信的富裕、悠闲、井然有序,并且效率很高——这是一个由玻璃、钢筋、混凝土组成的闪闪发光的整洁的世界。当时,科学技术以惊人的速度发展,并且人们好像自然而然地认为他们会一直继续发展。但并不是如此,一部分的原因是长期没完没了的战争和革命导致了贫困，另一部分的原因是科学与技术的进步依赖于思想的经验习惯，在一个严格受管制的社会，经验习惯是不可能存在的。总的来说，今天的世界和五十年前相比更加原始。一些落后地区虽然有了进步，有了设备，但它的发展总是和战争、警察和侦探活动有关。并且大部分实验和发明都停了下来，五十年代原子战争所造成的破坏一直没有完全修复。然而，机器固有的危险依然存在。当机器第一次出现的时候，所有有头脑的人都明白，人类不用再做苦差事了，因此人类之间的不平等很大程度上将会消失。如果有意识地把机器用于劳动生产，那么饥饿、过劳、肮脏、文盲和疾病都会在几代人之内消失。但事实上，从十九世纪末到二十世纪初的这五十年间，即使没有把机器用于劳动生产这个目的，一系列的自动化生产，也使机器生产的财富不得不被分配掉，从而使机器大大提高了人们的平均生活水平。

但显而易见的是，财富的全面增加会带来毁灭——在某种意义上来说，确实是毁灭——在一个阶级等级分明的社会。在世界上，如果每个人都工作很短的时间，却有充足的食物，住在带有浴室和冰箱的住宅里，拥有自己的私人汽车甚至飞机，最明显或是最重要的不平等形式也许已经消失。如果财富普及了，就不会产生财富的差异。毫无疑问的，你可以想象这样一个社会，对于个人财产和奢侈品来说，财富应该平均分配，虽然权力仍然握在一小部分的特权阶级手中。但是在现实中，这样的社会是不能保持长期稳定的。因为，如果所有的人都喜欢享受安逸和有保障的生活，原来那些因为贫困而变得愚蠢的人，就会开始学习文化，他们就会学会为自己思考；一旦他们这样做，他们迟早都会意识到，少数享有特权的人没有任何用处。然后他们就会把享有特权的人清理掉。从长期来看，等级社会只可能在贫苦和愚昧的基础上存

第二部

在。在二十世纪初，一部分思想家梦想着回到过去的农业时代，但这并不是一个可行的解决办法。这和向机械化发展趋势是相悖的，在整个世界，机械化几乎成为了本能性质，而且，任何一个国家的工业都是军事上的物质保证，如果一个国家工业落后了，就会被更多的先进的竞争对手直接或是间接地统治。

用限制生产商品来使群众贫困，也不是一个令人满意的解决办法。大概在一九二〇年到一九四〇年之间，资本主义的最后阶段，曾经大规模地这样实行过。许多国家听任经济萧条，土地荒芜，不再增添生产设备，大部分的人口失去工作，只能靠国家的救济保住半条命。但这也导致了军事上的衰弱，很显然限制生产所造成的贫困是没有必要的，是会引起反对的。如今的问题是，怎么样能够让工业的轮子继续转起来，但是不增加世界的真正财富。物品必须生产，但一定不能分配下去，在现实中，为了实现这一途径，只能靠不断地发动战争，消耗财富。

战争的本质是毁灭，但不一定是毁灭人的生命，而是毁灭人类劳动的产物。物质资源可能会让人们的生活变得过于安逸，从长远来看，他们就会学聪明，战争就是把所有物品撕成碎片、化作轻烟或是倒入海底的深处的方法。即使战争武器没有被真正地破坏掉，继续生产战争武器仍然是既消耗劳动力又不生产任何消费品的便捷方式。举个例子，修建一座水上浮动堡垒，所消耗的劳动力相当于建造上百条货船。最后水上浮动堡垒因为过时被废弃了，之后就会花费更巨大的劳动力，去重新修建一个新的水上浮动堡垒，这么做不会给任何人带来任何物质利益。原则上来说，战争总是努力地计划着，在满足了人口的最低需求之后，把任何剩余的物品都消耗殆尽。在现实中，本国人口的需求总是被低估，所以就导致了有一半的生活必需品处于长期短缺的状态，但这却被看成一种优势。这是一种深思熟虑的政策,让特权阶级也保持徘徊在困苦的边缘,因为在一种普遍贫困的状态下,更能凸显出特权的重要性,以此来扩大不同阶层的区别。按二十世纪早期的标准来看,即使是核心党内人员,其生活条件也是艰苦朴素的。不过,他所享有的为数不多的奢侈条件,设备齐全的公寓,质地更佳的服装,品质更好的食物、烟酒,两到三个仆人,拥有私人汽车甚至飞机——这让他的世界和外围党的截然不同。并且外围党员和被我们称为无产者的最底层的群众相比,有着相似的优势。整个社会的氛围就像一个被围困的城市,谁拥有一块马肉都体现着贫富差距。同时人们意识到现在正在打仗,因此自己处在危险之中,为了使自己在这种不可避免的战争中幸存下来,很自然地就把所有的权利移交到少数阶层的人手中。

可以看出,战争完成了必要的摧毁,但是是通过一个人们心理上可以接受的摧毁方式。原则上来说,要这么做很简单,浪费世界上剩余的劳动力,去建造庙宇、盖殿堂、筑金字塔,挖了地洞再埋上,甚至可以生产大量的物品,然后再一把火把它们烧干净。但是这么做,为等级社会提供的仅仅是物质基础,而不是情感基础。这里所关心的不是群众的精神面貌——群众的态度无关紧要,只要他们一如既往地工作就可以了——真正要关心的是党的士气。即使是等级最低的党员也被要求要有能力、勤劳,甚至在有限的范围内要机智,但是他也应该是一个轻信、无知和狂热的人,害怕、仇恨、奉承和胜利的狂欢应该占他情绪的主要部分。换句话说,他应该具备和战争相呼应的心理态度。战争是否真正发生,这并不重要,因为战争不可能有决定性的胜利。所以战争打得好坏也不重要。所有的一切,最重要的是处在战争的状态下。党对其成员的要求是智力的分裂——这在战争的气氛中很容易实现——这种情况在现在几乎很普遍,一个人的级别越高,这种情况就越明显。恰恰在核心党内,对战争的歇斯底里和对敌人的仇恨才是最强烈的。核心党作为行政管理者,常常知道某一条关于战争的消息是否真实,或是他可能意识到整个战争都是虚假捏造的,或者是根本就没有发生过,或者是它的目的和公开宣布的目的完全不同。但是这种认知在双重思想方法下很容易就被消除了。与此同时,核心党成员没有一个不相信战争是真实的,他们相信大洋国一定会取得最后的胜利,他们那神秘的信念从来不会动摇,大洋国将会无可争议地成为全世界的统领者。

　　核心党员都相信胜利总会到来,把它当作一个信条。实现这一信条,要么通过逐渐占领越来越多的土地,要么建立一个压倒性的优势力量,要么发明一些新的无敌武器。新武器的研发仍在不断地进行着,这也是给发明者和创造者可以发挥他们聪明才智的为数不多的活动之一。在今天的大洋国,传统意义上的科学,几乎已经不复存在。在新话里面,没有"科学"一词。在过去,所有的科学成就都建立在以经验主义为基础的思维方法上,但是却违反了英社的最基本的原则。只有当产品以某种方式用于限制人类自由的时候,才能产生技术的进步。世界上所有的实用艺术不是停滞不前,就是开始倒退。田地耕种需要马拉犁,而书籍却是靠机器写。但是在至关重要的问题上——实际上,就是说战争和警察侦探活动上——还是鼓励经验主义方法,或者是至少可以容忍使用经验主义方法的。党的两个目标是:征服整个地球和尽可能彻底地消灭独立思考的能力。因此,对党而言,有两个大问题需要解决。一个问题是,如何在违背他本人的意愿的时候,发现他在想什么;另一个问题是,如何在几秒钟之内,提前不加警告地杀死几亿人。迄今为止,如果科学研究仍在继续的话,那么这两个问题就是研究的主题。因此今天只存在两类科学家：一类集心理学家和刑讯官于一身，他们能够细致入微地研究人们的面部表情、姿势、声音的声调的含义，他们实验药物、震荡疗法、催眠、拷打对人们吐露事实的效果；另一类是化学家、物理学家、生物学家，他们只关心和自己专业相关的、杀人的东西。专家团队在和平部宽敞的实验室里，在巴西森林的深处，在澳大利亚一望无垠的沙漠以及人迹罕至的南极小岛上隐藏的实验站里，不屈不挠地工作。他们有的人只专注于制订未来战争的后勤保障计划；有的人只专注于研制威力更大的火箭、更有爆发力的炸药、更坚不可摧的装甲钢板；有的人在研制新的致命的有毒气体，或是研究可以大规模生产的水溶性毒物，用于破坏整个大陆的植被，或是培育可以对抗所有抗体的病菌。有的人在努力研制一种汽车，它可以像潜水艇可在水下航行那样在地下行驶，或是开发一种像帆船一样的，无须基地就可以独立飞行的飞机；有的人甚至在研究更遥不可及的东西，例如在数千公里以外的空间，安置一个悬浮透镜，把太阳的光线通过透镜聚集起来；或是开发地球中心的热量，制造人工地震和潮汐波。

但是这些计划根本没有一个实现过，三个超级大国之中没有任何一个国家，比其他两国有明显的领先地位。更引人注目的是，这三个超级大国都已经拥有了原子弹，这个武器比他们目前研究开发的任何武器破坏力都要强得多。但是党总是习惯性地声称，是他们发明了原子弹，其实早在一九四〇年，原子弹就应运而生了。大概在十年之后，原子弹就首次大规模地应用了。在那时，工业中心被数百个原子弹轰炸，主要的轰炸区在欧俄、西欧、北美等地。轰炸的结果是让所有国家的统治阶级都相信，如果再扔几颗原子弹，将意味着有组织的社会的结束，因此也意味着他们统治阶级权利的终结。在此之后，各国之间没有正式签订协议，也没有任何暗示会有这一协议，也没有再次投放原子弹了。三个超级国家仍然继续制造原子弹，他们把原子弹储存起来，留到决战的时候使用，因为他们都深信不疑战争早晚有一天会到来。而与此同时，在长达三十年或四十年的时间里，战争艺术几乎停滞不前。和以前相比，直升机使用的范围更广了，轰炸机已经大规模地被机动式的射弹代替，脆弱的军舰也让位给几乎不易沉没的水上浮动堡垒，但在其他的方面就没有什么进展。坦克、潜艇、鱼雷、机枪甚至步枪和手榴弹还是一直在使用。尽管新闻和电幕上都在接连不断地播报着无尽的杀戮，但是像早期战争那种在几周之内，杀害成百上千甚至百万人令人绝望的大战，再也没有发生过。

　　三个超级大国都不敢采取任何涉及严重失败风险的战略。当采取任何大规模的军事行动时，通常都是出其不意地对盟国采取进攻。这三个大国都是在遵循着这个战略，或者他们假装在遵循着相同的战略。即通过战斗、谈判、时机掌握得恰到好处的背叛，取得一大片基地，把敌国团团包围起来，之后就和敌国签署一系列的友好相处协定，然后保持多年的和平的关系，使敌国放下戒心，放松警惕。在此期间，在所有的战略要地，都集中布置好装载有原子弹的火箭。最后让他们在同一时间发射出去，给敌方带来致命的破坏，以至于让他们没有反击的可能。然后他就会和剩下的强国签署和平友好协定，准备另一场袭击。不用说，这种计划几乎是白日做梦，不可能实现。此外，除了在赤道附近有争议的地区和极地地区，其他地区并没有发生过战争，也没有入侵过敌国的领土。这说明了一个事实，在超级国家之间的一些地方的边境是任意划定的。比如，欧亚国可以轻而易举地征服不列颠群岛,不列颠群岛从地理位置上来看,是欧洲的一部分,或者从另一方面来看,可以把大洋洲的边界扩大到莱茵河,甚至扩大到维斯瓦河。但这违反了文化统一的原则,虽然这个原则没有明显的制定,但是大家考虑事物时都遵循这个原则。如果大洋国要征服曾经被叫作法兰西和德意志的地方,他要么把当地的居民全部都消灭掉——这项任务实施起来很困难,要么将大约一亿的人口,同化成在技术发展水平和大洋国的人口水平相当的人。这三个超级大国都面临着相同的问题。他们的结构要求他们不能和任何外国人联系,除了在有限的范围内,可以和战俘、和有色人种奴隶来往。即使和此时正式的同盟国,他们也总是抱着深深的怀疑。除了战俘,大洋国的普通市民从来没有见过任何一个欧亚国和东亚国的公民,并且他们被严禁学习国外的语言。如果允许他们和外国人联系,他们就会发现外国人和他们一样,还有他们被告知的一些和外国人有关的事都是假的。他们生活的封闭世界就会被打破,他的精神所依赖的害怕、仇恨、自以为是都会消失。因此,他们都意识到,不管波斯、埃及、爪哇、锡兰几经易手,除了炸弹,任何东西都不能穿越主要的边境地区。

在谎言下有一个事实从来没有被大声地提起过,但是大家都不言自明地明白并且按着这个准则采取行动:这三个超级大国的生活条件都差不多。在大洋国盛行的哲学叫作英社原则,在欧亚国叫作新布尔什维克主义,在东亚国叫的是一个中文名字,通常译为"崇死",但是也许译为"灭我"会更好。大洋国的公民不允许知道其他两国的哲学信条,却被教导要憎恨它们,将它们看作对道德和常识的野蛮暴行。实际上,这三种哲学几乎无法区分,它们所支持的社会制度也根本无法区分。到处都是相同的金字塔结构,到处都是对半神式领袖的崇拜,同样都是用战争维系经济并让经济为战争服务。这就是为什么三个超级大国不仅不能征服对方,而且这么做了也不会增添任何优势。相反的是,只要他们仍然在战争,这三个大国就像三捆堆起来的秋秸一样,互相支撑着对方。并且,像往常一样,这三个大国的统治阶级对他们的所作所为同时又知道,又不知道。他们为征服世界而活,但是他们也知道战争必须持续地进行着,不能有胜利。与此同时,事实上,因为没有被征服的危险,就有可能拒绝现实,这是英社原则和它的敌对思想体系的特点。在这里有必要重复一下之前所说的,战争持续不断,已经从根本上改变了战争本身的性质。

在过去的时代,按照定义来讲,战争总有一天会结束的,只要是战争就一定会分出胜负。在过去,战争也是人类社会和实际现实保持联系的主要途径之一。从古至今,统治者们都试图在他们的追随者身上强加一个错误的世界观,但是统治者们不能给予、鼓励任何倾向于损害军事效率的幻想。只要是战败就意味着失去独立,或者意味着通常不想看到的其他结果,所以他们要采取严格的预防失败的措施。所以,实际方面的事实不能被忽略,在哲学或宗教或伦理或政治方面,二加二可能等于五,但是当一个人在设计枪支或是飞机的时候,二加二就要等于四。效能低下的民族早晚总是要被征服的,要想提高效能,就要与幻想为敌。此外,要有效能必须能够从过去中总结、学习,这意味着要对过去发生的事,有一个相当准确的判断。当然,报纸和历史书总是带有主观色彩和偏见的,但却不可能像今天这样伪造事实。战争确实能让人保持头脑清醒,对统治阶级而言,这可能是最重要的保障。战争可能赢,也可能输,但是统治阶级不可能完全不负责任。

但是,当战争确实变得持续不断的时候,它也就不具有危险性了。战争持续不断,也就没有什么军事需要了。技术进步可以停止,最明显的事实可以被否认或是忽略。正如我们所知,那些可以被称作为科学的研究,仍在为战争目的而服务,但是从本质上来说它们就是在白日做梦,并且他们的失败表明,其结果并不重要。效能,甚至军事效能,都不再需要了。除了思想警察,大洋国没有任何效能可言。这三个超级大国都是不可战胜的,其实每一个国家都是一个单独的天地,在这个单独的天地里,可以无忧无虑地颠倒黑白、混淆是非。现实的压力只表现在日常的生活中——对吃和喝的需要,对住房和衣着的需要,避免误食毒药或是从顶层窗户摔落下来,等等。在生与死之间,在身体的快乐和身体的痛苦之间,仍然存在着差别,但是也是仅此而已。大洋国的公民与外界隔绝,与过去隔绝,就像一个生活在星际的人,他们没有办法知道哪个方向是向上,哪个是向下。在这样的国家,统治者就是独裁者,法老或恺撒都未曾如此独裁。为了避免对自己不利,统治者不能让他们的人民过多的被饿死,他们必须和他们的对手在军事技术方面,保持相同的较低的水平。但是一旦这些条件达到了最低水平,他们就可以将现实扭曲成任何他们想要的样子。

　　因此,如果我们拿以往的战争标准来衡量现在的战争,现在的战争仅仅是一个骗局。就像某些反刍动物,他们的犄角长的位置,让他们在战争中,无法让对方受伤。但是,战争虽然是假的,却不是没有意义的。战争消耗了剩余的消费品,它有助于保护一个等级社会所需的特殊的精神氛围。显而易见,战争现在是一个纯粹的内政。在过去,所有国家的统治阶级,都可能意识到他们的共同利益,因而对战争的破坏性有所限制,但是他们还是会互相攻击,并且战胜国总是掠夺战败国。在我们现在生活的时代,他们不再互相打仗了。战争是统治阶级对他们的国民进行的,并且战争的目标不是征服别国的领土,也不是保卫本国的领土,而是保持本国的社会结构完好无损。因此,"战争"一词,便会让人产生误解。确切地说,也许会这样,如果战争持续不断的话,那么战争本身也就不复存在了。在新石器时代和二十世纪初期,人类受到的这种特殊压力已经消失,并且被其他完全不同的东西所取代。如果这三个超级大国不再互相争斗,而是同意永久地和平共处、互不侵犯对方的边境,那么结果也没什么大的不同。在那种情况下,每个国家仍然是一个自给自足的宇宙,外来的危险从来不会对它产生任何的影响。真正永久的和平和永久的战争一样。这就是党的口号:战争即和平的内在含义。虽然大多数的党员对此的理解只是肤浅的。

温斯顿停顿了片刻。从远处的什么地方,传来火箭弹爆炸的声音。在一个没有电幕的屋子里,独自享受阅读禁书的幸福之感还没有消失。他用身体享受着孤独感和安全感,这种感觉不知怎么又和身体的疲劳、椅子的柔软、窗外吹来的微风亲吻他脸颊的感觉混合在一起。这本书吸引了他,或者更为准确地说是使他感到安心。在某种意义上,这本书没有告诉他任何新的东西,但这也是吸引他的一部分原因。这本书说了他想说的话,如果可能的话他可以把他自己脑子里零散的思想整理起来。这本书的作者的思想和他的很相似,但是要比他的思想更有力量、更有逻辑、更不畏惧。他认为最好的书籍,就是把你已经知道的事情再告诉你。当温斯顿把书翻回到第一章时,他听见朱莉娅上楼的脚步声,他准备从椅子上起身去迎接她。朱莉娅猛地把她的棕色工具包扔到地板上,投入温斯顿的怀抱。他们已经差不多一个星期没见面了。

"我拿到了那本书。"当他松开她时说。

"哦,你拿到了?很好。"她没有多大兴致地说,一边说一边迅速地蹲在了煤油炉旁边,煮起了咖啡。

在床上躺了半小时之久,他们才回到刚才的话题。夜晚很凉,以至于他们拉起床罩盖在身上。从楼下传来熟悉的歌唱的声音和靴子在石板上走路的声音。当温斯顿第一次到这个院子里参观时,就看到了这个强壮的红胳膊的女人,这个女人几乎成了这个院子里不可缺少的一部分。在白天,她几乎没有不在洗衣盆和晾衣绳之间来回行走的时候,她嘴里不是咬着夹子,就是唱着歌。朱莉娅在一旁躺下,看起来快要睡着了。他伸出手拿起地板上的书,靠着床头坐起了身。

"我们必须读读这本书,"他说,"你也要读,所有兄弟会的成员都要读一下它。"

"你读吧,"她闭着眼说,"大声地读出来。这样最好了,你可以边读边解释给我听。"

时钟指向六点,意思是十八点。他们还有三四个小时的时间。他把书放到膝盖上,开始读起来:

第一章 无知即力量

有史以来,很有可能从新石器时代结束以来,世界就一直存在三种人:上等人、中等人和下等人。可以通过许多方法再往下细分,有着不计其数的名字,他们的相对数量,以及彼此之间的关系,随着时代的变化而变化,但是社会的基本结构没有发生改变。即使是在经历了巨大的动荡和看似不可逆转的变化后,依然可以重新恢复它的格局,就像一个陀螺仪,不管你把它往哪个方向推进,它总是能恢复到平衡。

"朱莉娅,你睡着了吗?"温斯顿说。
"没有,亲爱的,我在听,你继续读。真不可思议。"
他继续读道:

　　这三种人的目标是完全不可调和的,上等人的目标是保住他们的地位。中等人的目标是和上等人调换地位。由于下等人有太多的苦差事要做,因此他们偶尔才会意识到他们日常生活以外的事,这也是下等人一直长期存在的原因。如果下等人有目标的话,那么目标应该是废除所有的不平等,创建一个人人平等的社会。因此,纵观历史,总是存在着一场目的差不多相同的战争,一而再地上演着。在很长一段时期,上等人似乎牢固地掌握着权力,但是早晚总会有那么一个时刻到来,他们要么失去了自己的信仰,要么失去了有效统治的能力,或者两者他们都失去了。之后上等人就被中等人推翻了,中等人假装自己为自由与平等而战,把下等人争取到自己的阵营这边。只要中等人达到了他们的目的,就会把下等人推回到他们原来被奴役的地位,然后中等人就成为上等人。不久,就会从一个或两个的阶级里面分离出一个全新的中等人,这场战争又再次开始。在这三个等级里面,只有下等人从来没有成功实现过自己的目标,甚至暂时的成功都没有过。夸张地说,纵观历史,没有任何实质性的进展。即使在今天,这个萧条的时期,人类的平均物质生活比几个世纪以前要强得多。但是无论是财富的增长,还是礼仪的文明程度,还是改革或是革命,都没有带人类向平等靠近一丁点儿。从下等人的角度来看,从来没有历史性的变化,更多的只是统治者的名字发生了变化。

在十九世纪末期，许多观察家都注意到这一明显的反复模式。之后各派思想家就如雨后春笋般出现了，他们认为历史就是一个循环的过程，并且他们宣称不平等是人类生活中不变的法则。当然，这种学说不乏追捧者，但是在现实中它的提出方法有了重大的改变。在过去，上等人特别强调社会需要分等级形式，国王、贵族和教士、律师等寄生虫都鼓吹这类学说，并且通常用人们在死后的世界里会得到补偿的承诺，来让人们更容易接受。中等人只要还在为权利而斗争，他们总是会打着自由、正义、友爱的旗号。然而现在，那些人类皆兄弟的观念却遭到了那些没有掌权的人，或是不久之后就会掌权的人的攻击。在过去，中等人在平等的旗帜下发动革命，只要他们推翻了旧的暴政就会建立一个新的暴政。这个新的中等阶级，实际上在事先就宣布了他们要实行暴政。在十九世纪早期，社会主义理论诞生了，该理论可以追溯到古代的奴隶叛乱时代的思想链条的最后一个环节，该理论也受到了过去时代的乌托邦思想的深刻影响。但是从一九〇〇年开始，出现了不同类型的社会主义理论，这些理论都越来越公开地摈弃了建立自由与平等的社会的目标。在本世纪中期出现了新的运动，在大洋国叫作英社，在欧亚国叫作新布尔什维克主义，在东亚国一般叫作崇死，他们都有明确的目标，那就是保持不自由和不平等。当然，这些新的运动从旧的运动延伸而来，新运动都趋向于保持旧运动原有的名字，并对旧有的意识形态作口头宣传。但是所有的这些运动的目的都是阻挠进步，冻结某一历史时刻。然后熟悉的钟表摆动又会再次开始，随后停止。像之前一样，上等人会被中等人推翻，中等人会成为上等人；但是这次，通过了明智的策略，新上等人将会永远地保持他们的地位。

新学说之所以会出现，一部分是历史知识的累积和历史感的

第二部

增强,这些在十九世纪前根本是没有的。如今,人们已经对历史的循环运动有了一定的了解,或者至少表面上是这样的;既然可以了解,那么就可以改变。但是最主要的也是最根本的原因是,追溯到二十世纪初期,人类的技术上的平等已经有能力实现。虽然人的天赋各有不同,而且各有所长,一些人就是比另一些人强也是事实,但是已经没有必要再有阶级的区分和巨额财富的差距。在以前,阶级区分不仅是不可避免的,而且是适应时代需求的。不平等是文明的代价。但是,情况随着机器生产的发展发生了变化。虽然人们做各种不同的工作是有必要的,但是已经没有必要区分人们的阶级地位和经济水平了。因此,在即将夺取权力的那些人看来,人类平等已经不再是他们必须争取的目标,而是要避开的危险。在更早期的社会,建立一个公正和平的社会是不可能的,但是人们却更加相信这种社会的存在。几千年来,实现人人平等,和谐友爱,没有法律的约束,也没有牺畜般辛苦的生活,一直是人类的梦想。即使是那些能在每一次历史变革中获得好处的人,也幻想着这种社会的实现。法国、英国和美国革命的继承者在一定程度上相信了自己主张的人权、言论自由、法律面前人人平等,自己的行为也受到了这些言论的影响。但是到了二十世纪四十年代,主要的政治思想已经全部变为了独裁主义。就在人类的天堂就要实现的时候,却遭到了人们的抵制。不论以何种名字自称的新的政治理论,都是倒退回等级制度和系统分化。约在一九三〇年前后,形势变得很严峻,未经审讯的关押、虐待战俘、公开处决、严刑逼供、扣押人质、流放人口等一些长期弃用甚至几百年都没再出现过的做法又开始出现,并且变得普遍、常规,甚至还得到了那些自觉的、很开明的进步人士的容忍、支持和辩护。

全世界经过了长达十年的国际战争、国内战争、革命与反革命之后,英社和它对立的政治理论才得到贯彻执行。在它们之前的本世纪早些时候,已经有一些体制预见到了它们的出现,也就是所谓的集权主义的各种制度。很明显,世界的主要轮廓将在动乱之后显现出来。哪种人掌控这个世界也是显而易见的。新的特权阶级主要由官僚分子、科学家、技术工人、工会组织者、宣传专家、社会专家、教师职工、记者、职业政客组成。这些人来自中产阶级和上层工人阶级。垄断工业和中央集权政府下的穷困的世界塑造并聚集了他们。同过去他们的对手相比,他们不再那么贪婪和奢侈,但是他们渴望拥有更多的权利。更加重要的是,他们对自己的行为有更加深刻的认识,更加专注地镇压反对者。最后一个差别极其重要。与现在相比,曾经的暴政都不够彻底,都不够有效。过去统治集团总会受到自由主义思想的影响,到处都有漏洞,只关注公众视线下的行为,不关注人民的想法。从现代标准来看,连中世纪的天主教会都是宽容的。有一部分原因是,在过去,政府没有能力把自己的公民置于不断监视之下。但是随着印刷术的发明,操控公众的思想变得更简单了,尤其是后来电影和无线电的发明又使这种行为更进一步。之后电视和具有同时发信息功能的设备结束了人们的私生活。对于所有的公民,至少是那些值得关注的公民,可能全天都处在警察的监视之下,其他所有的信息传输通道都被切断。现在,终于能让全部公民顺从国家的意愿,更甚者可以统一公民的思想。

在五六十年代的革命之后,社会像过去一样,又重新划分为上等人、中等人、下等人。但是新的上等人和之前的上等人并不一样,他们不依靠直觉做事,但是他们明白需要做些什么来捍卫他们的地位。他们早就意识到集体主义是寡头政治最牢固的基础。财富和特权如果被集体拥有,捍卫起来也最为容易。本世纪中期出现的所谓的"消灭私有制",实际上就是把财产集中到更少数人手中。与之前有区别的是:掌控这些的不是个人而变成了一个群体。对个人来说,除了拥有极少数的个人随身物品之外,党员没有其他任何财产。但从集体来说,大洋国内所有的财产都属于党,因为所有的一切都在党的控制之下,党会以他认为合理的方式来对财产进行处理。革命之后的几年中,党在没有受到任何反抗的情况下就取得了统治地位,因为这整个过程是以集体的形式表现出来的。人们理所应当地认为,社会主义必然会随着资产阶级财产的没收而到来,并且,资产阶级毫无疑问会被推翻。工厂、矿山、土地、房屋、运输工具——他们所有的财产都被剥夺了。这些财产不再是私有财产,那必然成为了公有财产。英社是在早期的社会主义运动中产生的,并且延用了以前社会主义的用词。因此事实上完成了社会主义纲领的主体部分,确定了经济不平等永久化。这些都是可以预见的,也是他们事前计划的。

但是等级社会的延续问题要比这个深刻得多。只有在这四种情况下统治集团才会失去权力:被外部力量征服;或者因统治者无能,人民群众揭竿而起;或者是让强大的对当前政府不满的中产阶级出现;再或者是统治者失去了统治的信心和意愿。这四个原因并不是单个起作用的,在某种程度上他们是同时存在的。统治者如果能够防止这四种情况出现,就可以永久掌权。最终起决定性作用的将是统治阶级本身的精神意愿。

本世纪中期以后,第一种危险已经在现实生活中消失。三个国力强大的国家瓜分了世界,并且每个国家都是不可征服的,除非是通过缓慢的人口数量变化,但是只要政府有广泛的权力就很容易避免这种事情的发生。第二种危险,也仅仅是理论上存在的。群众从来不会主动反抗,也从来不会因为自己受到压迫而反抗政府。事实上,只要他们没有比较的标准,他们就从来不会意识到自己受到了压迫。过去反复发生的经济危机是完全没有必要的,现在也不允许经济危机的发生,不过仍有可能发生其他的同等规模的经济失调情况,但是并不会因此产生政治后果,因为群众的不满情绪没有可以表达出来的方式。至于生产过剩的问题,从发明机器用于生产以来,一直是我们社会的潜在威胁,但是可以采取不断战争的方式加以解决(见第三章),这样也可以很好地保持群众的斗志。因此,就我们现在的统治者的观点来看,唯一真正存在的危险就是一个新的集团分裂出去,这个集团中的人虽然很有能力,但一直没有发挥出来,因此对权力的渴望十分强烈,还有就是在统治者当中出现自由主义和怀疑主义。这也就是说,重点在教育上,要对领导集团和执行集团的觉悟不断发挥影响。群众的意识只需要进行反面的影响就够了。

　　在这个背景之下,即使不了解整个大洋国的社会结构,也可以由此做出推断。金字塔最顶端的是老大哥。老大哥永远是正确的并且是全能的。所有的成就、所有的胜利、所有的科学发明、所有的知识、所有的智慧、所有的幸福、所有的美德,都是直接来自于他的领导和感召,没有人见过老大哥。他是宣传牌上的一张脸,电幕上的一个声音。我们理所应当地认为他不会死,也没有人知道他是什么时候出生的。老大哥是被党选中,用来向世界展示自己的幌子。相对于组织,明确的个人更容易让人们感受到党的关怀,老大哥的作用就是让群众集中感受到党的爱、敬、畏。在老大哥之下是核心党,党员的数量限制在六百万人,也就是不到大洋国人口的百分之二。核心党再下面是外围党,如果将核心党比作国家的大脑,那么外围党就是国家的手臂。外围党的下面就是没有说话权利的群众,我们习惯称其为"无产者",约占总人口的百分之八十五。我们按照上面分类,无产者在最底层:由于赤道地带奴隶人口的征服者不断更换,不能算作整个社会结构的固定部分和必要部分。

　　从原则上讲,这三类人的身份并不是世袭的。理论上,父母是核心党员,他们的子女也并非生来就是核心党员。加入核心党或者外围党都需要进行考试,这种考试一般在他们十六岁的时候进行,没有任何种族歧视,也没有地域偏重。犹太人、黑人、纯印第安血统的南美洲人都可以在党内的最高阶层中找到;每个地方的行政官员都是在当地选拔出来的。大洋国所有地方的人民都没有感到自己是殖民地的居民,也没有感觉到自己受远方政府的管理。大洋国并没有首都,它名义上的首脑动向、去处谁都不知道。除了英语是其重要的**混合语言**,新话是其正式语言外,没有任何集中化的东西。他们用共同的信仰而不是共同的血统来维系统治。没错,我们国家的社会是分层次的,而且层次分明,十分严格。乍看之下好像是按世袭的界限划分的,不同集团之间的流动性远比资本主义制度和前工业时代小得多。在党的两大分支之间,有数量不大的流动,能够保证核心党不吸收质量低劣的人进入,外围党中有志向的人也有向高处升的机会,不会成为核心党的祸患。在现实生活中,无产者是没有机会进入党内的。无产者当中最有能力的人,如果成为表达对统治者不满的核心人物的人,思想警察会逐个消灭他们。不过,这种情况并不是一成不变。党不是原来旧思想中的一个阶级。它也不是一定要把权力向下传给子女;如果没有其他办法来选拔最杰出的人员担任最高领导的职务,党也是愿意从无产者当中选拔新人来担任这一职务的。在至关重要的年代里,正是由于党不是一个世袭组织,才对消除反对意见起了很大的作用。老一辈的社会主义者一直受到反对所谓的"阶级特权"的训练，都认为，不是世袭制的东西不能永久存在。他们没有看到，寡头政体的延续不一定就体现在人身上；他们也没有想到，世袭贵族的统治向来命短，而像天主教那样的选拔任职组织能持续好几百年甚至是好几千年。寡头政体的关键不在于父子相传的世袭，而是由死去的人灌输给活着的人的世界观和生活方式。一个统治集团只要能选定他的继承者就是一个真正的统治集团。党关注的是维持党的存在而不是血统的相传。只要等级结构维持不变，那么由谁掌权并不重要。

我们当今时代的所有信仰、习惯、趣味、情感、思想，最终目的都是保持党的神秘性，防止有人看穿当今社会的真正本质。就当前社会而言，不可能发生实际意义上的造反或者造反的苗头。无产者是最不需要担心的。如果你不去惹怒他们，他们就会一代又一代、一个世纪又一个世纪地工作、繁衍、死亡，不仅不会有造反的念头，更没有能力去理解一个不同于当今社会的社会。只有在随着工业技术发展，统治者不得不给予他们较高水平的教育的时候，他们才会具有危险性。但是由于军事和商业竞争不再重要，人民的教育水平实际上也趋于下降。人民群众对当前社会有没有看法，已经无关紧要。因为他们没有智力，所以给予他们学术自由也无大碍。而对于一个党员来说，哪怕是在最微小的事情上都不能有半点儿反对意见。

党员由生到死，都生活在思想警察的监视下。即使是自己独处的时候，也永远不敢确定自己是否真的是独自一人。无论在哪里，无论是睡着还是醒着，是在工作还是在休息，是在浴缸中还是在床上，他都有可能受到监视。而且这种监视既不会被告知，也不会被察觉。他做的所有事情都不是无关紧要的。他的友谊，他的娱乐,他对妻子和孩子的态度,他独处时的表情,他在睡梦中的呓语,甚至是他的身体动作特征都会受到严密的考察。不要说确实有不正当的行为,不论多么细小的奇怪举动,任何习惯的变化,任何神经质行为,凡是能够反映出内心斗争的举动都会被发现。没有任何自由的选择。另一方面,他的行为并不受什么法律或明文规定的约束。大洋国内没有法律。有些思想和行为,尽管没有受到正式的禁止,但是一经发现,必死无疑,无休止的清洗、逮捕、拷打、监禁、蒸发都不是对其所犯罪行的惩罚,而仅仅是为了清除将来有可能犯罪的人。对于一个党员来说,只有正确的思想还是不够的,还要有正确的本能。要求党员需要具备的信念、态度从未被清楚说明,因为如果明确说明的话,肯定会暴露英社的内部矛盾。如果他是个天生正统的人(新话叫作**思想好**),不论在什么情况下,他都无须思考就知道什么是正确的信念,什么是应有的感情。不管怎样,他们在儿童时代就受到精心的新话思想训练,比如**犯罪停止**、**黑白**、**双重思想**这样的新话词汇,使他们不愿意也不具备能力对问题进行更加深入的思考。

党员不能有任何私人情感,更不允许热情的减退。他应该生活在对内外敌人的仇恨中,对胜利的欢呼雀跃中,对党的力量和英明的无限敬仰中。他对简单枯燥的生活产生的不满,通过两分钟的仇恨会,会被有意识地引导、发泄出来,消失得无影无踪。而那些有可能会引起怀疑和反抗的思想,则被他早先接受的内心训练扼杀。这种训练的最初阶段也是最简单的阶段,用新话叫作**犯罪停止**,在孩子们很小的时候就被教授。犯罪停止指的是在危险思想即将萌生的时候,本能一般会迅速地停止思考的能力。这种能力还包括以下一些内容:没有能力进行类比、看不到逻辑的错误、不能理解最简单的抨击英社的理论,以及对任何可能发展成异端的思想感到厌倦。概括地说，**犯罪停止**就意味着把愚蠢当成保护措施。但仅仅有愚蠢还不够，相反，正统要求人像柔术师控制自己的身体那样控制自己的精神。大洋国社会的根本信仰是：老大哥无所不能，党永远正确。但因为在现实生活中，老大哥并非无所不能，党也并非永远正确，对待事实，人们就需要时刻保持灵活性，且不能有丝毫懈怠。对此，有一个关键词黑白，像很多新话词语一样，它包含两个相互矛盾的意思。用在敌人身上，就意味着肆无忌惮地、罔顾事实地说黑为白。用在党员身上，就意味着根据党的纪律要求，出于忠诚说黑是白，但它还意味着**相信黑即是白**的能力，还包括**知道**黑即是白，并忘记自己曾经相信过相反的东西的能力。如此，无休无止地篡改过去就成了一种需要，而篡改过去只有通过一种能轻而易举地接纳一切的思想体系才能做到。用新话说，就是**双重思想**。

要篡改过去的原因有两个。一个是次要的原因，也可以说是预防性原因。那就是，党员之所以像无产者那样，能够接受当前的生活条件，部分原因就是他们没有可以比较的标准。要让他们相信自己现在的生活比过去人的生活好，物质生活平均水平不断提高，就需要把他们与过去隔绝开来，就像把他们与外国隔离开一样。但是篡改过去还有一个更加重要的原因，即必须保卫党永远是正确的。为了让人看到党的预言在任何情况下永远是正确的，不仅仅要不断地篡改过去的演讲、统计，以及各种记录，使其符合当前的情况，还要否认理论上或者政治友敌关系上发生过的任何变化。改变自己的想法，或者政策，就等同于承认自己是有错误的。比如，如果现在随意把欧亚国或者东亚国看作是党的敌人，那么这个国家就永远是党的敌人。如果事实不是这样的，那么就必须篡改事实。这样就需要不断地篡改历史。像友爱部负责对人民的监察和镇压一样,真理部负责这种日常篡改过去事实的工作,这对维持党的统治的稳定也是必不可少的。

经常性地篡改过去是英社的中心原则。英社的这一原则认为过去并不是客观存在的,它只存在于文字记录和人们的记忆里。只要记录和记忆相一致,不管是什么,都是过去。既然党能掌控所有记录,也能全面掌控党员的思想,所以党想让过去是什么样那它就是什么样。不过,虽然过去被篡改了,但是党绝对不会承认在具体问题上进行过篡改。因为,无论当时出于什么目的要篡改过去,改后的样子就是过去,不能存在与这个过去不同的过去。即使同样一件事在一年之内被篡改好几次,都已经改得面目全非,也要这样做。党无时无刻不掌握着绝对真理,很显然,绝对事实一定会和现在的样子相同。由此可见,控制过去先要依靠对记忆的训练,而确保所有文字记录都和当下的正统思想相吻合,只不过是一种简单的机械式行为,还需要人们记住的事是按照人的意愿发生的。如果重新安排记忆或篡改文字记录是必须的,那么忘记自己曾做过这样的事也是必须的。人们可以像学会其他思考方法一样学会这种思考方法,大多数党员和思想正统的人都学会了。在老话中,它被直白地称作"现实控制",而在新话里,它被称为双重思想,不过双重思想不仅仅有这个,还包括其他一些东西。

双重思想就是说在一个人的思想中同时存在并接受两种相互矛盾的认识的能力。党内的知识分子知道自己的记忆应该向什么方向转变;所以他们是知道自己在篡改事实的;但是因为他们有双重思想,他使自己相信事实并没有受到改变。这一行为必须是自觉的,否则就没有足够的准确性;但也必须是不自觉的,否则就会有弄虚作假的感觉,进而产生罪恶感。双重思想是英社的核心思想,因为党的基本行为是利用有意识的欺骗,保证对坚定目标的绝对诚实。有意识地说谎,并相信谎言;忘掉真正的事实,然后在有需要的时候再把事实从记忆深处挖掘出来;否认客观现实的存在,同时记忆否定的事实——所有的这一切都是必不可少的。甚至是在使用双重思想这个词的时候都要运用到双重思想。因为一旦使用这个词,就代表承认篡改了事实;此时运用双重思想把进行篡改的这一行为抹去,如此反复循环,永不停休,谎言总是在真理前面。最后,通过双重思想,党就可以——也许就像我们知道的那样,延续几千年来左右历史进程的做法。

过去所有寡头政体之所以丧失权力,要么是因为自身的僵化,要么是因为自身的软化,他们变得愚昧自大,不能顺应环境的变化而被推翻;或者变得开明怯懦,在应该使用武力的时候却因懦弱妥协而被推翻。他们丧失权力或是自觉的或者是不自觉的。党之所以能够成功,就是因为党能制造出一种让两种情况同时并存的思想体系。没有其他的思想体系能够让党的统治经久不衰。如果你要进行统治,而且想要持续统治,那你必须具备能够打乱现实的能力。因为统治者的秘诀就是:能够把自己永远正确的信念和从过去的错误中吸取的教训结合起来。

毋庸置疑,双重思想最巧妙的运用者就是那些清楚双重思想并深知它是进行思想欺骗的系统的人。在我们的社会中,掌握实际情况最多的人恰恰是对世界最不了解的人。总而言之,知道得越多,误解也就越大;也就是说,越聪明的人反而是越愚蠢的人。举个明显的例子:社会地位越高的人,越是对战争歇斯底里。而对战争持理性态度的人是那些生活在战争地区的普通民众。在他们眼里,战争就是一场如潮水冲击他们身体一般的持续的灾难。对他们来说,谁获得胜利都无所谓。他们知道更换统治者,

第二部

还是需要做和以前一样的工作,而新的统治者还会像旧的统治者那样对待他们。我们称之为"无产者",即略受优待的工人,他们也只是偶尔意识到战争的存在。在必要的时候,可以通过一些手段刺激他们产生对战争的强烈恐惧和仇恨,但是如果任其自由发展,他们根本不会想到还有战争在进行。真正的战争热情只存在于党内,尤其是核心党内。坚信要征服世界的人正是知道这根本不可能的人。这种对立又统一的奇特现象——知与无知,冷淡与狂热——是大洋国和其他社会的显著区别。官方的意识形态充满了矛盾,甚至没有存在这种矛盾的实际理由。比如,在社会主义早期运动中主张的原则,现在都遭到了党的抵制和反对,但是党还打着社会主义的旗号来这么做。党号召大家看低工人阶级,在过去的几百年里都没有出现过这种情况,又因为这个,党又要求党员穿上只有工人穿过的制服。党有计划地削弱了每个家庭的凝聚力,但是党的领导人所使用的名称又特别能唤起人们对家庭的忠诚感。甚至是统治我们的四大部门的名称,在扭曲事实上也已经达到了厚颜无耻的程度。和平部负责战争,真理部负责说谎,友爱部负责刑罚,富裕部负责饥荒。这种矛盾并不是偶然,也不是一般意义上的虚伪导致的,这就是有目的地使用双重思想导致的结果。因为只有调和好各种矛盾,才能确保自己的统治能够不断地延续,也没有别的方法能够打破这古老的循环。如果要人类的平等永远不能实现,如果上等人——我们说的——要永远处于上等地位,那么必须对社会的主流心理加以控制。

但是到目前为止我们一直忽视了一个问题,那就是:为什么要避免人类平等?假设上面说的都是真的,那么如此大规模、计划周详地尽力冻结某一特定历史时刻的动机又是什么呢?

在这里,我们就接触到了最关键的秘密。上面已经提到,党的神秘,尤其是核心党的神秘性,取决于双重思想,但是还有比这个更加深刻的动机,它就是从来没有被质疑过的人的本能。是它引起了夺权的行为,也是它带来了双重思想、思想警察、不断的战争以及其他一些附带的东西,这个动机实际上包括……

温斯顿感觉到了宁静,就像体会到了一种新的声音。他觉得朱莉娅已经躺了很长时间不动了。她侧身躺着,裸露着上半身,脸颊枕在他的手心上,一绺黑头发垂在眼睛上,胸部也缓慢地有规律地起伏着。

"朱莉娅。"

没有回应。

"朱莉娅,你还醒着吗?"

没有回应,她睡着了。温斯顿合上书,小心翼翼地放在地上,躺了下来,拉起床单,把两个人都盖了起来。

他想,他仍然不知道那个最大的秘密是什么。他知道怎样做,但是不知道为什么要这样做。第一章和第三章一样,都没有告诉他任何他不知道的东西,都只是把他所知道的东西做了系统化整理。但是读过之后,他更加清楚地确定自己没有发疯。作为少数人中的一分子,就算是只有一个人的少数人,也不能说你在发疯。有真理就有谬论,如果你坚持真理,就算全世界都反对你,你也是没有发疯的。夕阳黄色的光芒斜斜地照进窗户,照在枕头上。他闭上眼,阳光照在他脸上和紧贴在他身旁的姑娘光滑的身体上,让他产生了强烈的、充满睡意的、自信的感觉。他很安全,所有的事情都还好。他唠叨着"理智并不是统计的数字能表达出来的",不一会儿,他睡着了,感到深奥的智慧包含在这句话里。

十

当他醒来的时候,有一种睡了很久的感觉,但是他瞥了一眼那个老式的座钟,原来现在才二十点三十分。于是他又躺下睡了个回笼觉。后来,院子里响起了那熟悉的、低沉的歌声:

这只不过是毫无希望的痴想,
就像四月天般一瞬即逝,
但是一句话,一个眼色,让我胡思乱想,
偷走了我的心!

这首口水歌好像一直很受欢迎。你在任何地方都会听到它。它流行的时间比《仇恨歌》还要长,朱莉娅被歌声吵醒,她舒服地伸了个懒腰,起身下床。

"我饿了,"她说,"我们煮一些咖啡吧。可恶!炉子熄灭了,水也凉了。"她拿起炉子,摇晃了几下。"里面没有油了。"

"我们可以从老查林顿那儿要一些来。"

"奇怪的是,我确信我把它装满了。我得穿上衣服。"她补充道,"好像比刚才冷了。"

温斯顿也起床穿好了衣服。那个女人还在不知疲倦地唱着:

他们说时间可以治愈一切，
他们说你早晚都会遗忘，
但多年来的微笑和眼泪，
仍使我的心纠结彷徨！

温斯顿朝着窗户边走去，边走边系好制服的腰带。太阳一定是已经落到房屋后面了，光线无法再直接照到院子里。地上的石板湿漉漉的，好像刚被冲洗过。温斯顿感觉这蔚蓝的天空也好像被冲洗过，从屋顶上的烟囱间放眼望去，是一片清新碧蓝的天空。那个女人不知疲倦地来回走着，一会儿唱歌，一会儿又默不出声，没完没了地忙着晾晒那堆洗好的尿布。温斯顿想，这个女人想必不是靠洗衣服维持生计，就是在为二三十个孙辈操劳。朱莉娅走到温斯顿的身边停住了脚步，两个人站在一起有些入迷地盯着楼下那个强壮的身影。温斯顿觉得这个女人的举止有些独特，她那粗壮的胳膊伸向晾衣绳，结实得像母马一样的臀部高高翘起，这让他第一次觉得她是美丽的。以前，他从来没有想过，那个五十岁的女人，因为生儿育女，身体已经发福，辛苦劳作又使她的皮肤变得异常粗糙，像极了成熟过头的萝卜，这样的身体居然能够这么美。但看起来确实很美。温斯顿接着想，为什么不可以呢？那全无曲线的、结实得像花岗岩一样的躯体和她那粗糙泛红的皮肤，与年轻少女的躯体之间的关系，就如同玫瑰花与玫瑰果实之间的关系是一样的。为什么果实就要比花瓣的地位低呢？

"她很漂亮。"他喃喃细语道。

"她的屁股得有一米那么宽。"朱莉娅说。

"这就是她独特的美。"温斯顿说。

他轻而易举地用胳膊一把搂住朱莉娅柔软的细腰。她侧着身体,从屁股到膝盖都紧贴着温斯顿的身体。但两个人却不能生儿育女。这是他们永远不能做的事情。他们头脑中的秘密只能通过嘴巴来交流。楼下的那个女人没有精明的头脑,她只有强劲有力的臂膀,一颗火热的心,一个能生育的肚子。他在想她生了多少个孩子,起码得有十五个。她也曾经有像怒放的野玫瑰花一般的时候,但一年过后,她的肚子突然膨胀了起来,就像一个受了精的水果,变硬,变红,变得粗糙,在这连续的三十年里,她的生活就是洗衣服、擦地板、缝补、做饭、打扫,先是为子女,然后是为孙儿,没完没了。就这样,最后她还在唱歌。温斯顿对她有一种神秘的崇敬感,这种感情同屋顶烟囱后面那片广阔的碧蓝的天空混杂在一起。让人奇怪的是,天空对每个人来说都是一样的,无论是欧亚国,还是东亚国,还是对这儿的人。无论在何处,天空下的人也都是一样的。世界各地几亿或是几百亿的人都不知道其他人的存在,被仇恨和谎言的围墙分隔开了,他们几乎是一样的人——他们从来不学习怎么思考,但是在他们的心里、肚子里和肌肉里储存着有一天将要颠覆世界的力量。如果有希望的话,那么希望在无产者中间!即使他没有读到那本书的结尾,他也知道这一定是果尔德施坦因的最后一句话:未来属于无产者。他能否确实知道,当无产者掌握未来、建立世界的时候,对温斯顿·史密斯来说会不会融入不进去,会不会和党建立的世界不一样?是的,他确实知道,因为那至少是一个充满理智的世界。哪里有平等,哪里就有理智。这样的事迟早会发生,力量将会改变意识。当你在院子里看到那勇敢的身影时,你就会相信无产者是不朽的。无产者的觉醒一定会到来,即使最后有可能等一千年,他们也将会努力生存下去并克服各种不利条件,像飞鸟一样用身体和身体把党所没有的并且不能扼杀的生命延续下去。

"你还记得吗,"他说,"第一天在那森林的边缘,有一只画眉对我们歌唱?"

"它不是在对我们歌唱,"朱莉娅说。"它唱歌是为了愉悦自己,甚至不是那样,它可能仅仅只是在歌唱。"

鸟儿歌唱,无产者歌唱,但是党不会歌唱。在世界各地,在伦敦、纽约、非洲、巴西,在那些边疆以外被禁止踏入的神秘地方,在巴黎和柏林的街道上,在俄罗斯一望无垠的平原上的村庄里,在中国和日本的集市上——到处都站着一样的庞大的不可征服的身躯,她们由于辛勤的工作和不断生育孩子变得肥胖,她们从出生到走向死亡都一直在忙忙碌碌地辛勤工作,但她们还一直在持续歌唱。总有一天她们会孕育出一个神志清醒的种族。你们是死人,他们是世界的未来。但是如果你能像她们保持身体的生命力那样保持心灵的生命力,让诸如二加二等于四这样的秘密学说传递下去,你就可以分享她们的未来。

"我们是死人。"他说。

"我们是死人。"朱莉娅顺从地随声附和道。

"你们是死人。"从他们背后传来一个冰冷的声音。

他们跳着分开了。温斯顿的五脏六腑好像被冻成了冰块。他能够看见朱莉娅的瞳孔放大,脸色蜡黄,面颊上的腮红格外明显,好像与下面的皮肤毫无关连。

"你们是死人。"那个冰冷的声音又再次出现。

"他在画后面。"朱莉娅低声说。

"是在画后面。"那个声音说,"站在你们原来的地方不要动,没有听到命令,你们就不许动。"

来了,终于来了!他们什么都不能做,只能站在那里,互相凝视着对方的眼睛。赶快逃命吧,现在从房子逃出去,还不算太

第二部

晚——他们之前从来没有出现过这种想法。违抗墙上发出的声音是不可能的。突然,那里传来咔嚓的一声,好像什么东西被翻了过来,又好像是摔碎玻璃的声音。那幅画摔落到地板上,后面的电幕露了出来。

"现在他们可以看见我们了。"朱莉娅说。

"现在我们可以看见你们了。"那个声音说。"在屋子的中间站好,背靠背站着。举起双手,抱紧头部。不许碰对方。"

虽然没有互相接触,但温斯顿似乎能够感觉到朱莉娅的身体在颤抖,但或许只是他自己在颤抖。他紧闭牙关,不让牙齿发出吱吱作响的声音,但是他的膝盖已经不受控制了。楼下里里外外传来了一阵皮靴声。那个院子里好像挤满了人。不知道是什么东西从石板地上被拖过去。那个女人的歌声戛然而止。在院子里,想起了很长的一阵叮当声,好像洗脸盆从院子里翻过,之后是一声混乱的愤怒的大叫,最后是痛苦的嘶喊。

"房子被包围了。"温斯顿说。

"房子已经被包围了。"那个声音说道。

他听见朱莉娅紧紧咬住牙齿的声音。"我认为我们还是说再见比较好。"朱莉娅说。

"你们可以说再见了。"那个声音说。之后又传来了另外一个与众不同的声音,一个细声细语的、有教养的声音传入温斯顿的耳朵,温斯顿觉得之前好像在哪儿听过这个声音:"顺便说句不跑题的话:这儿有蜡烛照着你睡觉,这儿有斧头把你的头砍掉!"

在温斯顿背后,有什么东西重重地掉在床上。窗户被打破了,扶梯头从窗户那儿伸进来,压坏了窗框。从窗口爬进来一个人。楼梯上传来了上楼梯的皮靴声。屋子里站满了穿着黑制服的彪形大汉,他们脚上穿着钉着铁掌的皮靴,手里拿着警棍。

温斯顿的身体不再颤抖了,连眼睛也几乎不再转动了。唯独有一件特别重要的事情:保持沉默不动,这样他们就没有机会对你拳脚相向!一个男人站在他的对面,他的下巴像职业拳击手一样光滑,两片薄薄的嘴唇好像一道缝,他用食指和大拇指掂着警棍。温斯顿和他的视线接触了一下。把手举起来放到头后,脸和身体好像全都暴露在外面,这种赤裸裸的感觉,温斯顿几乎忍受不了了。那个男人伸出白色的舌尖,舔了舔嘴唇,随后就离开了。这时又听见打碎东西的声音,有个人从桌子上捡起了玻璃镇纸,把它扔到了壁炉石上,摔得粉碎。

　　珊瑚碎片滚落到地席上,那个粉红色的皱皱巴巴的小东西,像极了蛋糕上糖做的玫瑰花蕾。温斯顿想,那是多么小啊,它总是那么小!在他背后传来了吸气的声音,接着就是砰的一声,他的脚踝被猛烈地踹了一脚,差点儿让他失去平衡。有一个男人一拳打到朱莉娅的腹部,痛得她像折尺般弯下了腰,在地板上来回扭动,挣扎着努力呼吸。温斯顿都不敢微微地扭一下头,但是有时候,还是能从眼角看到朱莉娅那苍白的扭曲的脸。即使温斯顿感到极度恐惧,但好像还能感觉到她身上那种疼痛,可是对朱莉娅来说,喘不过气来比这致命的痛感更加严重。他知道那是什么样的感觉:可怕的、令人难以忍受的痛苦一直存在,但是又没有克服的办法,因为在所有的事情当中,能够呼吸才是最重要的。不久后,进来了两个男人,一个抬着她的膝盖,一个抬着她的肩膀,像抬麻袋一样把朱莉娅从屋里抬了出去。温斯顿瞥了一眼朱莉娅的脸庞,看到她脸朝地面,面色发黄扭曲,紧闭着双眼,两侧的脸颊上还有涂抹的胭脂。这是他最后一次见她。

　　温斯顿像个死人那样站在那里,目前为止还没有人殴打他。他的脑子里不由自主地浮现出好几种想法,但都不能让他感兴趣。他想知道他们是否抓了查林顿先生。他想知道他们如何处置院子里的那个女人。温斯顿意识到自己很想去撒尿,他微微感到吃惊,因为在两三个小时之前他刚小便过。他看了一眼壁炉上的时钟,刚刚指向九点钟,就是晚上二十一点,但是光线看起来还是那么强烈刺眼,难道在八月的晚上,二十一点钟,天色还不会黑吗?温斯顿想是不是他和朱莉娅把时间搞错了——他们整整睡了十二个小时,他们以为那是二十点三十分,其实真正的时间是第二天早晨八点三十分。他没有再想下去,因为这并没有意义。

走廊里又传来一阵轻微的脚步声,查林顿先生走进了屋子。那些穿黑制服的男人突然变得安静了。查林顿先生的外表发生了某种变化,他的眼神落在玻璃镇纸的碎片上。

"把这些碎片捡起来。"他厉声说道。

一个男人服从命令弯腰捡着。伦敦腔消失了。温斯顿突然意识到,几分钟之前从电幕里听到的声音是谁的了。查林顿先生仍然穿着他的旧天鹅绒夹克,但是他之前几乎是一头白发,现在白发都变成黑发了。还有他摘下了他的眼镜。查林顿狠狠地扫了温斯顿一眼,好像在确认他的身份,之后就不再关注他了。还可以认出来是查林顿,但是他已经不再是之前的那个人了。他的身体挺拔,看着好像高大威猛了许多。他的脸上只有一些微小的变化,然而看起来却发生了彻头彻尾的变化。黑色的眉毛变得稀疏了,皱纹都不见了,整个脸部的线条看起来好像改变了,甚至连鼻子也好像变短了。这是一个大约三十五岁的男人的脸,机警、冷酷。温斯顿突然想到,这是他有生以来第一次真真正正地看见一名思想警察。

【第三部】

[第三部]

一

他不知自己身处何处。大概是在友爱部里,但是没有办法确定。他在一间天花板很高、没有窗户的牢房里,牢房的墙上贴着亮晶晶的白色瓷砖。隐蔽的灯照射出冷光,屋子里传出来一阵低沉的嗡嗡声,他认为应该是通风设备造成的。紧靠着墙有长凳、或者可以说是架子,它的宽度也就刚够能坐下,除了门口,墙的四周都装有长凳,在门的对面有一个没有木质座圈的马桶。在四面墙上,各装有一个电幕。

自从他们把他绑起来塞到一个封闭的警车里带走之后,温斯顿的腹部就开始隐隐作痛。他也感到饥肠辘辘,而且饿得难以忍受。也许他有二十四小时没有吃过东西了,也许是三十六个小时。他还不知道,或许永远不会知道他们逮捕他时是早晨还是晚上。反正自从他们逮捕他之后他就再也没有吃过东西了。

温斯顿在长板凳上尽可能安静地坐着,他的双手交叉放在膝盖上。他已经学会了安静地坐着。如果你做出了一些超出他们允许范围的动作,他们就会从电幕里对你大吼大叫。但是对食物的渴求在他的身上越来越强烈。他的渴望只是一片小小的面包。他想起来,在他制服的兜里有可能有一些面包屑,也有可能有相当大的一块面包屑,他之所以会这么想,是因为他总感觉好像有东西硌着他的腿。最后为了弄明白里面装的是什么,好奇心克服了恐惧,他悄悄地把一只手伸进了兜里。

"史密斯!"一个声音从电幕里大喊道,"六〇七九号史密斯!在牢房里不许把手放进口袋里!"

他继续安静地坐着,双手交叉放在膝盖上。在被带到这里之前,温斯顿还被带到了另一个地方,那个地方一定是个普通的监狱,或是巡逻队的一个临时拘留所。他不知道他在那儿待了多长时间,得有几个小时。没有时钟,没有阳光,很难计算时间。那个地方声音嘈杂、臭气熏天。他们把温斯顿放在一个和现在差不多的牢房里面,但是那里脏得很,总是关着十个或是十五个人。他们中的大多数都是普通罪犯,但是在他们中间也有几个政治犯。他靠着墙沉默地坐着,被肮脏的人夹着,由于过分恐惧和肚子的疼痛,以至于他没有对周边的环境产生更多的兴趣。但是他仍然注意到党员囚犯和其他囚犯在行为举止上的惊人的差异。党员囚犯总是沉默寡言、恐惧,但是普通的罪犯好像不关心任何人、任何事。他们冲着看守员大吼大叫,辱骂他们。当他们的财产被没收时,他们会激烈地反抗,会在地板上写一些下流的词,偷吃放在衣服的隐蔽地方运进来的食物,当电幕试图恢复秩序时,他们甚至冲着它大声叫嚷。另一方面,他们中的一些罪犯看起来和看守关系很要好,他们叫看守的绰号,并且通过监狱门上的窥视孔往外递香烟。看守员对待这些普通的罪犯也更加宽容,即使有时候他们不得不粗暴地管理他们。由于大多数罪犯都要被送到强制劳动营中去,所以在牢房里有很多关于它的谈论。温斯顿想,只要你在劳改营里有良好的人脉关系能够知道一些内部情况,那么在劳改营里也是"不错的"。在那儿有贿赂、裙带关系、各种各样的敲诈勒索、同性恋、卖淫,甚至有用土豆酿制的非法酒精。值得信任的总是普通罪犯,特别是匪徒和杀人犯,他们构成了监狱中的贵族群体。所有肮脏的工作都是政治犯来做。

各种罪行的囚犯在监狱里进进出出:毒贩、小偷、土匪、黑市贩子、酒鬼、卖淫女。有些撒酒疯的酒鬼,需要别的囚犯一起动手才能被制伏。一个身材高大的女人,看起来六十岁左右,乳房凸起,但已有些下垂,她头上粗卷的白发也因为和警卫撕扯而散落,被四个警卫抓住胳膊和腿抬进来,一边乱踢一边大喊大叫。警卫把她想要踢他们的鞋子脱了下来,把她扔到了温斯顿身上,温斯顿的大腿骨都要被她压折了。那个女人坐了起来,对着要出去的警卫大声骂道:"操,狗娘养的!"然后她从温斯顿身上滑了下来,坐在了板凳上。

"对不起,亲爱的。"她说,"若不是这些家伙把我扔到这儿,我是不会坐到你身上的。他们不懂得怎样对待女士,不是吗?"她停顿了一下,拍了拍胸口,打了一个嗝。"不好意思,"她说,"我不太舒服。"

她的身子微微向前倾斜,"哇"的一声在地板上吐了一地。

"这样好多了,"她边说边靠到墙上,闭上双眼,"我想说的是不要忍着,趁着你的胃还没有消化的时候,赶紧把它吐出来。"

她恢复了精神,扭过身子看向温斯顿,似乎立刻就爱上了他。她用她那粗壮的手臂搂住温斯顿的肩膀,把他朝她这边拉了过来,一股啤酒和呕吐物的难闻气味袭面而来。

"你叫什么名字,亲爱的?"她说。

"史密斯。"温斯顿说。

"史密斯?"那个女人问道,"太巧了,我的名字也叫史密斯。"她动情地补充道,"我有可能是你的妈妈!"

温斯顿想,她很可能真是他的母亲。她们的年龄和身材都相仿,一个人在强制劳动营里待上二十多年,外表很有可能发生些许变化。

除了她,没有其他人和温斯顿讲过话。令人感到奇怪的是,普通的罪犯不愿理会党员罪犯。他们带着不感兴趣的蔑视的感情称他们为"政治犯"。党员罪犯看起来害怕和任何人讲话,尤其害怕和其他党员罪犯讲话。只有一次,两个女党员罪犯坐在板凳上被挤到了一起,在嘈杂的声音当中,他无意间听到她们匆忙地窃窃私语了几句;她们特别提到了什么"一〇一号房间",温斯顿不明白她们说的是什么意思。

大概在两三个小时之前,他被带来了这里。他肚子里隐隐作痛的感觉从未消失过,但是它有时好些,有时候更严重,他的思绪也随着疼痛感时而放松,时而紧张。当疼痛难忍时,他只顾着疼痛和对食物的渴望。当疼痛减轻时,他的内心又充满了恐惧。有时候他会预想在他身上将会发生的事,他好像真真切切地感受到它的发生一样,他的心跳加速、呼吸几乎停止。他感觉他的手肘被警棍打得生疼,钉着铁掌的皮靴踩在他的小腿上;他看见他自己趴在地板上,牙齿被打碎了,还在尖叫着求饶。温斯顿几乎从没想起过朱莉娅。他不能把自己的心思都放在她的身上。温斯顿爱她,不会背叛她;但这只是一个事实,就像他知道运算规则一样。温斯顿感觉不到对她的爱,他甚至几乎没有想过在她身上发生了什么。但是温斯顿经常抱有一丝希望地想起奥勃良。奥勃良可能已经知道他被捕了。奥勃良曾经说过,兄弟会是从来不会营救他的成员的。但是他们有刮胡刀的刀片,如果有可能的话他们会把刀片送进来。在看守员冲进牢房之前,也许只需要五秒钟。刀片将会带着寒冷的金属感切入他的身体,甚至拿着刀片的手也会被割破,割到骨头。所有的感觉又回到了他这虚弱的身体上，最轻微的疼痛，也会使他的身体蜷缩颤抖起来。如果温斯顿有机会的话，他也不确定他会不会使用刀片。有时候会蹦出来一个更正常的想法，多活十分钟是十分钟，即使知道最后一定会受到严刑拷打。

有时候他会尝试着数牢房墙上的瓷砖到底有多少块。这应该是很容易的，但是他总是数着数着就忘记数到哪儿了。更多的时候他想知道他自己究竟身在何处，现在是什么时间。在某一时刻，他感觉外面肯定是白天，但是很快他又认为外面一定是漆黑一片。在这个地方，他的直觉告诉他，灯光是永远不会熄灭的。这是一个没有黑暗的地方：他现在明白为什么奥勃良似乎理解这个暗示了。在友爱部里没有窗户。他的牢房有可能位于大楼的中心，可能靠着外围墙。可能在地下十层，也可能在地上三十层。他任由自己的思绪到处转移，温斯顿试图用自己身体的感觉去判定，他是位于高处还是位于深深的地下。

外面传来一阵皮靴子行走的声音。哐当一声，铁门打开了。一个年轻军官潇洒地走进门口，他穿着黑色制服的身躯细而长，整个人看起来就像擦亮的皮革一样闪闪发光，他那棱角分明的苍白的脸好像一个蜡制的面具。他示意外面的看守员把他们领着的罪犯带进来。诗人安普尔福思跌跌撞撞地走进了牢房。门哐当一声关上了。

安普尔福思有些迟疑地向左右走动，好像以为还有另一扇门可以出去，之后就开始在牢房里来回踱起步来。他没有注意到温斯顿的存在。他那困窘的双眼一直盯在温斯顿头上一米处的墙上。安普尔福思没有穿鞋，可以从袜子的破洞里看见他那大而肮脏的脚趾。他也好几天没有刮胡子了。他那浓密的络腮胡从脸上一直长到颧骨，给人一种凶狠的感觉，他那凶神恶煞的脸和他瘦弱高挑的身躯和紧张兮兮的动作看上去很不搭。

温斯顿把自己从昏睡中唤醒。他必须和安普尔福思讲话,即使要冒着被电幕训斥的风险。甚至安普尔福思很有可能就是那个送刀片的人。

"安普尔福思。"他说。

电幕里没有传出呵斥声。安普尔福思停下脚步,吓了一跳。他慢慢地把眼神聚焦到温斯顿身上。

"噢,史密斯!"他说,"你也在里面!"

"你来干什么?"

"告诉你实情吧——"他笨拙地在温斯顿对面的凳子上坐下,"来到这儿只有一种罪名。"他说道。

"那么你犯罪了?"

"很显然我犯罪了。"

他抬起一只手放在他的额头上,按压了一会儿太阳穴,好像在努力记起什么事情。

"这些事的确会发生,"他开始含糊地说,"我可以回忆起一个实例——一个可能的例子。毫无疑问这是一时的言行失检。我们在出版吉卜林诗集的权威版本。我保留了一句诗的最后一个词——神。我没有办法!"他几乎是愤怒地说,他抬起脸看向温斯顿。"不可能改变这句话。它的韵脚是'杖'(rod)。你知道在整个语言里只有十二个词符合这个韵脚吗?在好几天的时间里,我苦思冥想,想不出其他的韵脚可以代替。"

他脸上的表情变了。烦恼的表情似乎一扫而光了,甚至有一会儿他看上去似乎很高兴。智慧的光芒透过他短而肮脏的头发闪烁出来,闪烁着书呆子发现无用的事实后的喜悦。

"你有没有想过,"他说,"整个英国诗歌的历史是由英语缺韵决定的?"

没有,温斯顿从来没有过这个特别的想法。在这种情况下,他不认为这个话题多么重要或是有趣。

"你知道现在的时间吗?"温斯顿问道。

安普尔福思看起来又吓了一跳。"我几乎没有想过这个。他们可能是两天以前或是三天以前逮捕我的。"他的眼神掠过墙,好像要在什么地方找到一扇窗户,"在这个地方,白天和黑夜没有区别。我不认为你可以计算出时间。"

他们又随便闲谈了几分钟,之后没有任何预兆的,电幕里大叫一声,让他们保持沉默。温斯顿静静地坐在那里,双手交叉。安普尔福思因为身材魁梧,在狭窄的板凳上坐着,怎么也不舒服。他不安地来回挪动,瘦骨嶙峋的双手先是环抱着一个膝盖,之后又换到另一个膝盖。电幕冲着他尖叫,让他保持不动。时间就这样一分一秒地过去了。二十分钟,一个小时——很难判断到底多久。牢房外面再一次响起了皮靴子的走路声。温斯顿的五脏六腑全都收缩起来。快了,很快,也许五分钟,也许是现在,靴子发出的沉重脚步声有可能意味着轮到他自己了。

门被打开了。那个面部冷峻的年轻官员踏入牢房。他用手打了一个简单的手势,示意安普尔福思。

"一〇一号房间。"他说。

安普尔福思夹在两个看守员之间跟跟跄跄地出去了,他的脸上依稀地浮现出烦躁不安,让人捉摸不透。

似乎过了很长的时间。温斯顿的腹部又疼痛起来。他的思绪来来回回都在一条轨道上转着,就像一个球一次又一次地落入一连串相同的凹槽里。他只能想到六件事:肚子的疼痛感、一片面包、流血和尖叫、奥勃良、朱莉娅、刀片。他的五脏六腑又一次抽搐起来,沉重的靴子声越来越近。门一打开,带来一股浓烈的汗臭味。派逊斯走进了牢房。他身上穿着卡其布短裤和运动衫。

这一次,温斯顿诧异得几乎忘记了自己。

"你也在这儿!"温斯顿说。

派逊斯瞥了温斯顿一眼,他对温斯顿的存在既不感兴趣,也不感到惊讶,只有痛苦。他开始焦躁地走来走去,很明显不能平静下来。每一次他把他那短而粗的膝盖伸直时,都可以看见膝盖在颤抖。他的眼睛睁得大大的,凝视着一个地方,好像他不能阻止自己不注视较近的地方。

"你来这里干什么?"温斯顿问道。

"思想罪!"派逊斯几乎是抽泣地说道。他说话的腔调同时表明他完全承认了他自己的罪行,但是他又不相信这么可怕的词竟然会用到自己身上。他在温斯顿的对面停下来,开始热切地恳求他:"你认为他们会不会枪毙我,会不会呢,老兄?如果你没有做什么实际的事情,只是你没有办法控制的思想犯罪,他们是不会枪毙你的吧?我知道他们会给你一个公平的申辩机会。噢,这点我相信他们!他们知道我的表现,不是吗?你知道我是一个什么样的人。我不是一个坏人。当然,我不够聪明,但是我是个热心肠。我为党尽我所能,不是吗?我会被关上五年,你觉得呢?或是十年?在劳动营里,像我这样的人很有用。他们不会因为我犯了一次错就枪毙我吧?"

"你是有罪的吗?"温斯顿问。

"当然我有罪!"派逊斯略带哭腔卑微地看了一眼电幕。"你认为党会逮捕一个无辜的人吗,你认为呢?"他长得像青蛙似的脸变得平静下来,甚至有几分虔诚的表情。"'思想罪'是一个可怕的事情,老兄。"他简洁地说,"它很阴险,在你完全不知情的情况下,它就抓住了你。你知道它是怎么抓住我的吗?在我睡觉的时候!是的,这是真的。我是这种人,工作勤勤恳恳,做什么事都尽到我的本分——但是我从来不知道在我的脑子里有任何不好的东西。后来我开始说梦话。你知道他们听见我说什么了吗?"

他压低了声音说道,好像有的人出于医学方面的考虑被迫说脏话一样。

"'打倒老大哥!'是的,我就是这么说的!好像说了一遍又一遍。老兄,这话只有咱俩人知道,我很高兴,他们没有等到更过分的时候就抓住了我。你知道我要上法庭时准备对他们说什么吗?'谢谢,'我会说,'谢谢你们及时拯救了我。'"

"谁揭发了你?"温斯顿问。

"我的小女儿。"派逊斯答道,他自豪的神情里掺杂着些许的悲哀,"她从钥匙孔里偷听的。听到我说什么之后,第二天她就向巡逻队告发了我。一个非常聪明的七岁的孩子,是不是?我一点儿也不恨她。事实上,我以她为傲。不管怎么样,这说明我把她教育得非常好。"

他又来来回回地晃荡了几下,好几次,他那渴望的目光投向那个大便盆。然后他突然脱下他的短裤。

"不好意思,老兄,"派逊斯说,"我实在忍不住了,我等了很久了。"

他的大屁股坐到便盆上。温斯顿用手捂住了脸。

"史密斯!"从电幕里传出大喊声,"六〇七九号史密斯!不许捂住脸。在牢房里不能把脸遮住。"

温斯顿把手从脸上拿开。派逊斯大声地、满足地使用了便盆。然后他发现便盆的冲水装置坏了,之后的好几个小时,牢房里都充斥着恶臭味。

派逊斯被带走了。牢房里又神秘地进进出出了很多犯人。温斯顿注意到，有一个女人听到自己要被送到"一〇一号房间"后，吓得身子立马就瘫软了，脸色都变了。当时，如果他是早晨被带到这里的，那么这件事就是发生在下午；如果是下午，那么这件事发生时就是半夜。在这个牢房里，还剩下六个人，有男有女，大家都安静地坐着。在温斯顿的对面坐着一个胖得没有下巴、牙齿外露的男人，他的脸看起来就像一个巨大的、没有任何杀伤力的啮齿类动物。他那肥胖得长满斑点的脸颊，像个袋子一样垂下来，很难让人相信那里面没有储存着一点儿食物。他那浅灰色的眼睛小心翼翼地从这张脸转到那张脸，当他和别人的眼神相遇时，他就会迅速地转过脸去。

门打开了，又带进来一个犯人，温斯顿看见这个犯人的外貌，心里瞬间打了个冷战。他是一个平常普通的人，有可能是一个工程师或是技术人员。令人吃惊的是他那憔悴的脸庞，瘦得像个骷髅一样。由于他的瘦弱，他的嘴巴和眼睛看起来大得不成比例，他的眼睛里似乎充满了杀气，有一种对某人或是某物无法平息的仇恨。

这个男人坐在距离温斯顿不远的长凳上。温斯顿不再看他，但是他那痛苦得像骷髅一样的脸一直生动地出现在他的脑海里，好像就在他的眼前似的。突然他意识到这是怎么回事。那个男人是快要饿死了。牢里的人几乎是在同一时间里，脑子里浮现出这个想法的。长凳上出现了一阵轻微的骚动。那个胖得没有下巴的男人的目光在那个骷髅一样的人身上扫来扫去，紧接着他就内疚地把目光闪开了，之后他的目光又被不可抗拒的吸引力拖回来。现在，他开始在座位上坐立不安起来。最后他站立起来，笨拙地摇摇摆摆地穿过牢房，从制服兜里掏出一块肮脏的面包，尴尬地伸出手,把面包递给那个脸似骷髅的人。

从电幕里传出来一阵愤怒的、震耳欲聋的吼声。那个没有下巴的人吓得身体一颤。那个骷髅头似的男人迅速地把手背到了身后,好像在向全世界证明,他拒绝了这礼物。

"本姆斯特德!"电幕上的声音咆哮道,"二七一三号本姆斯特德!放下那块面包!"

那个没有下巴的男人把面包扔到了地上。

"站在原地不要动,"那个声音说,"脸冲着门的方向,不要动。"

那个没有下巴的男人服从了命令。他那大而松弛的脸颊不由自主地颤抖起来。哐当一声,门打开了。一个年轻的官员走了进来站在一边,在这个年轻官员的身后跟进来一个矮胖的、有着粗壮胳膊和肩膀的看守员。看守员站在那个没有下巴的人的对面,之后这个官员给了他一个信号,他就拼尽自己身体的全部力量,狠狠地给了那个没有下巴的人嘴上一拳。这个力量大到几乎可以让这个人离开地板。他的身体猛地摔到了牢房的另一头,马桶的底坐拦住了他。有那么一会儿,他躺在地上好像惊呆了一样,他的嘴里、鼻子里流出来很多暗红色的血。他似乎不自觉地发出一种十分轻微的呜咽声,或是哼唧声。接着他翻了个身,颤颤巍巍地想要用手和膝盖撑起身子站起来。混合着血液和口水,从嘴里掉出来打成两半的假牙。

犯人们都双手交叉放在膝盖上,安静地坐着。那个没有下巴的人又爬回到他原先坐的位置。他一边脸的靠下一点儿显得有些瘀青。他的嘴巴已经肿得没有形状了,像一块樱桃颜色的东西,只是它的中间有一个黑洞。

时不时地有血滴到他胸前的工作服上。他那浅灰色的眼睛继续在人们的脸上扫来扫去,他的表情比之前更加惊恐了,好像他在试图发现对于刚才他受到的羞辱有多少人看不起他。

门打开了。那个官员做了一个微小的动作指了一下那个骷髅头的男人。

"一〇一号房间。"他说。

在温斯顿的旁边有人喘一口气,一阵骚动。那个男人猛地跪在了地上,双手紧紧地握在一起。

"同志!长官!"他叫道,"你不用把我送到那个地方!我不是已经把所有事情都告诉你了吗?你还想知道其他什么?没有什么是我不会承认的,没有什么!只要你告诉我是什么,我直接就会承认。任何事情我都可以把它写下来然后签字!只要不让我去一〇一号房间就行!"

"一〇一号房间。"那个官员说。

那个人的脸本已苍白,现在变成了一个温斯顿从来都不相信可能会有的颜色。这一点是可以肯定的,毫无疑问,一种绿色。

"你们对我做什么都可以!"他大喊道,"你们已经饿了我好几个星期了。结束这一切让我死了吧。枪毙我,吊死我,或是判处我二十五年。还有其他人你想让我出卖的吗?只要你告诉我他是谁,我就会把你想知道的任何事情都告诉你。我不在乎他们是谁或是你会对他们做什么。我有一个妻子和三个孩子,最大的孩子还不到六岁。你可以把他们都带过来,在我的面前把他们的喉咙都割断,我可以站在这儿,亲眼看着。但是不要把我送到一〇一号房间去!"

"一〇一号房间。"那个官员说。

那个人疯狂地看了一圈周边的犯人,好像有个主意,他可以找个牺牲品替代自己。他的眼光停留在那个被打肿脸的没有下巴的人身上。他猛地将他那骨瘦如柴的胳膊举起来。

"这个人是你们应该带走的,不是我!"他嘶喊道,"你们没有听见,在他们猛打他的脸之后他说了什么。给我一个机会,我会把他说的一字不差地告诉你。是他反对党的,不是我。"看守员向前走了一步。那个男人尖叫起来。"你们没有听到他说的!"他重复道,"电幕出毛病了。他是你们想要的,把他带走,不是我!"

两个彪悍的看守员弯下腰,抓住他的胳膊才制伏他。但是就在此刻,他猛地扑倒在牢房的地板上,紧紧地抓住凳子的一个铁腿。他像动物一样号叫起来。看守员抓住他的身子,使劲儿把他的手从凳子腿上松开,但是他以惊人的力量,抓住不放手。差不多有二十秒的时间,他们都在使劲儿拽着他。罪犯们都安静地坐着,他们的双手交叉放在膝盖上,直视着前方。咆哮声停止了。这个男人除了手还在紧紧抓着板凳腿其他的什么也做不了,他好像快没气了。紧接着有一个不同的喊声。看守员用穿着靴子的脚把他的手指头踢断了。他们终于把他拖了下来。

"一〇一房间。"那个官员说。

那个人被带了出去,走路跌跌撞撞的,低垂着头,捂着他那断了的手,不再做任何的反抗。

过去了很长一段时间。如果那个骷髅头被带走的时候是午夜,那么现在就是早晨;如果是早晨被带走的,那么现在就是中午。温斯顿已经有好几个小时自己独自一人待着了。在狭窄的板凳上坐着屁股很疼,他经常站起来,来回走动走动,电幕倒是没有因为这个责骂他。那片面包还躺在那个没有下巴的人扔它的地方。刚开始,他很难克制自己不去看它,但是渐渐地口渴比饥饿更迫切。他的嘴巴黏黏的,还有一股臭味。嗡嗡作响的声音和恒久的白光给人一种模糊的感觉,使大脑里一片空白。当他再也无法忍受骨头的疼痛时,他就会站起来,紧接着就会立马坐下,因为他的头太眩晕了,以至于无法站住脚。每当他的身体感官情况正常时,内心的恐惧又会出现。有时候他会怀着明知道不可能实现的希望,想到奥勃良和刀片。如果他送食物来,那么很有可能那个刀片会藏到他送来的食物当中。有时他也会模糊地想起朱莉娅。也许朱莉娅在某个地方经受着比他还要痛苦的折磨。此刻,她有可能在痛苦地尖叫。温斯顿在想:"如果承受双倍的痛苦可以救朱莉娅,我会不会做?是的,我会做。"但是这只是个理智状态下的决定,因为,他知道他应该那样做。他并没有感觉到那种痛苦。在这个地方,除了痛苦和痛苦的预感,你什么都感觉不到。此外,假如这是可能的,当你真正遭受到痛苦的时候,不管因为什么原因,你会希望痛苦更加深刻吗?但是这个问题目前还无法回答。

靴子再次靠近。门开了。奥勃良走进来了。

温斯顿站了起来。视觉冲击让他忘记了谨慎。许多年来,温斯顿第一次忘掉了墙上的电幕。

"他们也把你抓起来了!"他喊道。

"他们早就逮到我了。"奥勃良带着懊悔的讽刺语气说。他移到一边。他背后出现了一个胸肌发达的警卫,警卫手中拿着一根长长的黑色的橡皮警棍。

"你知道,温斯顿,"奥勃良说,"不要欺骗自己了。你早就知道这个——你一直就知道。"

是的,他现在知道了,他一直是知道的。但是没有时间去想这个。他看到的只有警卫手中那根橡皮警棍。它可能敲在任何地方:头顶,耳尖,胳膊,手肘——

手肘!他一只手扶着那条挨了警棍的手肘瘫了下来,都快要

第三部

跪到地上了。一切都被炸成了黄光。难以置信,难以置信这一棍打下来会造成这么强烈的疼痛!黄光消失了,他可以看到有两个人正在低头看他。看守员嘲笑着他那扭曲的身体。无论如何,有一个问题得到了回答。不管是任何原因,你都不会希望痛苦增加。对于疼痛你只可能希望一件事:那就是疼痛赶快停止。在世界上没有什么比身体上的疼痛更糟糕的了。"在疼痛面前没有英雄,没有英雄",他一边反复地想着这句话,一边徒劳地捧着他那伤残的手臂在地上滚来滚去。

二

他躺在一张类似行军床,但又比行军床高一些的东西上,身上好像被什么东西绑住一样,动弹不得。看起来比平时强烈得多的灯光照在他的脸上。奥勃良站在一边,专注地低头看着他。另一边站着一个穿着白大褂并且手中拿着注射器的男人。

即使他睁开眼睛之后,也是慢慢地看清周围的环境。他有一种自己是从另一个世界中来到这里的感觉,从一个深海世界,游到这个房间。他不知道自己在这儿待了多久。自从他们把他抓进来以后,他就再也没见过白天或黑夜。此外,他的记忆也不是连续的。经常会发生这种情况,意识——有时候会像死亡了一样停住,甚至在睡觉的时候也是这样,需要经过一段空白期后才能恢复。但是这个空白期有多久,几天,几星期,还是仅仅几秒钟,没有办法知道。

噩梦从他的手肘遭到一击后开始。后来他才明白,当时发生的所有的事情只不过是个前奏,这例行公事式的审问,是几乎所有的罪犯都会遭受的。每个人都得理所应该地供认各种各样的罪行——间谍、破坏,等等。招供只不过是个形式,但是挨打却是真的。他已经记不清楚他被打了多少次,每次打多久了。不过,每次挨打都有五六个身穿黑色制服的人同时动手。有时候用拳头，有时候用橡皮棍，有时候用铁链，有时候是皮靴。他数次被打得在地上打滚，像个不知廉耻的动物，来回扭动着身体，试图避开他们的拳打脚踢，然而这并没有用，反而招致他们更多的踢打，他们踢在他的肋骨上、肚子上、手肘上、腰上、腿上、腹股沟上、睾丸上、尾椎上。这样对他的无休止的殴打，但让他觉得最残酷的、最可恶的、最不可原谅的事情不是看守们无休止的殴打，而是他竟然无法让自己丧失意识而昏厥。有时候，在看守们殴打他之前，他就紧张得大喊大叫，或者看守一亮出拳头，他就自动招供，承认各种各样的真真假假的罪行。也有时候他下定决心不对他们招一点儿供，自己实在是疼得受不了的时候才说个一言半语，或者他无用地安慰着自己："我可以招供，但是还没到时候。一定要坚持到受不了的时候。再踢三脚，再踢两脚，我才说他们想听的话。"有时候，他被打得都站不住脚了，看守像扔土豆一样，把他扔到了牢房里的石头上，在让他歇了几个小时后，他们又把他带出去痛打。也有时候他们让他休息的时间很长。但是他已经记不清楚了，因为那时候不是在睡梦中就是在昏迷中。他记得有一间牢房内有一张木板床，墙上有个架子，还有一个洗脸盆，饭菜是热汤和面包，有时候还会有咖啡。他记得有个脾气怪异的理发师给他刮了胡子，剪了头发，还有一个态度冷漠、没有情感的白衣护士来给他测了脉搏，检查他的神经反应，翻他的眼皮，粗糙的手指在他的身上摸来摸去检查有没有骨折的地方，还在他的胳膊上打让他入眠的针。

对他的拷打次数与原来相比减少了，拷打主要成了一种威胁，一种如果他不能给出令他们满意的答复随时会遭受殴打的恐惧。对他进行拷问的人已经不是原来身穿黑色制服的壮汉了，而是党内知识分子，他们又矮又胖，动作敏捷，佩戴眼镜，他们隔一段时间换一次班地对付他——他想,他也不确定——有一班竟然持续了十个甚至是十二个小时。这些拷问他的人总是想方设法让他吃点儿苦头,但他们的主要目的不是这个。他们打他的脸,拧他的耳朵,扯他的头发,让他用一条腿站着,不让他小便。他们用强光照射他的脸,直到他流出眼泪。但目的不过是让他感到屈辱,摧毁他讲理的能力。他们真正的武器是一个小时接一个小时、冷酷地向他提问题,让他不自觉地说错话,让他堕入设计好的陷阱,歪曲他讲的每件事,证明他所讲的都是自相矛盾的谎言,一直到他因为羞愧和精神疲惫而失声痛哭。有的时候,一次拷打他就要哭上五六次。他们大多时候是大声辱骂他,他回答问题时稍有迟疑就威胁要把他送去警卫那儿拷打。但是有时候他们也会突然转变态度,称呼他为"同志",以英社和老大哥的名义恳求他,假惺惺地问他对党是不是还忠诚,想不想改掉自己的错误。经过连续几个小时的拷问之后,他变得筋疲力尽,甚至在听到党员们这些话之后都会眼泪纵横。这种喋喋不休的拷问比警卫的拳头更加有效,最终是他被完全击垮。让他说什么话,他就说什么话,让他签什么字,他就签什么字,不论什么要求。他一心只想知道他们想让他招认什么,这样就可以在他们拷打他之前说出他们想要听的话,免受皮肉之苦。他承认自己暗杀了党内的领导,承认自己散发了煽动反叛的小册子,承认自己私吞公款,甚至承认自己出卖军事秘密,从事各种破坏活动。他承认自己在一九六八年就已经是东亚国派遣的间谍。他承认自己有宗教信仰,崇拜资本主义,是个色狼。他承认杀害了自己的老婆——尽管审问他的人和他自己都明白,他老婆还活着。他还承认自己一直和果尔德施坦因有秘密联系,自己是地下组织的成员。他所认识的每一个人都在这个组织里。什么事情都承认,什么人都牵扯进来,是件很容易的事。况且,在一定程度上,这也是符合事实的。在党看来,思想上的敌人和行为上的敌人没有什么区别。

他还有另外一种记忆,这些记忆毫无联系地出现在他的脑海中,像是一张张照片,四周一片漆黑。

他被关在一个可能是黑暗的也可能有光亮的牢房里,因为他除了一双眼睛别的什么都看不到。在手边有一个仪器在慢慢地、有规律地嘀嘀作响。这双眼睛越来越大,越来越亮。突然,他从座位上浮了起来,掉到了眼睛里,被眼睛吞没了。

他被绑在了一把椅子上,椅子的四周都布满了仪表盘,灯光也亮得刺眼。一个身穿白大褂的人正在观察仪表盘。外面响起了沉重的脚步声。门开了,那个长着蜡像脸的官员走了进来,身后还跟着两个警卫。

"一〇一号房。"官员说。

那个身穿白大褂的人并没有转身,也没有看温斯顿;他仍然在看仪表盘。

温斯顿被推进一个非常大的走廊里,这个走廊有一千米宽,充满着金碧辉煌的亮光,他高声地笑着,回答提出的问题。他什么都承认,连一些在严刑拷打的时候没有承认的事情也承认了。他把自己一生的经历都告诉观众了,但是这些观众早就已经知道了。警卫、其他拷问者、穿白大褂的人、奥勃良、朱莉娅、查林顿先生都和他在一起,他们在走廊里大喊大笑着经过。他们把一些潜藏在未来还未发生的事情给跳过去了。一切都很顺利,不再有任何痛苦,他一生中所有的事情都暴露无余,得到了原谅和宽恕。

他从木板床上坐了起来,似乎听到了奥勃良的声音。在对他的整个拷问过程中,虽然他没看到过奥勃良,但是他觉得奥勃良就在他身边,仅仅是没让他看到而已。奥勃良是真正操控这一切的人。奥勃良命令警卫殴打他，又不让警卫把他打死。是奥勃良，决定温斯顿什么时候应该疼得尖叫，什么时候需要恢复；又是奥勃良，决定什么时候让他吃饭，什么时候让他睡觉，什么时候把药物注射到他的身体里。是奥勃良，向他提出问题并暗示他应该回答什么。奥勃良是拷打者，又是保护者；是审讯者，又是朋友。

一次——温斯顿记不清楚是在药物的作用下睡去的，还是自然睡着的，也有可能根本就没有睡着——有个声音在他耳旁小声说："别怕，温斯顿。你正在我的照看下。我观察了你整整七年。现在到了转折的时候了。我要拯救你，我要让你变得完美。"他不能确定这是不是奥勃良的声音，但这和他七年前做的那个梦里的声音是一样的，在梦里有人对他说："我们将在没有黑暗的地方相见。"

他一点儿都不记得审讯是怎么结束的。在经过一段黑暗后，他来到了他现在的那个牢房，或者说叫作房间，在那里，他慢慢看清楚了周围的样子。他一直面朝上仰卧着，不能移动。他身体的每个关键部位都被控制住了，甚至是后脑勺也被什么东西固定了。奥勃良低头看着他，表情严肃而又很悲哀。从下面看奥勃良的脸，显得皮肤粗糙，神情憔悴，眼睛下面排布着深深的眼袋，从鼻子到下巴都有好几道皱纹。他比温斯顿想象中要老很多，大概五十来岁。在他的手下面有一个仪表盘，上面有一圈数字并且还有个推杆。

"我告诉过你，"奥勃良说，"如果我们再见面，那就是在这里。"

"是的。"温斯顿说道。

奥勃良的手轻轻动了一下，除此之外没有其他任何的前兆，疼痛就袭击了温斯顿的全身。这阵疼痛让人感到十分恐惧，因为

第三部

他不清楚这是怎么回事,只知道对他造成了致命的伤害。他不知道这种伤害是真实发生了还是由于电击产生的错觉。但是他的身体被拉扯得扭曲了,每个关节都在被慢慢地打开。疼痛使他的额头渗出了汗珠,但最糟糕的还是他担心自己的脊梁骨被掰断了。他咬紧牙关,用鼻子呼吸,尽可能地不发出声音。

"你害怕了,"奥勃良看着他的脸说,"再过一会儿就要有什么东西快断了。你特别害怕是你的脊梁骨。你可以生动地想象出你的脊椎断裂,骨髓慢慢流淌的样子。你是这样想的,对不对,温斯顿?"

温斯顿没有回答。奥勃良把仪表盘的推杆推了回去。疼痛很快就消失了,就如同来的时候一样快。

"只到了四十。"奥勃良说,"你可以看看,仪表盘上的最高数字是一百。所以,你得记得,在我们谈话的时候,我可以随时想让你多疼你就有多疼。如果你对我说谎,或者企图以任何方式搪塞我,又或者你说的话比你的智力水平低,我都可以让你疼得大喊大叫。明白吗?"

"明白了。"温斯顿说。

奥勃良的态度不再像以前那样严厉。他在思考着什么,手扶了扶眼镜,来回走了几步。当他再说话的时候,语气就变得很温和很有耐心。他的神情更像是一个医生、老师甚至牧师,只想解释和说服而不是要惩罚。

"我真替你发愁,温斯顿,"他说,"因为你值得操心。你十分清楚你的问题出在哪里。你多年前就已经很清楚了,但是你只是不肯承认。你精神错乱,记忆能力也是有缺陷的。那些真正发生过的事情你不记得,你却让自己认为那些从来没有发生过的事情是真的。幸运的是,这些是可治愈的。但你自己从来没有想过要去治疗,因为你自己不愿意。其实这只需要你在意志上稍作努力就可以,但是你就是不肯这么做。就算是到了现在,我也知道,你还以为这是你的美德,不愿意改正这个错误。现在,我们举个例子来证明。我问你,现在跟大洋国打仗的是哪个国家?"

"我被抓的时候,大洋国在和东亚国打仗。"

"和东亚国在打仗。好。跟大洋国打仗的一直是东亚国,对不对?"

温斯顿深吸了一口气,张嘴想要说什么,但又没有说出口,他的眼睛一直盯着那个仪表盘。

"温斯顿,请你说实话。说你认为的事实。告诉我你认为自己记得的东西。"

"我记得直到我被抓的前一周,我们还没有跟东亚国打仗。那时候我们还是联盟关系。我们在和欧亚国打仗,一共打了四年,在此之前——"

奥勃良摆了摆手,示意让他停下。

"再举一个例子,"他说,"几年前,你有一次严重的幻觉,有三个以前的党员,他们分别叫作琼斯、阿隆逊和鲁瑟福,他们在完全招供后被以叛国的罪名处决,而你却认为他们并没有犯下指控他们的那些罪行。你觉得自己有确凿的物证,可以证明他们无罪。你那时候产生了一种幻觉,觉得自己看到了一张照片。还认为自己亲手摸过这张照片。是这样的照片。"

奥勃良的手指夹起了一张剪报。它在温斯顿的视野里大约出现了五秒钟。这是一张照片,是一张什么照片,是毫无疑问的。这就是那张照片。上面是琼斯、阿隆逊和鲁瑟福在纽约的一次党会上的照片,这就是十一年前他意外看见,但是马上就销毁了的照片。这张照片在温斯顿眼前出现了那么一刹那,但马上就又消失了。但是他已经看见它了,这是毫无疑问的,他看到了!他忍受着剧痛,拼命扭动身体想坐起来。但是无论朝哪个方向,他连一厘米都动弹不得。此时,他已经忘记那个仪表盘了。他心里只想着拿到奥勃良手中的照片,哪怕是能再看一眼。

"它是存在的!"他喊道。

"不。"奥勃良说。

他穿过屋子,走到了另一头。在墙上有个忘却洞。奥勃良打开盖子,没等温斯顿看清楚,那张小小的剪报就被一阵热风卷走了,随后烧为灰烬。奥勃良从墙那边转过身来。

"灰烬,"他说,"甚至是辨认不出来的灰烬。尘埃。它是不存在的,它从来就没存在过。"

"但是它存在过!确实存在过!它就在我的记忆中。我记得它。你也记得它。"

"我并不记得它。"奥勃良说。

温斯顿的心沉了下去。那就是双重思想。他感到死一样的无助。如果他能确定奥勃良是在说谎,这也就无关紧要了。但是很有可能,奥勃良真的把这张照片忘记了。如果是这样,那他也已经忘掉他曾否认他记得这张照片,进而忘记他有"忘记"这一行为。你要怎样确定它只是个骗人的手法呢?也许,他的脑海真的出现了疯狂的错乱:这种想法把他击溃了。

奥勃良思考着低头看着他。他比刚才更像一个老师,像一个老师在努力挽救一个误入歧途但很有发展前途的孩子。

"党有一句关于控制过去的口号,"他说,"如果你记得,请你复述一下。"

"谁能控制过去,就能控制未来;谁能控制现在,就能控制过去。"温斯顿顺从地复述道。

"谁能控制现在,就能控制过去。"奥勃良一边说,一边点点头表示赞许,"在你看来,温斯顿,过去真的存在吗?"

无助的感觉再次袭击了温斯顿。他死死盯住仪表盘。他不仅不知道要回答"是"还是"不是",不知道哪个回答会她免受痛苦,他还不知道他到底应该相信哪个回答才是正确的。

奥勃良微微笑了笑。"你不是形而上学者,温斯顿,"他说,"直到现在,你从来没考虑过存在是什么意思。我给你说得更加确切点儿。过去存在于具体空间里吗?这里或者那里——一个具体的世界——过去仍在那个地方发生着?"

"没有。"

"那么过去在什么地方存在呢?"

"在档案里。它被写下来了。"

"在档案里。还有——"

"在脑袋里。在人的记忆里。"

"在记忆里。很好,那么,我们,党控制着所有的档案,我们控制着所有的记忆。那么我们就控制着过去,是不是这样的?"

"但是,你怎么能阻止人们去记住那些东西?"温斯顿喊道,暂时又忘记了仪表盘,"它是无意识的。它是独立于人之外的。你怎么能控制记忆呢?你就没控制我的记忆。"

奥勃良的态度又严厉了起来。他又一次把手放在了仪表盘上。

"事实刚好相反,"他说,"你没能控制住自己的记忆,所以才要把你带到这儿来。你到这儿来是因为你不谦卑、不自律。你的所作所为没能顺从于你的理智。你更愿意当一个疯子、一个少数派。只有受过训练的头脑才能看得到现实,温斯顿。你相信现实就是客观的、外在的、独立存在的东西,你还相信现实的性质是不言自明的。你自欺欺人地认为你看到的,别人也就和你看到的一样。但是我告诉你,温斯顿,现实不是外在的。现实就存在于人们的意识里,它不存在于其他任何地方。它并不是存在于个体的意识里,因为个体会犯错误,且不管怎样都会很快消失;现实只存在于党的意识里,党的意识又是集体的、不朽的。党认为是真理的,都是真理。如果不用党的眼睛来看,你就不可能看到现实。你必须重新学习,温斯顿,这就是事实。它需要你自我摧毁,这是一种意志上的努力。你必须先让自己卑微起来,然后才能成为理智的人。"

他稍作停顿,以便让温斯顿能够充分理解他说的话。

"你还记得吗,"他继续问道,"你在日记中写道,'自由就是能够说二加二等于四的自由'?"

"我还记得。"温斯顿说。

奥勃良伸出左手,手背对着温斯顿,把大拇指藏起来,伸开四个手指。

"我现在举的是几根手指,温斯顿?"

"四根。"

"如果党说这不是四根手指而是五根——那么你说是多少根呢?"

"四根。"

话还没说完,就是一阵疼痛。仪表盘上的指针已经指向了五十五。汗水湿透了温斯顿全身。他呼吸的声音也变成了大声的呻吟,即使是咬紧牙关也无法停止。奥勃良就那么看着他,四根手指依然举在那里。他拉回控制杆,不过疼痛只减轻了一点儿。

"这是几根手指,温斯顿?"

"四根。"

仪表盘的指针指向了六十。

"几根手指,温斯顿?"

"四根!四根!我还能说什么别的?四根!"

指针一定是又上升了,但是他没有去看。他只看到奥勃良阴沉而严厉的面庞和那四根手指。他眼前的四根手指就像柱子一样竖在他面前,高大、模糊,看起来像是在颤抖,但是毫无疑问,这就是四根手指。

"多少根手指,温斯顿?"

"四根!停下,停下来!你怎么还能够继续?四根!四根!"

"多少根手指,温斯顿?"

"五根!五根!五根!"

"不,温斯顿,这没有用。你在说谎。你仍然认为是四根。到底多少根手指?"

"四根!五根!四根!你说几根就是几根。我只求你快停下来,别再弄疼我了!"

他猛地坐了起来,奥勃良用胳膊搂着他的肩膀。有那么几秒钟,他可能昏过去了。用来绑住他身体的绳子松开了。他感觉很冷,忍不住地打哆嗦,牙齿也磨得咯吱咯吱响,眼泪已经布满了他的脸。他就像个孩子一样紧紧地抱着奥勃良,奥勃良粗壮的臂膀让他感觉特别的舒服。他觉得奥勃良就是保护他的人,而疼痛是从外部来的,从别的来源来的,只有奥勃良才能从痛苦中挽救他。

"你学得很慢,温斯顿。"奥勃良温和地说。

"我还能怎么做呢?"他抽泣着说,"我怎么做才能看不到眼前的东西?二加二就是等于四啊。"

"有时候,温斯顿,有时候是五。有时候是三。有时候它可以是任何一个数。你必须更努力。要变成理智的人可不容易。"

第三部

他把温斯顿放倒在床上,又把温斯顿绑紧了,但是已经不疼了,也不颤抖了,他只感觉到自己很虚弱、很冷。奥勃良向穿着白大褂的人点头示意,那个人自始至终一直站在那儿一动不动。随后那个穿白大褂的人弯下腰来,查看着温斯顿的眼球,摸了摸温斯顿的脉搏,听了听他的心跳。他在温斯顿的身体上到处敲打、按摸,随即向奥勃良点头。

"继续。"奥勃良说。

疼痛再一次袭击了温斯顿的身体。仪表盘上的指针一定指到了七十甚至是七十五。这一次,他闭上了自己的眼睛。他知道手指依然在那里,依然是四根。现在最重要的是坚持活下去。他不再关心自己是不是在哭。疼痛又一次减退了。他睁开眼睛。奥勃良把推杆拉了回去。

"这是几根手指,温斯顿?"

"四根,我猜那是四根。如果可以,我也希望自己能够看到五根。我尽力想看到五根。"

"你希望什么:说服我你看到的是五根,或者你要真的看到五根手指?"

"真的五根手指。"

"再来。"奥勃良说。

仪表盘的指针大概到了八十——九十。温斯顿只能断断续续地记得自己为什么会感到这么痛苦。他紧闭双眼,好像看到了一根根竖立的手指像森林一般,似乎在跳动,重重叠叠,进进出出。他试着去数有多少根手指,但记不清楚什么原因。他知道要数清楚是不可能的,这是由于五与四之间的神秘特征。疼痛再次减轻。他睁开眼睛,看到的仍然是与原来相同的景象。数不清的手指就像移动的树木,来回交替重叠。他又闭上了眼睛。

"我举起的是几根手指,温斯顿?"

"我不知道。我不知道。再这样下去,你就会杀了我。四根,五根,六根——说实话,我不知道。"

"好点儿了。"奥勃良说。

一根针刺进温斯顿的手臂。与此同时,温暖的治愈感在他身上弥漫开来。疼痛几乎忘记了一半。他张开眼睛,感激地看着奥勃良。看到他阴沉并且有皱纹的脸,它如此丑陋又如此聪明,他心潮涌动,如果他能动一动身体,就会伸出手,拉住奥勃良的胳膊。温斯顿从来没有像现在这样爱他,这不只因为他让疼痛停止。这熟悉的感觉,说到底,奥勃良是朋友还是敌人都已经无关紧要。他是那种可以谈心的人。也许,一个人相比被人爱,更希望被人了解。奥勃良几次将他折磨得快要崩溃,而且有那么一瞬间,可以确定,几乎将他置于死地。这没有什么关系。从某种角度说,他们的关系比友谊更进一步,他们是知己:或者这里,或者那里,虽然没有说出来,可总有一个地方能让他们见面聊聊。奥勃良低头看着他,他的表情说明在他心里也有同样的想法。他用一种温和的聊天式的口气开了口。

"你知道你在什么地方吗,温斯顿?"他说。

"我不知道,我可以猜一下。在友爱部。"

"你知道你已经在这里待了多久了吗?"

"我不知道,几天,几周,几个月——我想有几个月了。"

"你觉得我们为什么要把人带到这里来?"

"让他们招供。"

"不是的,不是这个原因。再想想。"

"为了惩罚他们。"

"不是!"奥勃良喊道。他的声音变得与平时不一样,他的脸

第三部

色也突然变得严肃、激动。"不是！不只是让你们招供,也不只是要惩罚你们,让我来告诉你,为什么把你们带到这儿来吗？为了治好你们！让你们清醒！你能理解吗,温斯顿,被我们带到这儿来的,都是治好了病才离开的。我们对你犯下的那些愚蠢的罪行一点儿都不感兴趣。党对表面的行为没兴趣：思想才是我们真正关心的。我们不仅仅要打败我们的敌人,还要改造他们。你能理解我的意思吗？"

他弯下身子看着温斯顿。因为两个人距离很近的原因,他的脸显得特别大,从下向上看去,丑得让人害怕。不仅如此,他的表情还充满了兴奋与狂热。温斯顿的心又一次沉了下去。如果可以,他恨不得钻到床底下去。他觉得,奥勃良随时有可能心血来潮地推动那个推杆。但也就是在这个时候,奥勃良转过身去,挪动了几步,明显不像那会儿那么激动了。

"首先,你要知道的是,这里没有烈士。你应该读过过去曾有过宗教迫害的事情。中世纪的时候有宗教裁判所,但是它失败了。它的出发点是清除异教徒,结果却巩固了异端。它每烧死一个异端,就会再次出现上千个异端。为什么？因为宗教裁判所公开杀死敌人,而这些敌人到死都没有悔改。事实上,他们之所以要杀死他们就是因为他们不肯悔改,因为这些人不肯放弃他们真正的信仰。这样做的结果就是,所有的荣耀都顺理成章地属于死难者,所有的耻辱罪责都自然地归咎于烧死这些人的宗教裁判所。后来,也就是到了二十世纪,出现了被称为极权主义者的人。在迫害异端这一方面,俄国人比宗教裁判所还要残酷。他们以为自己已经从过去的错误中取得了教训；他们明白,不管怎么说,一定不能制造烈士。他们在公开审判之前,先有意摧毁他们的人格。他们通过拷打和单独禁闭打垮他们,直到他们成为卑劣的、畏畏缩缩的废物,让他们承认什么,他们就承认什么。他们一边辱骂自己、攻击自己,一面又用辱骂、攻击别人的方式来掩护自己,为寻求宽恕而哭泣。然而,过不了几年,同样的事又生了。死去的人成为烈士,他们堕落的一面被人遗忘。再说一次,为什么会这样?首先,他们的供词是被逼出来的,并不是事实。我们不会再犯这种错误。这里所有的供词都是绝对真实的。我们想方设法让它们真实。重要的是,我们不允许死者站起来反对我们。你千万别以为你的后代会为你申冤。温斯顿,后人永远不会知道有你这样一个人。你会在历史长河中消失得干干净净。我们要让你变成气体,消失在太空之中。你什么都不会留下,登记簿上没有你的名字,活着的人的大脑里也没有关于你的记忆。过去也好,将来也罢,你都被消灭了,你从来就没存在过。"

那为什么要这样拷打我呢?温斯顿带着怨恨在想。奥勃良停下了脚步,好像温斯顿把这个想法大声说出来了一样。他把自己丑陋的脸移近了,并且眯了眯眼睛。

"你正在想,"他说,"既然我们想要彻底消灭你,要使你所说的话、所做的事没有任何意义——既然这样,那么我们为什么还要这么麻烦地先拷问你呢?你是不是在想这个?"

"是的。"温斯顿说。

奥勃良轻轻地笑了笑:"你是图案上的一块瑕疵,温斯顿。你是一块必须被清理掉的污点。我刚才不是告诉过你,我们和原来的迫害者不同吗?消极的服从并不能让我们满足,甚至最卑微的屈从都不能让我们满意。到最后,你必须是发自内心地投降。我们不会因为异端反抗我们而消灭他:只要他反抗我们,我们就永远不会摧毁他。我们改造他,征服他的思想,并重新塑造他。我们要烧掉他所有的邪念和幻想;我们要将他拉到我们的阵营里,不仅是外表,而且是内心、灵魂都由衷地站到我们这边。我们要在杀死他之前将他改造成我们的人。我们不能容忍世界上有错误的思想存在,不管它在哪里,也不管它有多么隐秘,多么微弱。甚至是一个人死的时候,我们也不允许他有异端的思想。以前,异端分子在走向火刑柱时仍然是异端分子,仍在宣扬他的异端思想,并为此欢愉。即便是俄国大清洗中的受害者,在他们步入刑场等候枪决的时候,脑袋里仍然存在着反抗的思想。但是,我们要在他们的脑袋被打爆之前,把他们改造得完美。之前的专制独裁者的命令是'你们不能做什么',极权主义者的命令是'你们要做什么',我们的命令则是'你们要是什么'。我们带到这儿来的人没一个能站出来反对我们。每个人都被净化得一干二净,甚至你相信的那三个无辜的可怜的叛国者——琼斯、阿隆逊和鲁瑟福——到了最后我们也击垮了他们。我本人也参与了对他们的审讯。我亲眼看到他们慢慢地垮了下来,他们呜咽着,匍匐着,哭泣着——最终在他们身上的不是疼痛和恐惧,而是悔恨。当我们完成对他们的审讯时,他们已经变成了行尸走肉。除了对自己犯下的错误感到抱歉和对老大哥的热爱,其他什么都没剩下。看着他们如此热爱他,真的很感动。他们请求尽快被枪毙,这样他们就可以在思想纯洁的时候死去。"

他的声音听起来有点儿梦中呓语的味道。他的脸上仍有那种欣喜、疯狂的热情。温斯顿觉得,他没有在装模作样,他不是一个虚伪的人,他相信自己所说的每一句话。最让温斯顿感到压迫的是,他意识到自己智商的低下。他看着这个略显笨重而又略带文雅的身体走来走去,在他的视野中进进出出。不论从哪个方面看,奥勃良都比他要强大。他心中曾经萌发的,或可能萌发的念头,都在奥勃良的预料之中,都被奥勃良研究过、驳斥过。他的头脑远在温斯顿之上。但是,既然如此,奥勃良又怎么会真的疯了呢?那么疯的人一定是温斯顿自己了。奥勃良停了下来,低头看着他,声音又严厉起来。

"不要以为你可以救自己,温斯顿,不论你怎么向我们彻底地投降。只要是走上歧途的人,无一幸免,都得死。即使我们决定让你继续活下去,你也逃脱不了我们的控制。你身上发生的事情会永远继续下去。你必须先明白这个。我们要击溃你,使你没有挽回的余地。即使你活上一千年,也无法恢复成原来的样子。你不会再有平常人的感情,内心的一切都将死去。你不会再拥有爱情、友情,生活的乐趣、欢笑、好奇、勇气和正直。你将只是一副空壳。我们会把你排空,然后我们再用我们自己来填充你。"

他停了下来,再一次跟那个身穿白大褂的人打了招呼。温斯顿感觉到有一件很重的仪器放到了他的脑袋下面。奥勃良就坐在床边,所以他脸的位置和温斯顿的一般高。

"三千。"他对温斯顿头边的那个穿白大褂的人说。

两块稍微有些湿软的垫子夹住了温斯顿的太阳穴。他畏惧了。一种完全不同的疼痛感袭来。奥勃良握住他的一只手,很和善地叫他放心。

"这次不会再有伤害的,"他说,"眼睛一直看着我。"

就在此时,这里发生了一次猛烈的爆炸,或者说类似爆炸,虽然不确定是否有噪声。毫无疑问,这里发出了一束刺眼的光线。温斯顿并没有受到伤害,只是感觉到精疲力竭。事情发生之前他就已经躺在那里了,但是很奇怪,他觉得自己是被人推到那个位置的。他被一种剧烈的但又没有疼痛的打击打翻在那里。他的脑袋也发生了变化。随着他视力的慢慢恢复,他记起了自己是谁,自己在什么地方,也认得出自己的脸。但是觉得自己的脑袋里有一块像空白一样,感觉脑袋被挖走了一块。

"不会很久的,"奥勃良说,"看着我的眼睛。大洋国在跟哪个国家打仗?"

温斯顿想了想。他知道大洋国是什么意思,也知道自己是大洋国的公民。他也记得欧亚国和东亚国,但是他不知道大洋国在跟哪个国家打仗。事实上,他根本就不知道现在在打仗。

"我记不得了。"

"大洋国在和东亚国打仗。现在你记起来了吗?"

"是的。"

"大洋国一直在跟东亚国打仗。自你出生以来,自建党以来,自有史以来,就一直是在和东亚国打仗。你记得吗?"

"我记得。"

"十一年以前,你编造了一个关于三个因叛国而被处死的人的故事。你假装看到过一张可以证明他们是无辜的纸片。这张纸片根本就不存在,是你编造出来的,你还信以为真。你现在记起来你当初编造这件事了吗?"

"记得。"

"刚刚,我把我的手指举在你的面前。你看到了五根手指,你记得这个吗?"

"记得。"

奥勃良举起左手,大拇指缩了起来。

"这是五根手指。你看到这五根手指了吗?"

"看见了。"

他看到了,在一瞬间,在他脑海里的景象变化之前。他看到了五根手指,没有畸形。之后一切都再次正常,之前的恐惧、憎恨、困惑再次袭来。有那么一会儿——他也不知道多久,三十秒钟,大概——他十分确定,奥勃良每个新的提示都在填补他脑中的空白,并且成为绝对的真理,如果有需要的话,二加二可以等于三,就像等于五一样简单。奥勃良的手一放下,这些就消失了。他不能复原,但他依然记得,就像一个人能够记得一段栩栩如生的自己的经历,但是这段经历的主人公实际上是完全不同的人。

"你现在看到了,"奥勃良说,"它无论如何是可能的。"

"是的。"温斯顿说。

奥勃良带着满意的神情站了起来。温斯顿看到站在他左边的那个穿白大褂的人打破了一支针剂,抽动注射器的栓塞。奥勃良转向温斯顿,脸上带着微笑。他再一次动了动鼻梁上的眼镜,动作与原来一样。

"你还记得你在日记里写过,"他说,"这些都不是重要的,不管我是敌是友,因为我至少是个能理解你的人,能和你交谈的人吗?你说得没错。我喜欢和你讲话。我对你的头脑很感兴趣。它和我的头脑很像,只不过你的是精神失常的。在谈话结束前,要是你愿意,你可以问我几个问题。"

"我想问什么就问什么吗?"

"什么都行。"他看到温斯顿的眼睛一直盯着仪表盘,"它已经关闭了。你的第一个问题是什么?"

"你们怎么处理朱莉娅的?"温斯顿说。

奥勃良又笑了:"她出卖了你,温斯顿。快速地——彻底地。我很少看见有人这么快就投靠了我们。如果再见到她,你一定很难认出她。她所有的反叛精神、她的欺诈手段、她的愚蠢、她的肮脏思想——全都被清理得一干二净,她被彻底地改造了,像教科书一样。"

"你们对她严刑拷打了?"

奥勃良没有回答他的问题。"下一个问题。"他说。

"老大哥真的存在吗?"

"他当然是存在的。党是存在的,老大哥是党的化身。"

"他跟我的存在方式一样吗?"

"你并不存在。"奥勃良说。

他又感到一阵无助。他知道,或者说他想象得出来,证明他不存在的证据;但这些证据都是胡说八道,都是在玩文字游戏。比如"你不存在",这样的话不就包含逻辑上的漏洞吗?但说这个又有什么用呢?他一想到奥勃良会用无可辩驳的疯狂观点来驳斥他,他的心就感到一阵收缩。

"我想我是存在的,"他疲惫地说道,"我意识到我自己的存在。我出生了,而且我会死。我四肢健全。我占据着一块特定的空间。没有其他的客体可以同时占据我所在的空间。从这种意义上来说,老大哥存在吗?

"这不重要。他存在。"

"那么老大哥究竟会死吗?"

"当然不会。他怎么会死?下一个问题。"

"兄弟会存在吗?"

"这个,温斯顿,你永远不会知道。如果我们对你的工作结束以后,我们决定还你自由,即使你活到九十岁,仍旧永远不会知道这个问题的答案是'是'还是'否'。只要你还活着,在你心里,这个问题永远是一个不解之谜。"

温斯顿躺在那儿默不作声,胸部的起伏比刚刚更快了些。他仍然没有问他心里最想知道的问题。他必须问,然而,他好像完全说不出话来。在奥勃良的脸上闪过一丝欣喜,甚至他的眼镜上似乎都隐隐地闪烁着嘲讽的光。温斯顿突然意识到,他知道,他知道自己会问什么！想到这儿,他想说的话,几乎脱口而出:"一〇一号房间里有什么?"

奥勃良脸上的表情几乎没有任何变化。他嘲讽地说道:"温斯顿,你知道一〇一号房间里有什么。所有人都知道一〇一号房间里有什么。"

他冲着穿着白大褂的人举起了一根手指。很明显会话结束了。温斯顿的胳膊被一支针猛地扎了进去,他几乎立刻就沉睡了过去。

三

"你的改造有三个阶段，"奥勃良说，"分别是学习、理解、接受。对于你来说，现在是时候进入第二阶段了。"

温斯顿一如既往地在床上平躺着。但是最近他身上的绑带比以前宽松了很多。温斯顿仍然被他们绑在床上，但是他的膝盖可以稍稍移动，头可以左右摇晃，胳膊可以从手肘那里举起来。那个仪表盘也不再那么恐怖了。如果他够机智的话，就可以逃避仪表盘的折磨。只有在温斯顿表现得愚蠢的时候，奥勃良才推动仪表的杠杆。有时候在他们的谈话中，自始至终都没有使用过那个仪表盘。温斯顿已经记不起他们一共进行过多少次谈话了。整个过程似乎耗费了很长的时间，已经不确定到底用了多久——有可能是几周——有时候，两次谈话时间有可能要隔好几天，有时也可能只隔一两个小时。

"你躺在那里，"奥勃良说，"你经常感到很好奇——甚至会问我——为什么友爱部会花费如此多的时间，耗费那么多的精力在你身上。甚至在你自由的时候，你也因为同一个问题困扰着。你能抓住你身处的社会的运转方法，但是你抓不住它的潜在动机。你记得你曾经在日记里写道，'我知道怎么做，但是我不清楚为什么这么做'吗？当你想'为什么'时，你就对你的理智产生了怀疑。

你已经读了果尔德施坦因的那本书,或者起码你也读了一部分。温斯顿,它有没有告诉你一些你之前不知道的事情呢?"

"你看过那本书?"温斯顿问道。

"我写的那本书。更加确切地说是,我参与过写那本书。正如你所知,没有哪本书是由一个人独自完成的。"

"那本书说的是真的吗?"

"作为一种描述,它是真实的。但是它所提出的方案都是胡说八道的。秘密地积累知识——逐渐扩大启蒙运动的范围——最后无产者奋起反抗——推翻党的统治。你可以预见到它们会说些什么。这都是胡说八道。无论是一千年还是一百万年,无产者都永远不会反抗。他们也不能反抗,原因我没有必要告诉你,因为你已经知道了,如果你曾经有过暴力起义的梦想,你必须抛弃它。没有任何办法可以推翻党。党会永远地统治下去。让这些成为你思想的出发点。"

奥勃良向床边靠近一步。"永远!"他重复说道,"现在让我们回到'怎么做'和'为什么'这个问题上。温斯顿,你是充分了解党如何维持权力的。现在告诉我,为什么我们要紧握权力?我们的动机是什么?为什么我们渴望权力?继续说。"他看温斯顿沉默,补充说道。

不过,温斯顿又继续沉默了一两分钟。一种疲惫之感淹没了他。奥勃良的脸上再一次隐隐地出现了狂热的神情。他提前就知道奥勃良会说些什么。党并不是为了他们自己的目的才寻求权力,而是为了多数人的利益。他们寻求权力是因为大部分的人都是脆弱、懦弱的生物,他们不能忍受自由,面对真相,他们只能靠比他们更强大的人统治他们、系统地欺骗他们。人类要在自由和幸福之间做出选择,但是对于大部分的人来说,他们更倾向于选择幸福。党是弱者永远的守护者,他们为了让好事能够到来,宁愿牺牲自己去做恶人,宁愿牺牲自己的幸福去换取别人的幸福。温斯顿心里想,可怕的是,当奥勃良说起这些时,他竟会相信。你可以从他的脸上看出来,奥勃良知道所有的事。奥勃良比温斯顿强一千倍。因为他知道世界的真实面目,他知道大多数人都生活得很贫困,他知道党对他们用了什么样的谎言和残暴手段让他们身处那样的境地。他明白这一切,权衡着这一切,但这都无关紧要:为了最终的目的,所有的事情看起来都是合理的。温斯顿在想,对于一个比你更聪明的疯子,他能够耐心地听你的观点,然后仍然继续坚持自己的疯狂,你能做什么呢?

"你们统治我们是为了我们好,"他虚弱地说,"你认为人类不适合管理自己,所以——"

他刚一张嘴几乎就大叫了起来。一阵疼痛袭遍温斯顿的全身。奥勃良推动了一下那个推杆,仪表指针指向了三十五。

"这是愚蠢的,温斯顿,太愚蠢了!"他说,"你应该知道,你要说得更好才行。"

他把推杆推回到原来的位置,继续说道:"现在让我告诉你问题的答案。答案是这样的。党寻求权力完全是出于他们自己的利益。我们对于其他人的利益没有兴趣,我们只对权力感兴趣。我们感兴趣的不是财富、不是奢华、不是长寿、不是幸福:只是权力,纯粹的权力。现在你应该明白了什么是纯粹的权力。我们和过去的寡头政治相比是不同的,我们知道我们在做什么。那些其他的和我们很相似的人,也都是懦弱和虚伪的人。他们的方法和我们很相近,但是他们从来没有勇气承认他们的动机。他们伪装,也许他们甚至相信,他们并不是自愿获得权力,只是为了有限的时间,用不了多久就会发生改变,就会出现一个人人自由、平等的天堂。我们不是那样的。我们知道,没有人是为了放弃权力而抓住权力的。权力不是手段,而是一个目的。建立一个独裁统治不是为了维护革命,发动革命是为了建立一个独裁统治。迫害的目的就是迫害,折磨的目的就是折磨,权力的目的就是权力。现在你开始理解我说的了吗?"

温斯顿被震撼到了,就像以前温斯顿被奥勃良脸上的疲惫所震撼到的一样。这是一张坚强、肥胖、无情,既充满智慧又有节制的脸。这张脸让温斯顿感到很无奈,但这张脸看起来很疲倦。在眼眶下面有深深的皱纹,脸颊上的皮肤松弛。奥勃良俯身下去,故意把他那张苍老的脸凑得离温斯顿更近些。

"你在想,"奥勃良说,"我的脸是那么的苍老疲倦。你在想我可以畅谈权力,但是我甚至不能阻止我的身体衰老。温斯顿,难道你还不明白吗?个体只是一个细胞,一个细胞的衰老是一个有机体保持活力的基础。你会因为把指甲剪掉就死了吗?"

他转身从床上离开,把一只手揣进兜里,开始在屋子里来回走动。

"我们是权力的祭司,"他说。"权力就是上帝。但是目前来说,权力对你而言,只是一个词语。是时候让你领会一下权力的含义了。首先你要认识到权力是集体的。只要个人不再是'个人'的时候,他们就拥有了权力。你知道党的口号:'自由即奴役。'你有没有想过这句话可以颠倒一下位置?奴役即自由。人类在单个和自由的时候总是会被打败的。它必须如此,因为每个人都是注定要死亡的,这是最大的失败。但是如果他可以完全地、绝对地服从,如果他可以从个体的身份中跳出来,如果他能融入到党中,那么他就是党,就会无所不能、永垂不朽。你要明白的第二件事是,权力是指对人的权力。权力是凌驾于人身体之上的——但是,最重要的是凌驾于人的思想之上。对于物质——你们叫作客观现实——的权力并不重要。对物质的控制,我们现在已经做到了绝对的程度。"

有那么一会儿,温斯顿忽略了仪表盘。他猛烈地用力想要自己坐起来,但是他没有成功,只能痛苦地扭动一下身子。

"但是你们怎么控制物质的?"温斯顿大喊道,"你甚至无法控制气候或地心引力,还有疾病、疼痛、死亡——"

奥勃良用手打了一个手势,让他保持沉默。"因为我们控制了人的思想,所以我们可以控制物质。现实都是存在于脑子里的。温斯顿,你会逐渐明白的。我们是无所不能的,隐身、升空——任何事情都可以。如果愿意,我可以像肥皂泡一样,从这个地板上飘浮起来,只是我不愿意这么做,是因为党不愿意我这么做。你必须摒弃十九世纪的这种自然规律观念。我们规定自然规律。"

"但你们并没有!你们甚至不是地球的主人。不是还有欧亚国和东亚国吗?你们还没有征服他们。"

"这并不重要。在合适的时机,我们会征服他们。即使我们不征服他们,那将会有什么不同呢?我们可以否认他们的存在。大洋国就是世界。"

"但是世界本身只是一粒微小的灰尘。人类是那么的渺小——脆弱!人类才存在了多长时间?在数百万年前的地球上,是渺无人烟的。"

"胡说。地球的年龄跟人类一样大,地球存在的时间不比人类长。地球怎么可能比人类存在的时间长呢?除了通过人类的意识,什么都不存在。"

"但是岩石里满是已经灭绝了的动物的骨骼化石——曾经听

说过有猛犸象、柱牙象和巨大的爬行动物,在人类出现之前,他们曾经在地球上生存过很长时间。"

"温斯顿,你曾经亲眼见过这些化石吗?当然没有。那是十九世纪的生物学家捏造出来的。在人类出现之前,地球上什么都没有。在人类消失之后——如果人类会消失的话——那这也不会有什么东西存在。除了人类之外,什么都没有。"

"但是整个宇宙在我们之外存在着。看那些星星!它们中的一些距离我们有一百万光年。它们永远在我们触及不到的地方。"

"星星是什么?"奥勃良漠然地说,"它们是几公里以外的一点小亮光。如果我们想的话,我们可以到达那里。我们甚至可以把它们涂抹掉。地球是宇宙的中心,太阳和星星都围绕着地球转。"

温斯顿又挣扎了一会儿。这一次他没有说话。奥勃良继续说道,好像在回答一个反对意见:"当然,出于某种目的,那不是真的。当我们在海洋里航行的时候,或者当我们预测日食、月食的时候,我们经常会发现,假设地球围绕着太阳转,星星们在几百万公里以外的地方,这样很方便。但是这样又能怎么样?你认为创造双重天文体系超出我们的能力范围了吗?根据我们的需要,星星可以近点儿,也可以远点儿。你认为我们的数学家不能胜任这件事吗?难道你忘记双重思想了吗?"

温斯顿在床上蜷缩了一下身子。不管他说些什么,迅速而来的答案都像棍棒一样猛地将他击倒。但是他知道,他知道,他自己是对的。思想以外不存在任何东西的观念——这种观念一定有办法可以证明是错误的。在很久以前,不是就揭露这个观念是一个谬论吗?它甚至还有一个名字,不过他给忘记了。奥勃良低下头看着温斯顿,嘴角浮现出一丝嘲讽的微笑。

"温斯顿,我告诉过你,"他说,"形而上学不是你的强项。刚才你试图想的那个词是唯我论。但是你错了,这不是唯我论,这是集体唯我论。但是这是完全不同的一回事:事实上,这是相反的事。但这些都是题外话。"他又换了一种不同的语气。"真正的权力,我们日夜为之奋斗的权力,不是凌驾于物质的权力,而是凌驾于人类的权力。"他停下来,过了一会儿,他又像校长询问一个有前途的学生的样子:"温斯顿,一个人如何对其他人维护自己的权力?"

温斯顿想了想。"通过让别人痛苦。"他说。

"正确。通过让别人痛苦。光服从是远远不够的。除了让他痛苦,你怎么确定他是在服从你的意志而不是在遵从他自己的意志?权力就是让人处在痛苦和耻辱之中。权力就是把人的思想撕成碎片,然后再根据你自己的选择,把它们拼凑成新的形状。那么,你是不是开始明白,我们要创造的是什么样的世界?这种世界和过去那些改革家所畅想的愚蠢的、享乐主义的乌托邦刚好相反。这是一个充满着恐惧、背叛和折磨的世界,这是一个践踏和被践踏的世界,这是一个不断进步的世界,但是也是一个在进步之中越来越残忍的世界。我们的世界的发展,是朝着越来越多的痛苦发展的。古老的文明声称,他们是建立在爱和正义的基础上的,而我们是建立在仇恨的基础上。在我们的世界里,除了恐惧、愤怒、胜利和自卑,没有其他任何情绪。其他的一切我们都会一样一样地摧毁。在革命以前遗留下来的思想习惯,我们已经全盘打破了。我们已经割断了子女与父母之间的联系、人与人之间的联系、男女之间的联系。不再有人敢相信妻子、孩子和朋友。但是在不远的将来,他们也不会再有妻子和朋友。孩子一出生就要从他们的母亲那儿抱走,就像从母鸡那里把鸡蛋拿走一样。性本能将被根除。生殖将会像定量供给卡一样更新,成为一年一度的形式。我们要消灭掉性高潮。现在我们的神经学家正在研究这个问题。除了要对党忠诚,没有其他的忠诚。除了对老大哥的爱,没有其他的爱。除了为击败敌人而笑,没有其他的笑。将没有艺术、文学和科学。当我们无所不能的时候,我们就不再需要科学。在美与丑之间不再会有区别。不再有好奇心,在生命的过程中不再有乐趣。所有与之矛盾的乐趣都会被消灭。但是,温斯顿,请不要忘记,对权力的向往是永远存在的,且这种向往还会越来越强烈,越来越精细。在每时每刻,他们都会有胜利的快感,践踏无助的敌人的激情。如果你把未来想成一幅画,那么就想象一只靴子踩在一个人脸上——永远都是这样。"

　　奥勃良停顿了一下,好像希望温斯顿说话。温斯顿再次试图缩到床底下去。他一句话也说不出,他的心似乎被冻住了。奥勃良继续说道:"记住永远都会这样。那张脸永远都会在那儿被践踏。那些异端,还有社会的敌人,永远都会在那里,他会一次又一次地遭受打败和羞辱。自从你落入到我们的手里,你所经历的一切,所有的一切都会继续,甚至会更可怕。间谍、背叛、逮捕、折磨、处决、失踪这些永远都不会停止。这不仅是一个成功的世界,也是一个恐怖的世界。党的力量越是强大,就越不能容忍;反对派越薄弱,党就越专制。果尔德施坦因和他的异端邪说将永远存在。每时每刻他们都在被攻击、被质疑、被嘲笑、被辱骂,但是他们依然存在。在这七年间,我和你演的这出戏,将会一遍又一遍、一代又一代不断重复地演下去,而且形式将会进行得更加巧妙。我们总是把异端分子带到这里听我们摆布,经历疼痛得尖叫、精神崩溃、遭受鄙视——最后他们彻底地忏悔,解救自己,心甘情愿地爬到我们的脚下求饶。温斯顿,这就是我们准备建立的世界。

第三部

这个世界一个胜利接着一个胜利,一个喜悦接着一个喜悦;这是一个无休止地压迫着权力神经的世界。我可以看出,你开始意识到我们要建立的世界是什么样子的。但是到最后,你不仅仅会理解它,还会接受它,热烈欢迎它,成为它的一部分。

温斯顿已经恢复得可以讲话了。"你们不能!"他虚弱地说道。

"温斯顿,你那句话是什么意思?"

"你们不可能创建一个刚刚你所描述的世界。那是白日做梦,是不可能的。"

"为什么?"

"不可能在恐惧、仇恨和残忍的基础上建立文明。这种文明是不能持久的。"

"为什么不?"

"因为这种文明没有生命力。它会瓦解,会自我毁灭。"

"胡说。在你的印象里,仇恨比爱还要耗费精力。为什么会这样呢?如果是这样,那又有什么不同呢?假如我们决定让自己衰老得更快,假如我们加快了人类生活的节奏,让人类到三十岁就衰老,这又能怎样呢?难道你还不明白,个人的死亡不是死亡吗?党是永生的。"

像往常一样,奥勃良的这一番话让温斯顿无言以对。但是更令温斯顿感到恐惧的是,如果他坚持己见的话,奥勃良会再次扭动仪表盘。但是他没法再保持沉默。除了对奥勃良所说的话感到说不出来的恐惧以外,他找不到支持他这么说的理由,没有有力的论据,但是他还是有气无力地进行了回击。

"我不知道——我不在乎。不管怎么样你们会失败的。你们会被打败的,生活会将你们打败。"

"温斯顿,我们控制着生活的方方面面,你在幻想有个被称作'人性'的东西,对于我们的所作所为而感到愤慨,之后他们就反对我们。但是,是我们创造了人性。人类是可以被无限塑造的。或许你又回到了你的旧思想上,认为无产者或者奴隶会起来推翻我们。赶紧把这些陈旧的思想从你的脑子里清除吧。他们就像畜生一样,毫无用处。党就是人性。其他的都是外在的——无关紧要的。"

"我不在乎。在最后他们会打败你们。迟早,他们会看清你们的真面目,然后他们就会把你们撕成碎片。"

"你能看到这件事要发生的迹象吗?或者有什么理由说明它一定会发生?"

"没有。我相信。我知道你们会失败。宇宙中有什么东西——我不知道的——是一些精神、一些原则——这些是你们永远无法战胜的。"

"温斯顿,你相信上帝吗?"

"不相信。"

"那么,打败我们的原则是什么呢?"

"我不知道。人类的精神。"

"你认为你自己是个人吗?"

"是的。"

"温斯顿,如果你是人,那么你就是最后一个人。你这样的人已经灭绝了,我们是后继者。你清楚你自己是孤单的吗?你身处历史之外,你是不存在的。"他的态度改变了,语气更加严厉了,"与我们这些撒谎、残忍的人相比,你认为你自己在道德上比我们高尚吗?"

"是的,我认为我自己比你们高尚。"

第三部

奥勃良没有说话。有其他的两个声音在说话。过了一会儿，温斯顿听出来那两个说话的人，其中有一个是他自己。那是他参加兄弟会的那个晚上同奥勃良谈话的录音带，他听到自己承诺去撒谎、偷盗、伪造、谋杀、鼓励吸毒、卖淫、传播性病、往孩子的脸上泼硫酸。奥勃良做了一个微小的不耐烦的手势，好像在说，这个录音几乎不值得放。然后他关掉开关，声音随之停止了。

"从床上起来吧。"他说。

温斯顿身上的绑带松开了。温斯顿下了床，摇摇晃晃地站在那儿。

"你是最后一个人，"奥勃良说，"你是人类精神的守护者。脱掉你的衣服，你可以看看你自己是什么样子。"

温斯顿解开绑着工作服的绳子。衣服上的拉链早就已经被他们拽了下来。他已经记不清，在他被逮捕以后，有没有脱过衣服。在工作服下面，他的身体上有一些脏乎乎的淡黄色的衣服碎片，依稀可以看出来好像是内衣的碎片。温斯顿把衣服脱到地上，在屋子的尽头，他看见那里有一个三棱镜。他慢慢地朝三棱镜靠近，紧接着他停下了脚步。他忍不住大声尖叫起来。

"别停下来，"奥勃良说，"在两面镜子的中间站好。你应该也可以看见侧面。"

他太害怕了，所以他停下了。镜子里出现了一个佝偻着腰、灰色的、像骷髅一般的东西在朝他走过来。他的形象确实可怕，不仅仅是因为他知道镜子里的那是他自己。他向镜子走得更近一些。由于弯腰的姿势，所以那个家伙的脸好像有点儿往外突。他的脸就像一个绝望的死囚的脸一样，高高的额头，光秃秃的头顶，尖尖的鼻子，凹陷的颧骨，还有只有一双犀利的眼睛在凝视着对方。满脸皱纹，嘴巴深陷。毫无疑问，这就是他自己的脸，但是他觉得这个变化比他的内心变化还大。这张脸表现出来的感情和他所感觉到的感情不一样。他的脑袋已经有一部分秃了。刚开始的时候,他以为他的头发也变得灰白了,但是他只有头皮是灰白色。除了他的双手和脸的周围,他的身体都是灰白色,到处都是肮脏的污垢。在污垢的下面,到处都是红色的伤口,在脚踝处,静脉曲张已经溃疡发炎了,肿了一大块,皮肤一片片地脱落了。但真正令人感到可怕的是,他的身体的憔悴程度。他的肋骨凸出,像骷髅一样,他的腿瘦得膝关节看起来比大腿都要粗。现在温斯顿明白,为什么奥勃良让他看看自己侧面的身躯了。他的脊柱的弯曲程度令人吃惊。他那瘦弱的肩膀向前耸着,致使胸口前形成了一个空洞。那瘦弱的脖子好像承受不住脑袋的重压。如果让他猜的话,他会说那是一个患有恶性疾病的六十岁老头的身体。

"有时候你在想,"奥勃良说,"我的脸——核心党员的脸——看起来苍老、憔悴。你觉得自己的脸怎么样呢?"

他抓住温斯顿的肩膀,把他的身子扭过来,这样温斯顿就可以面对着他了。

"看看你现在的样子!"奥勃良说,"看看你这浑身肮脏的污垢,看看你脚趾间的污垢,看看你腿上那令人恶心的烂疮。你知道你像山羊那么臭吗?也许你已经不注意这些了。看看你现在憔悴的样子。你看见了吗?我可以用我的大拇指和食指把你的胳膊围起来。我可像掰断胡萝卜一样,轻而易举地掐断你的脖子。你知道自从你落入我们的手上,你已经瘦了二十五公斤了吗?甚至你的头发也快一把一把地掉光了。看!"他在温斯顿的脑袋上揪了一把,揪下来一绺头发。"张开你的嘴。还剩九、十、十一颗牙了。温斯顿,当你来到我们这儿时,你有多少颗牙?剩

第三部

下的那几颗也快要从你嘴里掉出来了,看着!"

奥勃良用他那有力的大拇指和食指抓住了温斯顿剩下的一颗门牙。温斯顿的上腭一阵疼痛。奥勃良把那个松动的牙齿连根拔起,扔到牢房的一边。

"你正在腐烂,"他说,"你将会成为碎片。你算什么呢?一袋垃圾。现在转过身去,再看看镜子里的你。你看到那个面向你的东西了吗?那是最后一个人。如果你是人的话,那就是人性。现在把你的衣服穿上吧。"

温斯顿开始把衣服穿好,动作极其缓慢僵硬。直到现在为止,他似乎都没有注意到自己多么瘦弱。在他的脑子里只有一个想法:他在这个地方的时间,一定比他想象的时间要长。然后他把脏兮兮的衣服穿上,突然可怜起自己这遍体鳞伤的身体,并且被这种感觉压得喘不过气来。他在知道自己在做什么之前,已经瘫坐在床边上的一个小凳子上,然后放声大哭起来。他意识到他自己的丑陋、不知廉耻,在严酷的白光下,在肮脏的衣服里面,一堆骨头在坐着哭泣,但是他无法停下来。奥勃良近乎亲切地把一只手搭在了温斯顿的肩膀上。

"不会永远这样的,"他说,"无论什么时候,你决定好了的时候,你就可以从这里逃出去,所有的事情都取决于你自己。"

"是你们做的!"温斯顿抽泣着说,"是你让我沦落到这个地步的。"

"不是,温斯顿,是你让自己沦落到这个地步的。当你决定反对党时,你就已经接受了这样的命运。这都包含在你第一次的行动里。没有什么事情是你没有预料到的。"

他停顿了一下,继续说道:"温斯顿,我们打你。我们把你打败。你也看见过你的身体是什么样子。你的思想也是一样。

我认为你没有多少自尊心了。你被踢过、鞭打过、侮辱过,你疼痛得尖叫过,你在地板上、在你自己的血液和呕吐物中来回滚动过。你也抽泣着求饶过,你背叛过所有的人和所有的事情。你还可以想到,在你身上没有发生过的什么耻辱的事吗?"

温斯顿停止了哭泣,尽管他的眼睛里还在不断渗出泪水。他看着奥勃良。

"我没有背叛朱莉娅。"温斯顿说。

奥勃良若有所思地看着他。"是的,"他说,"是的,这完全是真的。你没有背叛朱莉娅。"

温斯顿的心里再次出现了对奥勃良的崇敬之感,似乎没有什么能够摧毁他。他在想,奥勃良是多么智慧,多么智慧!他说的话,奥勃良从来没有不理解过。地球上的任何其他的人都会立刻回答他,他已经背叛了朱莉娅。在这样的折磨下,他还有什么东西没有说出来?温斯顿把他所知道的关于朱莉娅的习惯、性格、过去的生活和所有的一切都告诉了他们。温斯顿还详细地交代了,在他们秘密幽会时,所发生的一切琐碎的事情的细节。还有他们之间说过的话、黑市交易、通奸、他们不明确的反党密谋——所有的一切。然而,从温斯顿说话的意图来看,他没有背叛朱莉娅。他没有停止爱她,他对她的感情是没有变的。不需要多余的解释,奥勃良已经明白了他的意思。

"告诉我,"温斯顿说,"还有多久你们会枪毙我?"

"可能还有很长一段时间,"奥勃良说,"你是个难题。但是不要放弃希望,每个人早晚都会被治愈。最后我们会枪毙你。"

四

他好多了。每天,他都在变胖、变强壮,如果说每天这个词合适的话。

牢房里仍然和以前一样,充斥着白色的光线和嗡嗡的声音,但是他待的牢房比以往住过的牢房要舒服一些。在这个木板床上放着一个枕头还有一个床垫,而且床边上还有一把凳子可以坐坐。他们给温斯顿洗了个澡,允许温斯顿可以经常用锡盆擦拭一下身体,他们甚至给温斯顿提供温水洗澡。他们给温斯顿提供了新的内衣和一套干净的制服。他们还给温斯顿因静脉曲张而溃烂的地方涂抹了缓解痛苦的药膏。他们拔掉了温斯顿剩余的牙齿,给他安了一口新的假牙。

这么过了几个星期或是几个月。如果温斯顿有兴趣这么做的话,他可以算出现在时间过了多久,因为他们都是定时给他送饭的。他感觉,在一天之内他会吃三顿饭。有时候,他也不清楚他吃饭时是晚上还是白天。送来的食物出奇得好,每三顿饭中总有一顿有肉。有一次,甚至送进来一包香烟。温斯顿没有火柴,但是那个给他送饭的从不讲话的看守会给他点火。他第一次试着抽烟的时候,让他很不舒服,但是他坚持了下来,每顿饭后他都会吸上半支香烟,这包烟吸了很长时间。

他们给了温斯顿一个白板,在白板的一个角上系着一支铅笔。起初他没有用它,甚至他在醒着的时候也是完全麻木的。他经常吃完饭躺在床上,一动不动地等着下次送饭过来,在此期间,有时他睡着了,有时醒着却开始模糊地遐想,以至于他懒得连眼睛都不愿意睁开。他早就已经习惯了在强烈的灯光下露着脸睡觉。除了梦境更加清晰以外,好像和在黑暗中睡觉没有什么不同。在这段时间里,他做了很多梦,而且做的这些梦都是令人开心的梦。他梦到自己在黄金乡,和他的母亲、朱莉娅、奥勃良一起坐在阳光照射下的巨大的废墟中。他们什么事也不做,只是在阳光下坐着,谈着一些无关紧要的事。当温斯顿醒来的时候,他通常也是一直沉浸在自己的梦里。温斯顿看上去已经失去了思考的能力,现在疼痛的感觉已经消失了。他不感到无聊,不想谈话,或是被打扰。只要这样一个人静静地坐着,不要被殴打或是审问,有足够的吃的,浑身上下都比较干净,他就满足了。

渐渐地,他花在睡觉上的时间越来越少了,但是他仍然不愿意从床上下来。他只想在床上静静地躺着,感受自己的身体慢慢地积聚力量。他会摸摸这里摸摸那里,试图确定自己没有出现幻觉,他的肌肉确实越长越鼓了,他的皮肤越来越紧实了。最后,他确定无疑他长胖了。现在他的大腿肯定比他的膝盖粗。从此之后,他开始按时地锻炼自己,虽然刚开始他很不情愿这么做。后来他可以在很短的时间里走三公里,这是通过用步测牢房得出的数据,他那弯曲的肩膀在渐渐变直。他尝试着更加复杂的训练,当有些动作他做不到时,他感到既惊讶,又羞愧。他跑不起来,举不起板凳,他不能一条腿平衡地站着保持不动。他把体重集中到后脚跟上,蹲下身子,发现当他使自己站起来时,大腿和小腿极其痛苦。他俯卧在地上,想用双手撑起身子,做俯卧撑。但是毫无希望,他的身子甚至连一毫米都起不来。但是过了几天或是几顿饭的时间,他就成功做到了。有一次,他可以连续不断地做六个俯卧撑。渐渐地他开始真的为自己的身体感到自豪,有时他也会认为他的脸也恢复到了正常的样子。只是偶尔他试着把手放到他那光秃秃的脑袋上时,他才记起,那张从镜子里注视着他的沧桑的脸。

温斯顿的思想活跃起来。他背靠着墙坐在木板床上,白板放在膝盖上,然后开始工作,他慎重地把重新教育自己作为目标。

他已经投降了,这是商定好了的。事实上,如同他所看到的,在他做好决定之前很长时间他就准备投降了。当温斯顿进入友爱部的那一刻——是的,从他和朱莉娅无助地站在那里,电幕里传来冷酷的声音要求他们干什么的那几分钟开始——温斯顿就领会到,试图凭一己之力去反对党的力量是多么愚蠢。现在他知道,在这七年的时间里,他就像放大镜下的一个甲壳虫一样,时刻被思想警察观察着。没有他们注意不到的举止言行,没有他们推断不出来的思想。他们甚至小心翼翼地把放在日记本上的那粒微小的白色尘埃放回到原位。他们给温斯顿播放了录音带,给他看了照片。其中的一些照片是朱莉娅和他自己。是的,甚至……他不能再反对党了。此外,党是正确的。一定是这样的:一个永生的集体的大脑,怎么会犯错呢?通过一个什么样的外在标准,判断它的对错呢?心智健全是一个统计学上的概念。这仅仅是一个按着他们的想法去思考的问题。仅仅是——!

温斯顿感觉他手中攥着的铅笔又粗又不好用,他把脑子里出现的想法,都写到白板上。他先笨手笨脚地写下几个大写字母:

自由即奴役

紧接着他几乎没有任何停顿地在下面写道：

二加二等于五

但是紧接着他拿着笔的手稍稍停了一下。他的思想几乎没有办法集中，好像他在回避什么东西。他知道下一句自己要写什么，但是此时他想不起来。当他想起来时，只是靠自己有意识的推理推断出来下面是要写什么，而不是自然而然想起来的。他写道：

上帝即权力

他可以接受任何事情。过去可以被篡改，过去从来没有被篡改过。大洋国和东亚国在打仗，大洋国和东亚国的战争一直在进行。琼斯、阿隆逊、鲁瑟福犯有被控告的罪行，他从来没有见过那些证明他们没有罪的照片。它们从没有存在过，是温斯顿捏造了它们。他还记得，他曾经记得一些和记忆相反的东西，但是那些都是虚假的记忆，都是一些自欺欺人的产物。这一切是多么容易！只要投降，所有的问题都能迎刃而解。这就像逆流游泳，无论你多么努力地挣扎向前，水流都会把你卷起来往后推。然而你突然决定转过身来，顺流而下，而不是继续逆流而上。其实除了你自己的态度以外，什么都没有改变。在任何情况下，注定的事情都会发生。他几乎不知道他为什么要造反。所有的事情都很容易，除了——！

任何事情都有可能是真的。所谓的自然规律纯属胡说八道。万有引力定律也是胡说八道。奥勃良曾经说过："如果我想，我可以像肥皂泡一样从地板上飘起来。"温斯顿明白了。"如果他认为自己可以从地板上飘起来,那么如果我同时也认为我看到他这么做了,那么这件事就真的发生了。"突然,好像一个水下的残骸冲出水面一样,他的脑子里突然蹦出了一个想法:"这并没有真正发生,这是我们想象出来的,这是幻觉。"这个想法立即就被他压了下去。显而易见这种想法是一种谬论。预先假定,在某个地方或是在自己之外的一个地方,在那儿有一个"真实"的世界,那里上演着"真实"的事情。但是怎么可能有那么一个世界呢?除了通过我们的大脑之外,我们所了解的所有事都是怎么得来的?所有的事情都是在头脑里发生的。无论在头脑里发生了什么事情,这件事情就真的发生了。

处理掉这个谬论对他来说没有任何难度。温斯顿也不存在向谬论屈服的危险。然而,他还是意识到,他永远不该想到它。不过他还是认为,当危险的思想出现时,意识应该开发出一个盲区。这种过程应该是自动的、本能的,在新话里他们称作犯罪停止。

他开始锻炼犯罪停止。他给自己提出了一些命题——"党说地球是平的""党说冰比水要重"——他训练自己不去看,或是不去弄明白和他们矛盾的观点。这可真不容易。这需要很强大的推理能力和临时发挥的能力。这个算数问题出现了,例如,"二加二等于五"这样的算数问题已经超出了他的智力范围。这也需要大脑具备一种能力,一方面可以对逻辑进行微妙地应用,另一方面又可以迅速地忘记逻辑上的错误。愚蠢与聪明的必要性是一样的,并且一样难以实现。

与此同时,他的一部分思想还是在想,他想知道还要多久他们才会枪毙他。"所有的事情都取决于你自己",奥勃良曾经说过，但是他知道在这儿没有方法可以有意识地让死期早点儿来临。可能是在十分钟之后，也可能是在十年之后。他们有可能会把他单独监禁很多年，他们可能把他送到劳动营里去，可能把你释放一会儿，就像他们有时做的那样。在他们枪毙你之前，他们会在将你被逮捕和审讯的整个过程，重演一遍，这是完全有可能的。有一点可以确定，死期总是让你始料未及的。传统——不言而喻的传统：尽管你从来没有听说过这个说法，不过你还是知道——当你沿着走廊从一个牢房进入另一个牢房时，他们总是站在你的身后，不会给你任何的警告，从你的身后射杀你。

有一天——但是"有一天"的说法不是很贴切，因为极有可能是在半夜。有一次——他陷入了一种奇怪的、幸福的遐想之中。他顺着走廊行走，等待着那颗子弹。他知道子弹瞬间就会到来。所有的事情都解决了，缓和了，妥协了。没有更多的怀疑，没有更多的争论，没有更多的疼痛，没有更多的恐惧。温斯顿的身体健康而强壮。他走路很轻盈，他很愉快，感觉好像在阳光下行走一样。他不再行走在友爱部狭窄的白色走廊里，他走在一条宽阔的、大概一公里宽的充满阳光的通道上。好像因为是吃了药的缘故，他在神志昏迷地行走。他身处黄金乡，沿着一条布满脚印的小路，穿过一个兔子经常出没的老牧场。温斯顿可以感受到脚下软绵绵的短草，可以感受到温煦的阳光照在脸上。在草场的边上有很多的榆树，在微风中，轻轻地来回摆动。在远处的什么地方有一条溪流，在柳树下面碧绿的水池里鲦鱼在游来游去。

突然间，温斯顿从恐惧中惊醒过来，他的后背满是汗水。他听见自己大声喊道：

"朱莉娅！朱莉娅！朱莉娅，我的爱人！朱莉娅！"

有那么一会儿，他有一种强烈的幻想，感觉她就在这里。她似乎不只是和他在一起,而且存在于温斯顿的身体之中。她好像存在于他的皮肤纹理之中。在那一刻,温斯顿对朱莉娅的爱远远超过了他们自由地在一起的时候。另外,他也知道,在某个地方朱莉娅仍然活着,她也需要他的帮助。

温斯顿躺在床上,试图让自己镇静下来。他做了什么?一时的软弱,会让受奴役的日子增加多少年?

再过一会儿,他就能听到牢房外面传来的皮靴声,他们是不可能在你大叫一声后,不惩罚你的。如果他们以前不知道的话,那么现在知道了,温斯顿打破了之前和他们的协议。他服从党,但是他仍然仇恨党。从前,在他服从的外表下,隐藏着异端的思想。现在他更退了一步:他在思想上已经投降了,但是仍希望保持内心思想不受侵犯。他知道自己错了,但是他宁愿自己错了。他们都会理解的——奥勃良会理解的。那一声愚蠢的喊叫,把所有的一切都招认了。

他还得从头再来一遍。这可能需要很多年。他伸出手摸了摸脸,试图熟悉一下自己的新面孔。他的脸颊下面有深深的皱纹,颧骨很突出,鼻子则塌下去了。而且,自从上次在镜子中看见自己之后,他们给温斯顿镶了一副假牙。当你不知道自己的脸是个什么样子时,要保持看起来高深莫测是很不容易的。在任何情况下,仅仅控制面部表情是不够的。他第一次领会到,如果你想保守一个秘密,还必须对自己保密。你必须一直知道,这个秘密在哪里,但是不到万不得已的时候,一定不能让它用任何一种叫得出名字的形状,出现在你的意识里。从现在开始,他不仅要思想正确,还要感觉正确,做梦正确。在这整个过程中,他必须把他对党的仇恨深深地锁在心里,就像一个囊肿,既是自己身体的一部分,又不与身体的其他部分相联系。

终有一天,他们会决定枪毙他。你不会被告知,这将会在什么时候发生,但是在他们动手之前的几秒钟,你有可能会猜到。当你在走廊上行走的时候,他们总是会在你的身后,朝你的后脑勺开枪。十秒钟就足够了。在那时,他的内心世界就翻转起来。突然,不用说任何一句话,不用停下脚步,不用改变他脸上的表情——突然间伪装就被卸下,紧接着砰的一声。他的仇恨就像炮群开火一样。仇恨就像巨大的咆哮着的火焰一样,充斥他自己的内心。紧接着,几乎在同一时刻,砰的一声!子弹来了,不是太晚,就是太早。在他们改造他的大脑之前,会先把他的大脑炸成碎片。异端思想不会受到处罚,不会忏悔,他们永远无法控制他们,就好像他们在自己完美中炸出了一个洞。因为仇恨他们而死,这就是自由。

　　他闭上眼睛。这比他接受思想训练还要困难。这是一个自我侮辱、自我残害的问题。他将陷入最肮脏的污秽之中。什么是最可怕、最令人作呕的事情?他想起了老大哥。老大哥那巨大的脸庞(因为他总是在海报上看到他那巨大的脸,他总是想,他的脸得有一米宽),浓密的黑色胡子,他的眼睛总是跟随着你,注视着你。这些好像都自动浮现在他的脑海里。他对老大哥的真实情感是什么?

　　过道里传来一阵沉重的皮靴声,铁门哐当一声被打开了。奥勃良走进了牢房。在他的身后站着那个蜡像面孔的军官和穿着黑制服的看守。

　　"起来,"奥勃良说,"过来。"

　　温斯顿站在他的对面。奥勃良用他强壮的双手抓住了温斯顿的双肩,紧紧地盯着他。

　　"你有过欺骗我的想法,"奥勃良说,"这是愚蠢的。站直了,看着我的脸。"

他停顿了一下,继续用温和的语气说道:

"你有了提高。你在思想上几乎已经没有问题了。只是在情感上,你没有任何进展。温斯顿,告诉我——记住,不要说谎,你知道我总是能够识破你的谎言——告诉我,对于老大哥,你的真实情感是什么样的?"

"我恨他。"

"你恨他。很好。接下来你就要走最后一步了。你必须爱老大哥。不仅仅是服从他,你必须爱他。"

他把温斯顿朝看守员轻轻一推。

"一〇一号房间。"他说道。

五

在关押期间的每个阶段,温斯顿都很清楚,或者是说好像很清楚,自己身处在这座没有窗户的大楼的什么地方。可能由于在不同的地方空气的气压略有不同。被警卫严刑拷打的地方,是在地下室。被奥勃良审问的房间,在接近顶楼的地方。现在这个地方,在好几米深的地下,已经深到无法再往下深的地步了。

这个牢房比他之前待过的多数牢房都要大得多。但是他几乎没有注意他的周边环境。他只注意到,在他的前方有两张铺着绿呢桌布的小桌子,其中一张桌子距离他只有一两米远,另一张桌子距离远些,在门附近。他坐在椅子上,被皮带绑得紧紧的,以至于他无法动弹,甚至头都不能动一下。一个软垫从后面夹住了温斯顿的脑袋,逼着他只能往前看。

有那么一会儿,他独自待在屋子里,没过多久,屋子的门打开了,奥勃良走了进来。

"你曾经问我,"奥勃良说道,"一〇一号房间里有什么。我告诉你,你早就知道答案了。所有人都知道答案。世界上最可怕的东西就在一〇一号房间里。"

门再次打开了。一个警卫走了进来,手里拿着一个金属丝做的盒子或是篮子一样的东西。那个警卫把东西放在距离温斯顿较远的桌子上。由于奥勃良站着挡住了那个桌子,所以温斯顿看不清那到底是什么东西。

"世界上最可怕的东西,"奥勃良说道,"每个人都有每个人的看法,有可能是活埋,也有可能是烧死,也有可能是淹死,也有可能是钉死,或者有其他别的五十种死法。也有可能最可怕的事是一些平常的,甚至不会有致命危险的东西。"

奥勃良往旁边移了一下,温斯顿得以更好地看清桌子上的东西。这是一个长方形的铁笼子,在铁笼子的上面有一个提手,方便人们携带。在笼子的前面装着一个看起来像击剑面具一样的东西,但是凹面朝外。尽管铁笼子距离温斯顿三四米远,但是他仍能看清铁笼子被纵向分为两部分,而且每部分里面都有一些动物。这些动物是老鼠。

"对于你来说,"奥勃良说道,"老鼠是世界上最可怕的东西。"

当温斯顿第一次瞥见那个铁笼子的时候,虽然不确定里面装的是什么,但却有一种不好的预感。但是现在他突然明白那个铁笼子正面那个面罩状的东西究竟是干什么用的了,他浑身颤抖,吓得屎尿直流。

"你不能这么做!"他声嘶力竭地喊叫着,"你们不能,你们不能这么做!这不可能。"

"你记得吗,"奥勃良说,"过去,在你的梦境中出现的惊慌时刻?在你的前面有一堵黑色的墙,在你的耳边有一种咆哮的声音。在墙的另一边有一种可怕的东西,你知道自己清楚那是什么,但是你不敢把它们说出来。在墙的另一边是老鼠。"

"奥勃良!"温斯顿说,他竭力控制住自己的声音,"你知道这么做没有必要。你到底想让我做什么?"

奥勃良没有直接回答他。当他说话的时候,他又换上了他有时用的老师般的态度。他沉思地看着前面,好像在对着温斯顿背后什么地方的观众演讲一样。

"对于疼痛本身来说,"奥勃良说,"疼痛总是远远不够的。有时候一个人可以坚持和疼痛做斗争,即使是达到了要死的程度。但是对每一个人来说,都有一些无法忍受的事——一些想都无法想的东西。这与勇气和懦弱无关。如果你从高处坠落,抓住一条绳子,这不是懦弱的表现。如果你从深水里浮出头来,拼命地呼吸,这也不是懦弱。这仅仅只是一种不能摧毁的本能。对于你来说,老鼠是让你无法忍受的。它们是一种你无法抗拒的压力形式,即使你想抗拒也不行。需要你做什么,你就去做什么。"

"但是那是什么,到底是什么?我都不知道它是什么,我能怎么做?"

奥勃良提起铁笼子,把它拿到了离温斯顿较近的一个桌子上,然后小心翼翼地把铁笼子放到绿呢桌布上。温斯顿可以听见血液在耳朵里嗡嗡的声音。温斯顿感觉坐在那儿非常孤独。他好像在一片荒凉的大平原的中央,身处一片阳光普照的平坦沙漠中,穿过平原沙漠,所有的声音都从遥远的地方传来。然而温斯顿距离笼子里的老鼠也就不到两米远。这些老鼠长得都很肥大。它们都到了口鼻又平又钝,模样凶猛,毛发由灰色变到棕色的年龄。

"老鼠,"奥勃良仍然对着他看不见的观众说道,"虽然老鼠是一种啮齿类动物,但它是食肉的。你应该知道这一点。你应该听说过在这个城市里的贫民窟发生的事情。在一些街道,女人不敢把孩子独自放在家中,即使是五分钟。这些老鼠一定会攻击孩子。在很短的时间之内,老鼠就能把孩子的身体啃得露出骨头。老鼠也会咬生病或是快死的人。它们在感知什么时候一个人最无助这方面,表现出惊人的智慧。"

铁笼子里迸发出一阵吱吱的尖叫声,好像从很远的地方传到温斯顿这里。老鼠在打架,它们试图钻过这个隔开它们的东西到对面去。他也听见了一声低沉、绝望的呻吟声。这声音好像也是从他身体外的什么地方传过来的。

奥勃良提起铁笼子,并且他在提起笼子的同时,按了一下笼子里的什么地方。温斯顿听到啪嚓一声,于是发疯似的想要把自己从捆绑着他的椅子上挣脱出来。但这一切都是徒劳无用的,他身体的每一部分,甚至他的头,一点儿都动弹不了。奥勃良把铁笼子移得更近了,铁笼子距离温斯顿的脸仅仅不到一米。

"我已经按下了第一个手柄,"奥勃良说,"你清楚这个铁笼子的构造。这个面罩和你的脑袋正合适,没有任何空隙。当我按下另一个手柄时,这个铁笼子的门就会弹开。这些饥饿的小畜生就会像子弹一样窜出来。你见过老鼠在空中跳跃吗?他们会跳到你的脸上,一直往里面钻。有时候,他们首先攻击你的眼睛。有时候,他们会先钻进你的脸颊,然后吃掉你的舌头。"

铁笼子越来越近,越来越近。温斯顿听到一连串的尖叫声,好像从他的脑袋上方传来。温斯顿还在和自己的恐惧做着激烈的斗争。要思考,要思考,即使剩下半分——思考也是他唯一的希望。突然,温斯顿的鼻孔被这些畜生的霉臭味熏到了。他的胃猛烈地抽搐,感到恶心,温斯顿几乎失去了意识。他的眼前漆黑一片。有那么一瞬间,他像畜生一样疯狂地尖叫。然而,他紧紧抱着一个想法,从黑暗里挣脱出来。在这儿有一个,只有一个方法可以拯救自己。他必须把另一个人插进来,用另一个人的身体,把他和老鼠隔开。

面罩的圈子已经足够大,大到可以把他视线里的任何东西都遮挡住。温斯顿的脸距离铁笼子的门也就几根手指的距离。老鼠知道接下来会发生什么。其中一只老鼠上下跳跃着,还有一只下水道里的家伙,老得掉了毛,用它那粉红色的爪子,扒着铁丝网站立着,用鼻子使劲儿嗅着空气。温斯顿可以看见它的胡须和黄牙。温斯顿再次陷入了黑色的恐慌之中。他眼前一片漆黑,他什么也做不了,大脑一片空白。

"在中国古代,这是一种常见的惩罚方法。"奥勃良一如既往地说教道。

面具一点儿一点儿地靠近他的脸,金属丝轻触到他的脸颊。接着——不,这不能解脱,这仅仅只是希望,一丝微小的希望。太晚了,也许太晚了。但是温斯顿突然明白,全世界只有一个人,他可以把他自己的惩罚转移到她的身上——只有一个人的身体可以插入他和老鼠之间。然后他就没完没了地、疯狂地大叫起来:

"咬朱莉娅!咬朱莉娅!不要咬我!朱莉娅!我不管你对她做什么。把她的脸撕下来,啃她的骨头。不要咬我!朱莉娅!不要咬我!"

温斯顿向后倒了过去,掉入深渊,远离了老鼠。他仍然被绑在椅子上,但是他已经倒下穿过了地板,穿过了大楼的墙壁,穿过了地球,穿过了海洋,穿过了大气层,掉入了外太空,掉入了星际——远远地,远远地,远离了老鼠。温斯顿已经在光年的距离以外,但是奥勃良仍然在他的身边站着。他的脸颊依旧碰触到那冰冷的铁丝。但是在黑暗的笼罩之中,他听到了一声金属碰撞的声音,他知道铁笼子的门关上了,没有打开。

六

栗树咖啡馆里几乎空无一人。一缕阳光透过窗户斜落在布满尘埃的桌面上。这是生意清淡的十五点,从电幕里传出来一阵微弱而舒缓的音乐。

温斯顿坐在他经常坐的角落里,凝视着一只空杯子。他过一会儿就抬起头,看一眼对面墙上的那张大脸。那上面的标题写着:老大哥在看着你。不等招呼,一个服务员就走上前来,给温斯顿的酒杯里斟满了胜利牌杜松子酒,又从另一个软木塞的瓶子里摇出了几粒丁香味的糖精放到了里面。这是栗树咖啡店的特色。

温斯顿听着电幕里的内容。此时从电幕里传来的只有音乐声,但是电幕里随时都有可能广播和平部的特别公报。非洲前线的消息使得人们极其不安。温斯顿一整天都在为这件事提心吊胆。一支欧亚国的军队(大洋国和欧亚国处在战争之中,大洋国和欧亚国一直处于战争之中)正在以惊人的速度向南移动。中午的报告没有提到任何详细的区域,但是很有可能战争已经移到了刚果河口。布拉柴维尔和利奥彼德维尔已经危在旦夕了。不用看地图也能明白这其中的意思。这不仅仅是一个失去非洲中部的问题,在整个战争之中,大洋国的领土第一次受到了威胁。

温斯顿的内心燃起一股强烈的情感,确切地说不是害怕,而是一种说不出道不明的激动，这种情感在他的身上爆发了，紧接着又消失了。关于战争的事，他不再去想。在这些天里，他甚至不能在一件事情上集中精神超过几分钟。温斯顿拿起酒杯，一饮而尽。一如既往，杜松子酒让温斯顿感觉到一阵战栗，甚至有些轻微的恶心。这种味道太可怕了。丁香和糖精的味道本身就足够让人作呕，但是还是压不住杜松子酒的油味。最让人感到糟糕的是，他的身上一整天都弥漫着杜松子酒的难闻气味，在他的脑海里，这种酒味和某种气味密不可分地混合在一起——

温斯顿从来不指明那是什么，即使在他的思想里，只要有可能，他就尽力不去想它们的样子。它们只是他模模糊糊地想起的什么东西，徘徊着靠近他的脸，一种气味扑鼻而来。杜松子酒在温斯顿的胃里翻腾了一下，温斯顿张开那发紫的嘴唇，打了一个嗝。温斯顿自从被释放之后，变胖了很多，他恢复了之前的气色——确切地说，比之前的气色更好了。他的身体更粗壮了，鼻子和脸颊的皮肤显得有些粗糙发红，甚至连光秃的头顶也泛起了深深的粉色。服务员再次主动地把棋盘和当天的《泰晤士报》拿过来，还把报纸翻到刊登棋艺栏的那一页。之后，看到温斯顿的酒杯空了，他拿了一瓶杜松子酒把温斯顿的酒杯斟满了——在这儿没有必要招呼服务员，他们知道温斯顿的习惯。棋盘总是为他准备好，角落里的那张桌子总是给他留着。即使咖啡馆里满员，这个座位仍然属于他，因为没有人愿意离他太近，他甚至从来不费心计算他喝了多少酒。过一会儿，他们就会送过来一张脏兮兮的纸条，他们说是账单，但是温斯顿感觉他们总是少收了他的钱。如果反过来，多收了他的钱，也没有什么区别。现在他总是有用不完的钱。他甚至还有一份工作，一个挂名职务，薪水比他之前的工作要高得多。

第三部

电幕里的音乐声停止了,响起来一个说话声。温斯顿抬起头听。不是来自前线的公告,然而,只不过是一个来自富裕部的简洁的公告。在上一个季度,第十个三年计划中鞋带产量超额完成了百分之九十八。

温斯顿研究了一下报纸上的那局难棋并摆上了棋子。这个棋局的结局很难办,要用到一对马。"白棋先走,两步将死。"温斯顿抬起头看了一眼老大哥的肖像。他朦胧而神秘地认为,白棋总是将死对方。总是这样,没有例外,结局都是被安排好的。自从世界开始以来,在难棋的问题上,黑棋从来都没赢过。这不是一个永恒的象征吗?象征着正义会永恒地战胜邪恶?那张巨大的脸凝视着他,既镇定又充满了力量。白棋总是将死对方。

电幕上的声音停止了,有一个与众不同的严肃的声音说道:"大家请注意,在十五点三十分有重要的公告,十五点三十分!这个公告很重要。注意不要错过它。十五点三十分!"叮当的音乐声再次响起。

温斯顿的心里如一团乱麻。那是来自前线的公告,本能告诉他有个坏消息要来了。一整天,他都处在时断时续的兴奋之中,在他的脑海里浮现出大洋国在非洲惨败的景象。他好像真的看到了欧亚国的军队攻克了那些从未被突破的边境,像一群蚂蚁一样拥向非洲的南端。为什么不能以其他的方式从侧面包抄他们呢?非洲西海岸的轮廓清晰生动地浮现在温斯顿的脑海里。温斯顿拿起白棋的马向前走了一步,这一步走得正好。甚至当他看见一群黑色的大军向南挺进时,他也看到了另一股神秘的武装力量集合起来,这股力量突然插进了他们的大后方,割断了他们的陆海交通。他觉得凭借自己的主观意愿,他正将一支力量带入现实。但是他们必须立马行动起来。如果让他们控制了整个非洲,如果他们控制了好望角的机场和潜艇基地,那么大洋国就会被一分为二。这可能意味着:战败、崩溃、世界被再次划分,党的覆灭!温斯顿深深地吸了一口气,心里有一种特别复杂的感情——但是更准确地说不是复杂的感情,而是连续的、有层次的感情,只是不知道最底下的感情是哪个——在他的内心中斗争着。

一阵心烦意乱过去了。他用手拿起那颗白色的马,把它放回到原来的位置,但是此时,他无法静下心来去认真研究这盘很有难度的棋局了。他的思绪又漫无目地游荡起来。他几乎无意识地在布满灰尘的桌子上,用手指轻轻地写出了:

2+2=5

"他们不能进入你的心里。"她说过。但是他们可以控制你。"在你身上发生的事情,会在这儿永远持续下去。"奥勃良说道。这句话是真的。有一些事情,你自己的一些行为,是永远无法挽回的。在你的胸膛里有什么东西被杀了,被烧毁了,被腐蚀掉了。

温斯顿看见过她,他甚至还同她说了话。现在这并没有危险。温斯顿好像本能地知道他们现在对他的所作所为没有任何兴趣。如果他们其中有一个人愿意的话,可以安排自己和她再见一次面。事实上,他们的相遇是一次偶然。在公园里,那是在三月一个寒风刺骨、极糟糕的一天,地面冻得像钢铁一样硬,所有的草似乎都被冻死了,除了被风吹得散落了一地的藏红花,没有一个地方有嫩芽。当温斯顿在不足十米远的地方看见她时,她正双手冰冷,流着眼泪独自匆忙地走着。温斯顿立马就被震惊到了,她有一种说不清的变化。他们擦肩而过,竟然连一个招呼都没有,紧接着他转身跟在她的身后,并不是跟得很急切。温斯顿知

第三部

道这儿没有危险,没有人会对他感兴趣。她没有说话,斜穿过草地,好像试图在摆脱他的跟踪,后来感觉甩不开,她就让他走到了自己的身旁。现在他们走进了枯萎的灌木丛中,这个灌木丛既不能躲避人,也不能防住风。他们停住了脚步。这一天冷得很,风从枯树枝之间呼啸而过,有时把脏兮兮的藏红花也吹跑了。他轻轻地用手臂搂住她的腰。

这个地方没有电幕,但是一定隐藏着话筒。此外,他们很有可能被别人看见了。不过这没有关系,没有什么要紧的。如果他们愿意的话,甚至可以在地上躺下来做那事,一想到这里,他的肌肉就吓得僵硬住了。而朱莉娅对他的搂抱没有任何反应。她甚至没有试图把自己从他的怀抱中挣脱出来。他现在知道她哪里发生变化了。她的脸色蜡黄,而且脸上有一道长长的疤痕,从前额到太阳穴,有一部分疤痕被头发遮住了。但是这并不是他感到变化的地方。她的腰变粗了,而且,更让人觉得惊讶的是,她的腰更加僵硬了。他想起有一次,在一颗火箭弹发生爆炸之后,他帮忙从废墟之中把一具尸体拖出来,他很惊讶地发现,尸体不仅重得让人难以置信,而且还僵硬得难以处理,尸体看起来更像是石头,而不是肉体。她的身体就像那具尸体。他突然想到,她皮肤的质地和以前相比也十分不同。

他没有试图去吻她,他们也没有说话。当他们穿过草地往回走时,她才第一次直视他。不过那也只是短暂的一瞥,她的眼神里充满了轻蔑和厌恶。他不知道她的这种厌恶是纯粹因为过去,还是因为他那浮肿的脸和那被风刮得流着泪水的眼睛。他们在两把铁椅子上肩并肩地坐下来,但是不敢靠得太近。他看着她好像要说点儿什么。她把笨重的鞋子在地上移动了几厘米,并且故意踩断了一根小树枝。温斯顿注意到她的脚和以前相比,似乎变得更宽了。

"我背叛了你。"她直截了当地说。

"我背叛了你。"他说。

她又快速地厌恶地看了他一眼。

"有时候,"她说,"他们用你无法忍受的东西威胁你,这种东西甚至让你无法思考。紧接着你就会说道:'不要这样对我,去对别人这样,去对某某人这样。'也许刚开始你是假装这么做,因为你认为这仅仅只是一个诡计,只是为了让他们停下来,并不真正地意味着什么。但是这不是真的。当事情发生的时候,你说的就是这个意思。你认为没有其他的办法可以拯救自己,而且你也准备好用这个方法去拯救自己。你希望这件事情发生在别人的身上。你一点儿也不关心他们所经受的折磨。你所关心的只有你自己。"

"你只关心你自己。"他附和道。

"从那之后,你对那个人的感情就不再一样了。"

"是的,"他说,"你就感觉不一样了。"

在这儿似乎没有什么其他更多的话要说。他们身上单薄的工作服被风吹得紧紧地贴在身上。在那儿一声不吭地坐着让他们感觉很尴尬,而且,在那儿一直坐着太冷了。她说她有事要赶地铁,随即站起身来准备离开。

"我们一定会再见面的。"他说。

"是的,"她说,"我们一定会再见面的。"

温斯顿犹豫不决地跟在朱莉娅后面走了一小段路,他就在她的身后,保持着半步之遥。他们没有再说话。她实际上不是真的想甩掉他,但是朱莉娅只是想以这个速度防止他和自己并肩行走。他下定决心陪着她一直走到地铁车站门口,但是温斯顿突然

第三部

觉得在这寒风凛冽的天气中行走似乎是毫无意义的,也是无法忍受的。他这时有一个强烈的想法,不如离开朱莉娅回到栗树咖啡馆去,栗树咖啡馆似乎从来没有像现在这个时刻这么吸引过他。他怀念起角落里的那张桌子,还有那报纸、棋盘和一直被斟满的杜松子酒。最重要的是,在那儿会很温暖。接着,不完全是偶然,他与朱莉娅之间隔了几个人。他不是很在意地跟着她,然后放慢了脚步,转身往回走。在走了五十米的距离时,他回过头来往回看。大街上虽然不拥挤,但是已经无法看清哪个是朱莉娅。她可能是这十几个匆忙赶路之中的一个。也许从背后已经不再能辨认出她那粗壮僵硬的身体。

"当事情发生的时候,"她说,"你说的真是这个意思。"他说的真是这个意思。他不仅仅说了这个,并且希望是这样。他希望是她,而不是他自己被送去喂——

电幕里的音乐发生了变化。一些破碎、嘲弄、预警的音符掺杂了进来。然后——也许这些并没有发生,也许这仅仅是一些记忆中的旋律——有人唱道:

在遮荫的栗树下
我出卖了你,你出卖了我——

突然,他的眼泪夺眶而出。一个服务员走过来,看到他的酒杯已经空了,就去拿了瓶杜松子酒过来。

他端起酒杯闻了闻。这酒一口比一口难喝,但这是他沉溺其中的要素。这是他的生命,他的死亡,他的复活。杜松子酒让他每天晚上都烂醉如泥,又是杜松子酒让他每天早上都恢复活力。他很少在上午十一点之前醒来,每次醒来的时候他的眼皮都像黏住了一样睁不开,嘴里也像火烧一样,后背也弯得像快要折断一样,如果不是前一天晚上放在床边的酒和酒杯,他甚至都不能爬起身来。在中午的几个小时里,他都神情呆滞地坐在那里,旁边还会放着一瓶酒,收听电幕。他是栗树咖啡馆的常客,他会从十五点开始一直待到打烊。没人关心他在做什么,没有警笛能惊动他,电幕也不会呵斥他。有些时候,可能一周时间会有两次,他去位于真理部的一间满是灰尘、被人遗忘的办公室里做点儿工作,或者说做一些所谓的工作。他被指派到一个委员会的下属委员会,前者是处理编纂第十一版新话词典细节问题的若干委员会中的一个。他们要求他做一个叫中期报告的东西,但他从来都不清楚这报告是写什么的,好像是与逗号应该写在括号里还是括号外的问题有关。委员会的其他四名成员全是和他相似的人。有时他们因为开会聚在一起,会一开完,立马就散开,彼此都坦率地承认其实没有什么事要做。但有些时候,他们也会坐下来热切地工作,尽可能地表现自己,他们登记纲要,起草长长的从来没有完成过的备忘录——每当对一些问题有争议的时候,他们就会把争议变得极其深奥复杂,对定义吹毛求疵,将话题无限扯远,吵闹着相互威胁,甚至说要向上级汇报。然而,突然,他们又都泄了气,围坐在桌旁,两眼茫然地望着对方,好像听见公鸡打鸣就消失的鬼魂一样。

电幕安静了一会儿,温斯顿再一次将头抬了起来。公报!但,不是,他们只是换了下音乐。一幅非洲地图浮现在了他的眼前。军队的行动是一幅图表:一个黑色的箭头直指南方,一个白色的箭头横着指向东方,并穿过了黑色箭头的尾部。似乎是为了得到肯定,他抬眼看了下画像上那张沉着的脸,怎么能认为第二个箭头是不存在的呢?

第三部

他的兴趣又消失了。他又喝了一口杜松子酒,拿起白棋的马,试探性地走了一步。将军。但显然这步棋下错了,因为——

他毫无征兆地想起了一段往事。他看到一间点燃蜡烛的屋子,屋子里有一张铺着白色床单的大床,还有他自己。那时候他是一个九岁或十岁的男孩,坐在地板上,摇着一个骰子盒,兴奋地大笑。他的母亲坐在他的对面,也在笑着。

这一定是她失踪前的一个月。那时候他们两个已经和好了,他也忘却了肚子里十分煎熬的饥饿,暂时恢复了幼时对她的爱恋。他很清楚地记得那一天,雨下得很大,雨水顺着玻璃窗倾泻而下,屋子里的光线太暗了,没有办法看书。两个孩子待在阴暗狭窄的卧室里,十分无聊。温斯顿吵闹着要吃的,将屋子里的东西都翻腾了出来,还不断地踢墙板,惹得邻居敲打墙壁抗议,而比他小的那个孩子也在不断地哭泣着。最后,他的母亲说:"乖乖的,我去给你买玩具。非常可爱的玩具——你会喜欢的。"说完,她就冒着大雨出去了,这时候附近还有几个小百货店偶尔营业。她带回来一个硬纸箱,里面装着一副蛇梯棋。他仍然记得潮湿的硬纸板的气味。棋的制作工艺很差劲,棋盘有裂缝,木质的小骰子也很粗糙,都不能放平。温斯顿闷闷不乐地看了这个东西一眼,一点儿兴趣都没有。但是这时候他的母亲点亮了一支蜡烛,之后,他们便坐在地板上玩了起来。当小棋子很快要爬到梯子顶,又一下子掉回了起点的时候,他就变得非常兴奋,又叫又笑。他们一共玩了八次,各赢四次。他的妹妹年纪还太小,不懂他们玩的是什么,靠着长枕坐在那里,看到他们笑,她也跟着笑。整整一个下午,他们待在一起都很快乐,就像他的幼年时代。

他从这段记忆中挣脱出来,这段记忆是假的。这样虚假的记忆经常让他感到烦恼。不过,只要你明白这是假的,就无关紧要了。一些事情的确发生过,一些则没有。他又注意起象棋,再次拿起白棋的马。就在他刚刚捡起这颗棋子的时候,这颗棋子突然掉落在了棋盘上,吓了他一跳,就像被针扎到了一样。

一阵尖锐的喇叭声刺穿了空气。这是公报!胜利!在发布新闻前有喇叭声出现就意味着有胜利的消息传来。咖啡馆就像有一股电流通过一样激动,就连服务员也惊呆了,竖起了耳朵。

喇叭声突然响起,引起一阵喧哗。电幕已经开始广播,传出广播员激动的声音,但是刚一开始,外面庆祝的吼声就几乎把它淹没了。消息像变魔术似的在街上传开。他从电幕上听到的一切消息,都如他所料的那样发生了:一支海军舰队秘密地集合起来,突袭了敌军后方,白色箭头切断了黑色箭头的尾部。在人声喧哗之中,他断断续续地听到一些关于胜利的短语:"伟大的战略部署——完美的配合——彻底击溃——五十万俘虏——完全丧失斗志——控制住了整个非洲——战争的最终胜利指日可待——人类历史的伟大胜利——胜利,胜利,胜利!"

温斯顿的脚在桌子底下抽筋似的抖动着。他坐在那里没有动,但在他的思想里,他在奔跑,飞快地奔跑,和外面的人们一起,大声欢呼,把耳朵都要震聋了。他又抬头看了一眼老大哥的画像。这个统领世界的巨人!他是将亚洲的乌合之众撞得头破血流的巨石!他想起就在十分钟之前——是的,仅仅十分钟之前——就在他思考前线传来的消息到底是胜利还是失败的时候,他还心存疑惑。啊,消灭的不仅仅是一支欧亚国的军队!从进入友爱部的第一天起,他已发生了很多变化,但是直到现在,他才发生了最后的、不能缺少的、彻底的改变。

电幕里的声音仍在连续不断地报告着俘虏、战利品和屠杀的故事,但是外面的欢呼声已经减弱了一些。服务员们又回去工作了,他们中的一个拿来了杜松子酒。沉浸在美好的梦境中的温斯顿,没有注意到他的酒杯已经被倒满。他不再奔跑欢呼,他重新回到友爱部,一切都得到了原谅,他的灵魂也洁白似雪。他站在被告席上招认了所有事情,牵扯进了所有人。他走在铺着白色瓷砖的走廊里,就觉得自己走在阳光中一样,身后跟着佩带着枪的警卫。等待已久的子弹射穿了他的脑袋。

他抬起头,凝望着那张巨大的脸。他花了四十年时间,终于知道隐藏在那黑色的大胡子背后的是什么样的笑容。啊,残酷的,没有必要的误解!啊,任性地背离那慈爱胸怀!两颗掺杂着杜松子酒味道的泪滴,顺着他的鼻梁流了下来。但这也好,一切都很好,斗争结束了。他战胜了自己。他热爱老大哥。

【附 录】

【东 • 调】

新话的原则

新话是大洋国的官方语言,它被发明出来是为了满足英社或英国社会主义的意识形态的需要。在一九八四年,还没有一个人能用新话作为唯一交流手段,不论是口头的,还是书面的。《泰晤士报》上的社论是用新话写的,但是这是一种特技,只有专家才能做到。估计到大约二〇五〇年新话将最终取代老话(我们称之为标准英语)。与此同时,它不断地扩大地盘,所有党员倾向于在每天的谈话中越来越多地使用新话的词汇和语法结构。一九八四年使用的版本,体现在第九版和第十版的新话词典中,是暂时性的,包含了不少多余的词汇和过时的结构,这些以后是要禁止的。我们这里涉及的是体现在第十一版词典中最后的完美版本。

新话的目的不仅是提供一种表达世界观和思想习惯的恰当的媒介给英社拥护者,而且也让其他所有思想方式变为不可能。预期在新话最终被采用,老话被遗忘以后,异端的思想——就是偏离英社原则的思想——将难以被想到,只要思想依赖于词汇,就是这样。它的词汇被建构出来就是为了给党员希望正确地表达每一个意义确切的、经常是非常细微的东西时提供一个表达方式,而排除所有其他的意义,也排除用间接方法得出它们的可能性。做到这样,部分是因为新词的发明,但是主要是因为废除了

297

不合需要的词汇和消除了保留下来的词汇的非正统含义,而且将尽可能地消除它们所有的从属意义。举一个简单的例子,"free"(自由)一词仍然存在于新话中,但是它只能被用在以下这些语句中,比如"This dog is free from lice"(这条狗身上没有虱子)或者"This field is free from weeds"(这片田地没有杂草)。它不可能被用在"politically free"(政治自由)或"intellectually free"(学术自由)等旧有概念中,因为政治和学术自由即使作为概念也不再存在了,因此无命名的需要。除了彻底取缔肯定的异端词汇之外,词汇量的减少也被认为是为减少而减少,凡是并非一定用得到的词都不允许存在。新话被设计不是为了扩大而是为了缩小思想的范围,通过把用词的选择减少到最低限度来间接地达到这个目的。

新话建立在我们今天所认识的英语语言之上,尽管许多新话句子,即使没有包含新近创造的词汇,对我们今天说英语的人而言,也是勉强可以理解的。新话词汇分为三个不同的类别,它们是 A 类词汇、B 类词汇(也叫复合词汇)和 C 类词汇。分别来谈每一类词汇比较简单,但是语言在语法上的独特性可以放到 A 类词汇这一部分中讨论,因为对这三类词汇来说,同样的规则都是有效的。

A 类词汇。A 类词汇由满足日常生活事务需要的词汇组成——这些事情例如吃、喝、干活、穿衣、上楼下楼、骑车、种花、做饭之类的。它几乎全部由我们已掌握的词构成,例如打、跑、狗、树、糖、房屋、田野——但与目前的英语词汇相比,它们的数量极其少,而且它们的意义也被非常严格地限定。所有歧义和不清楚的意义都被从它们之中排除掉。在能够做到的情况下,这类新话的词仅仅是表达一个清楚的、被理解的概念的一种断音。把 A 类词汇用于文学写作或政治、哲学讨论是完全不可能的。它只是被用来表达简单的有目的性的思想,通常涉及具体事物或身体行为。

新话的语法有两个突出的特点。第一个是在演讲的不同部分之间几乎完全可以互换。语言中的任何一词(原则上这甚至适用于像"if"或"when"这样非常抽象的词)都可以被用作动词、名词、形容词或者副词。在动词和名词的形式之间,如果它们是同根,就没有任何变化,这条规则本身就废除了许多陈旧的形式。例如,"thought"(思想)这个词,在新话中并不存在。它被既当名词又当动词用的"think"(思考)代替了。这里没有什么词源学原则:在一些情况下选择保留原来的名词形式,另一些情况下则保留动词形式。甚至意义相近的名词和动词在词源上没有关联的情况下,它们之中的一个或别的经常被取消。例如,没有像"cut"(切)这样的词,它的意思被名–动词"knife"(刀)充分包含了。形容词可在名–动词后面加上后缀"-ful"构成,副词可加"-wise"构成。因此,举例来说,"speedful"意思是"rapid"(迅速的),"speedwise"意思是"quickly"(迅速地)。我们目前使用的形容词,比如"good""strong""big""black""soft",一定要保留,但是它们的总数非常少。人们很少需要用到它们,因为几乎任何形容词的意思都能用在名–动词后面加"-ful"来表达。现在存在的副词没有一个被保留,除了极少数已经有"-wise"结尾的,"-wise"词尾始终不变。例如,"well"一词被"goodwise"替代。

另外,任何一个词——这个又当作基本原则应用于语言中的每一个词——都能通过加词缀"un-"而具有否定意义,或者通过加词缀"plus-"而进行强调,或者为了得到更进一步强调,加词缀

"doubleplus-"。因此举例来说,"uncold"(不冷)的意思是"warm"(温暖),而"pluscold"和"doublepluscold"意思分别是"very cold"(非常冷)和"superlatively cold"(极冷)。在当今英语中,通过介词词缀如"anti-""post-""up-""down-"等来限定几乎任何一词的含义,也是可以的。通过这样的方法,能大大减少词汇量。举例来说,有了"good"(好)一词,就没有必要有"bad"(坏)这样一个词,因为要表达的意思是同样的——用"ungood"(不好)表达确实要更好。凡是两个词互为反义词的情况下,须决定取消它们中的一个。例如,"dark"(黑暗)可以用"unlight"(不明亮)替代,或者根据偏好,把"light"(明亮)用"undark"(不暗)替代。

新话语法的第二个明显特点是它的规则性。除了下文提到的一些例外情况,所有词形变化都遵循同样的规则。因此,所有动词的过去式和过去分词都是同样的,都以"-ed"结尾。"steal"(偷)的过去式是"stealed","think"(想)的过去式是"thinked",依此类推,整个语言中所有像"swam""gave""brought""spoke""taken"等形态都取消。所有复数根据具体情况通过加"-s"或"-es"得到。"man""ox""life"的复数是"mans""oxes""lifes"。形容词的比较级总是通过加"-er""-est"得到(如"good""gooder""goodest"),不规则形态"more""most"则被取消。

仍然允许有不规则变化的唯一一类词是代词、关系词、指示形容词和助动词。所有这些沿用它们以前的用法,除了"whom"被认为没有必要而取消外,"shall""should"时态已经被取消,它们所有的用法都被"will""would"替代。有些造字的不规则性是为了满足快速和易于说话的需要而形成的。难以发音或易听错的词,会根据事实本身被认为是不好的词。因此有时候,为了好听起见,要在一个词里插进去几个字母,或者保留旧词形。但是这种需要主要与 B 类词汇有关。至于为什么发音轻松这么重要,在下文将清楚地表述。

B 类词汇。B 类词汇由为了政治目的而特别创造的词组成:也就是说,词汇不仅在每一种情况下都有政治含义,而且旨在把令人满意的思想态度施加于使用它们的人。没有对英社原则充分的了解,很难正确使用这些词。有些情况中,这些词可以被翻译成老话,甚至能被译成 A 类词汇中的词,但这通常需要大段释义,还总是造成一定弦外之音的损失。B 类词汇是一种速记词语,常常把一系列概念包括在少数几个音节中,同时比普通的语言更加精确和有说服力。

B 类词汇在所有的情况下都是复合词。像"speakwrite"(听写器)这样的词,当然是在 A 类词汇中被发现的,它们没有方便的缩写,而且没有特别的意识形态色彩。它们由两个或两个以上的词组成,或由几个词共同组成,紧密结合在一起形成容易发音的形式。这样形成的合成词总是名-动词,按普通规则变形。举一个简单的例子:"goodthink"(好思想)非常粗略地可以理解为"orthodoxy"(正统),或者如果选择把它当作动词,意思就是"to think in an orthodox"(按正统方式思考)。其变化如下:名-动词"goodthink",过去式和过去分词"goodthinked",现在分词"goodthinking",形容词"goodthinkful",副词"goodthinkwise",动名词"goodthinker"。

B 类词汇是不按照任何词源学计划构建的。组成它们的词可能是说话的任何部分,能按任何顺序排列,能用任何方式肢解,让它们在表明词源时容易发音。例如,"crimethink"(思想犯罪)中,"think"(思想)在第二位,而在"thinkpol"(思想警察)中,它出现在第一位,后面的词"police"(警察)已经略去了第二个音节。由于这样读来悦耳了许多,B 类词汇中的不规则词形的构成比 A 类词汇更常见。例如,"Minitrue"(真理部)"Minipax"(和平部)和"Miniluv"(友爱部)形容词形式分别是"Minitruthful""Minipeaceful"和"Minilovely",仅仅因"-trueful""-paxful""-loveful"略微难于发音。然而,原则上所有 B 类词汇都是能变化的,而且所有的词都以完全相同的方式变化。

一些 B 类词汇有极其隐晦的意思,对于没有把新话当作一个整体来掌握的任何人来说,都很难理解。举例来说,像《泰晤士报》社论中这样的一个典型句子"Oldthinkers unbellyfeel Ingsoc",用老话来说这句话,最简短的说法是"Those whose ideas were formed before the Revolution cannot have a full emotional understanding of the principles of English socialism"(凡是思想在革命以前就已经形成的人不可能在感情上对英国式社会主义的原则有充分的理解)。但是这不是恰当的翻译。首先,为了充分理解上述引用新话句子的完整意思,必须对"Ingsoc"(英社)的含义有清楚的概念。其次,只有充分了解"英社"的人才能领会"bellyfeel"一词的全部含义,它包含一种今天难以想象的盲目的热情的赞同;"oldthink"一词也是这样,它与邪恶和堕落的思想牢牢挂钩。但是新话一些词的特殊功能——"oldthink"是其中之一——与其说是表达含义,不如说是消灭含义。这些词在数量上必然不多,让它们的含义延伸到包括它们自己的整个一系列词,因为它们能被一个综合术语所充分替代,所以就能被抛弃并忘掉。新话词典的编纂者面临的最大困难不是发明新词,而是发明了它们以后确定它们的含义是什么;也就是说确定由于它们的存在而可以废除的词的范围。

就"free"(自由)一词而言我们已经看到,曾经具有异端含义的词有时为了方便起见给以保留,但会把不良含义给清除出去。无数的其他词如"honour"(荣誉)、"justice"(正义)、"morality"(道德)、"internationalism"(国际主义)、"democracy"(民主)、"science"(科学)和"religion"(宗教)也已经不复存在了。少数几个总称的词替代了它们,并且在替代它们时消灭了它们。举例来说,所有围绕在自由和平等概念周围的词,都包含在单个的词"crimethink"(思想犯罪)中,而所有围绕在客观和理性概念周围的词,都包含在单个的词"oldthink"(旧思想)中。想更精确一点则是危险的。对党员的要求是要具备一种与古代希伯来人的世界观相似的看法,那些人不要知道别的什么,只知道除了他的民族以外的其他民族崇拜的都是"伪神"。他不需要知道这些神叫作巴力、俄西里斯、莫洛克、阿什托雷斯,以及类似的。按照他的正统观念,也许他知道得越少就越好。他知道耶和华和耶和华的戒律;因此他知道所有有其他名字和其他属性的神都是伪神。与此类似,党员知道什么是正当行为,也非常模糊、笼统地知道不正当的行为可能是什么样的行为。例如,他的性生活完全由两个新话的词"sexcrime"(性犯罪)和"goodsex"(好性)来控制,即"sexcrime"包含所有无论什么性方面的违法行为。它包括私通、通奸、同性恋和其他行为,另外,也包括正常的为了性交而性交的行为。没有必要把它们分别列举出来,因为它们都是同样有罪的,在原则上都可以处死。在由科学和技术词语组成的 C 类词汇中,也许有必要对一些脱离常规的性行为给予专门名称,但是普通公民根本不需要它们。他知道"goodsex"的意思是什么——那就是说,丈夫和妻子之间的正常性交,以生孩子为唯一目的,在女性一方没有肉体快感;所有别的都是"sexcrime"。在新话中很少可能进行异端思考，最多觉察到这种想法是异端的：除这一点之外根本不存在必要的词语。

　　B类词汇中没有词在意识形态上是中性的，很多是委婉说法。举例来说，像"joycamp"（享乐营）（强迫劳动营）或者"Minipax"（和平部，换言之是战争部）这样的词，其含义几乎与字面的意思恰恰相反。另一方面，有些词展现了对大洋国社会真实性质直白而鄙视的理解。一个例子是"prolefeed"，意思是党分发给群众的低劣的娱乐和虚假的新闻。还有一些词褒贬均有，用在党方面时有"好"的含义，用在敌人方面时有"坏"的含义。但是除此之外，有大量的词乍看之下仅仅是缩写，它们的意识形态色彩来自结构而不是含义。

　　只要是人为的，每一个有或者可能有任何种类政治意义的词都属于B类词汇。每一个组织、团体、主义、国家、机构或者公共建筑等的名字，无不缩减到熟见的形态。那就是一个单一的容易发音的、音节数量最少的且保持原来词源的单词。例如，在真理部，温斯顿·史密斯工作的记录司被称为"Recdep"，小说司被称为"Ficdep"，电讯司称为"Teledep"，等等。这样做不仅仅是为了节约时间。甚至在二十世纪早先的年代，压缩词和短语已经成为政治语言的一个典型特点；已经有人指出，使用这种缩略语的趋势在极权国家和极权组织中最突出。例如，"Nazi"（纳粹）、"Gestapo"（盖世太保）、"Comintern"（共产国际）、"Agitprop"（宣鼓）等。在当初，采用缩略语是本能行为，但是在新话里则是目的明确地被使用的。这样缩写一个名称，通过减掉另外附着的大部分联想含义，被认为能把它的含义变少并微妙地改变。例如，"Communist International"（共产主义国际）一词，使人们想起的是全世界人类的手足情谊、红旗、街垒、卡尔·马克思和巴黎公社合综合在一起的情景。"Comintern"（共产国际）一词，在另一方面，仅仅意味着一个关系紧密的组织和一套清晰的学说。它指易于认识的一些事，别无他义，像一张椅子或一张桌子一样。"Comintern"是一个几乎不假思索就能被说出来的词，而"Communist International"是一个至少不得不暂时想一想的短语。同样，由"Minitrue"一词引起的联想要比"Ministry of Truth"少且更可控。这不仅形成尽可能缩称的习惯，而且使人们对让每一个词都容易发音近乎夸张地喜爱。

在新话里，除了词义精确以外，悦耳胜过其他一切考虑。当它显得必要时，语法规则总是为之牺牲。这是正确的，因为，最重要的是政治目的，因而所需的是没有错误含义的、简短凝练的词，它们能够很快地说出来，并且在说话的人心中引起最小限度的反应。B类词汇的词甚至因为它们几乎全部相像的事实而得势。这些词几乎不变——"goodthink""Minipax""prolefeed""sexcrime""joycamp""Ingsoc""bellyfeel""thinkpol"和无数其他的词——都是两个或三个音节的词，重音在第一个音节和最后一个音节之间分配。使用它们有助于形成一种急促的说话风格，同时是断断续续的和单调枯燥的。这恰恰是目的所在。目的就是使讲话时尽可能地独立于意识，尤其是关于不是意识形态上中性的任何话题的讲话。为了日常生活的目的，先想后说无疑是必要的，或者有时候需要，但是一个被要求发表政治或道德见解的党员，应该能够像机枪自动喷射子弹一样发出正确的意见。他的训练让他适合做这个，语言给了他一个几乎万无一失的工具，声音刺耳、相当难听的词的结构，符合英社精神，有助于说话过程一直持续到深一层。可供选择的词确实非常少。和我们自己的比较起来，新话词汇量极少，减少词汇量的新方法不断地被设计出来。实际上，新话与所有其他语言最大的区别在于它的词汇量每一年都在减少而不是增多。每一次减少就是一场收获,因为选择的范围越小,思想的诱惑也就越小。最终目的是希望喉咙发出清晰的语音,根本不用劳驾大脑中枢。这个目的在新话"duckspeak"一词中被坦率地承认了,它的意思是"像鸭子一样呱呱叫"。像 B 类词汇里各种其他词一样,"duckspeak"在意义方面是矛盾的。假如呱呱说出的意见是正统的,除了赞扬它什么也没包含,那么当《泰晤士报》把党的一个演说家说成是一个"doubleplusgood duckspeaker"(双重好的鸭叫者),就是给予其热情的、极为难得的恭维。

  C 类词汇。C 类词汇是对其他两类的补充,完全由科学和技术名词组成。它们类似于今天使用的科学名词,从同一词根建构而成,但是要注意它们的定义极其严格,剥离了不合需要的含义。它们遵循与其他两类词汇一样的语法规则。C 类词汇中的很少一部分词在日常谈话或政治演说中有应用。任何科学工作者或技术人员都能在他自己的专业的词汇表中找到他需要的所有的词,但是他极少使用其他词汇表上的词。只有非常少的词在所有词汇表中共有,但没有词汇能把科学功能表达成思想习惯或思想方法,无论科学的哪个分支都是如此。确实没有表达"科学"的词,它所可能具有的任何意义已经被英社一词充分涵盖了。

  从此前的表述可以看出,在新话中,除了在很低的水平上非正统意见的表达几乎是不可能的。当然,异端邪说可能以很粗鲁的方式说出来,也就是谩骂的话。例如,说"Big brother is ungood"(老大哥不好)是可能的。但是这个结论对正统的耳朵而言仅仅传达一种不言而喻的荒谬,不能靠推理论证来支撑,因为没有所需的单词。与英社敌对的思想只能以无词可表的模糊形式持有,而且只能用非常宽泛的名词来说明,这些名词总括了一系列异端邪说并将其批判,但在这样做的同时,不需要将其定义。实际上,你只能通过把一些词非法地译回到老话时,才能将新话用于非正统目的。例如,"All mans are equal"(所有人平等)是一个合理的新话句子,但是仅仅和老话中"All men are redhaired"(人皆红发)是同一类话。它不包含语法错误,但它表达的是一种明显的谎言——也就是说所有的人都是同样的大小、重量或力量。政治平等的概念不再存在,它的第二含义相应地从平等一词中剔除。在一九八四年,老话仍然是正常的交流手段,理论上存在使用新话词语时想起它们原来的含义的可能。在实践中,对任何双重思想基础好的人来说避免这一情况并不难,但是在几代以后,甚至这样的疏忽的可能性也会消失。

以新话作为唯一语言而长大的人不再知道平等曾经有过"政治平等"的第二含义,或是自由曾经的意思是"思想上自由",正如一个从来没有听说过国际象棋的人不会知道后和车的次要含义。有许多罪行和错误是他无力去犯的,仅仅因为它们是不可名状的,因此无法想象。可以预料的是,随着时间的推移,新话的突出特点会越来越明显——它的词汇越来越少,它们的含义越来越严格,将它们用于不正当的目的的可能性也越来越少。

老话彻底被取代以后,与过去的最后联系就会被切断。历史已经被重写,但是过去著作的碎片会零星分散地保留下来,没有彻底地检查。只要保留了老话的知识,阅读它们就是可能的。在将来,即使这样的碎片碰巧保留下来,也是不能理解的、不可翻译的。把任何一段老话翻译成新话是不可能的,除非它涉及技术过程或一些非常简单的日常行为,或已有正统的倾向(用新话表达应是"goodthinkful")。在实践中,这意味着大约在一九六〇年以前写的书没有能被完整地译成新话的。革命前的著作只能进行意识形态上的翻译——那就是说,意义和语言都改变了。举例来说,《独立宣言》中著名的一段话:

我们认为这些真理不言自明,人人生来平等,他们被造物主赋予一定的不可剥夺的权利,他们有生活的权利、自由的权利和追求幸福的权利。为了保护这些权利,人们设立政府,政府的权力从被治理者的同意中获得。任何政府形式一旦对这些目标的实现起破坏作用,人民就有权改变或废除它,组织新的政府……

把这一段话译成新话并保持原意,是不可能的。最接近的翻译,就是把这整段话用一个词来概括:犯罪思想。完整的翻译只能是意识形态上的翻译,根据这一点,杰弗逊的话会被转换成一段对于专制政府的颂词。

实际上,过去的著作大部分都被改头换面过。考虑到有必要保持对一些历史人物的声誉的记忆,就要使他们的成就与英社的哲学保持一致。因此像莎士比亚、弥尔顿、斯威夫特、拜伦、狄更斯和其他各类作家的作品都在翻译过程中。这项任务完成后,他们最初的作品以及所有保留下来的过去的著作都会被销毁。这些翻译是一件又费时又困难的事,预计在二十一世纪的第一个或第二个十年内会完成。还有大量的仅仅是实用方面的文献——不可缺少的技术手册之类——也要用同样的方式处理。主要是为了有时间进行这项翻译的预备工作,新话的最后采用日期被定在二○五○年这样迟的一个年份。